혁명적 여성들

프롤레타리아 문학의 젠더, 노동, 섹슈얼리티

배상미(裵相美, Bae, Sangmi)

고려대학교 국어국문학과를 졸업하고, 동 대학원에서 「1930년대 프롤레타리아 소설 재론-여성, 노동, 섹슈얼리티」라는 논문으로 박사학위를 받았다. 소아스(SOAS, University of London) 한국학연구소 방문학자, 성문대학교 토대사업단 연구원을 역임했다. 현재 튀빙겐대학교(University of Tübingen) 한국학연구소 방문연구원으로 재직 중이며, 여성문화이론연구소 운영위원과『여/성이론』편집주간으로 활동하고 있다. 한국의 문학, 영화, 대중문화에 재현된 여성, 노동, 섹슈얼리티를 지구적인 관점에서 분석하는 연구에 관심이 있다. 주요 논문으로 「성노동자에 대한 낙인을 통해 본 해방기 성노동자 재교육 운동의 한계-김말봉의『화려한 지옥』, 박계주의『진리의 밤』을 중심으로」(2014), 「'여성노동자'라는 새로운 범주설정의 필요성-다큐멘터리 영화〈외박〉을 중심으로」(2014), 「1930년대 초반 프롤레타리아 소설의 계급의식과 여성 동성사회성」(2019) 등이 있고, 지은 책으로『한국 근대문학과 동아시아-일본』1(2017),『다락방 이야기-페미니스트 연구공동체 여이연』(2017),『혁명을 쓰다-사회주의 문화정치의 기록과 그 유산들』(2018),『임화문학연구』6(2019, 이상 공저) 등이 있다.

박사논문의 주제를 발전시켜, 세계문학의 시각에서 한국의 프롤레타리아 문학과 노동 문학의 젠더를 분석하여 한국 프롤레타리아 문학의 국제성이란 무엇인지 밝히고, 더 나아가 남한이 전지구적 자본주의 관계 안에 포섭되면서 어떤 노동과 노동자들이 문학의 주요 재현 대상이 되는지 젠더와 섹슈얼리티를 중심으로 연구할 계획이다. 또한 2차 세계대전 이후 남한과 북한 문학에서 냉전질서가 형성되어가는 과정을 젠더, 인종, 인류세의 관점에서 연구할 계획도 있다.

혁명적 여성들 프롤레타리아 문학의 젠더, 노동, 섹슈얼리티

초판인쇄 2019년 11월 10일 **초판발행** 2019년 11월 20일
지은이 배상미 **펴낸이** 박성모 **펴낸곳** 소명출판 **출판등록** 제13-522호
주소 서울시 서초구 서초중앙로6길 15, 1층
전화 02-585-7840 **팩스** 02-585-7848 **전자우편** somyungbooks@daum.net **홈페이지** www.somyong.co.kr

값 18,000원   ⓒ 배상미, 2019
ISBN 979-11-5905-469-3 93810

이 도서는 한국출판문화산업진흥원 '2019년 우수출판콘텐츠 제작 지원' 사업 선정작입니다.

혁명적 여성들

프롤레타리아 문학의 젠더, 노동, 섹슈얼리티

Revolutionary Women
: Gender, Labor, and Sexuality in Colonial Korean Proletarian Literature

배상미

소명출판

일러두기

1. 이 책은 저자의 박사논문인 「1930년대 프롤레타리아 소설 재론─여성, 노동, 섹슈얼리티」(고려대, 2018)를 수정·보완한 것이다.
2. 이 책의 3장에 수록된 강경애의 『인간문제』와 이기영의 『고향』을 분석한 글의 일부는 「1930년대 전반기 프롤레타리아 문학의 젠더와 한국문학사─이기영의 『고향』과 강경애의 『인간문제』를 중심으로」(『현대소설연구』 68, 한국현대소설학회, 2017)로 간행된 내용을 수정·보완한 것이다..
3. 문학 작품을 인용할 때 띄어쓰기 및 문장부호는 가독성을 위해 현재의 맞춤법 규정에 따라 표기하였고, 오탈자가 분명해 보이지만 원문대로 싣는 것이 좋다고 판단하였을 때에는 단어 옆에 [sic]를 병기하였다.
4. 문학작품의 복자(伏字)는 원문이 사용한 문자와 같은 것을 사용하여 표시하였다.
5. 지명을 표기할 때에 서구식 지명은 외래어 표기법을, 한자식 지명의 경우 원문의 표기법을 따랐다. 원문에 없는 지명을 언급할 경우 원지음을 따랐으나, 원문이 한자식 지명을 혼란스럽게 명명하는 경우 본문에서는 원지음을 사용하였다.
6. 한자는 첨자 처리하여 한글과 병기하였다.
7. 각주는 각 장별로 구분하여 부여하였다.

책머리에

　이 책은 식민지 조선의 프롤레타리아 소설 속에 나타난 여성 노동자들을 다룬다. 여성 노동자들이 일하는 공간을 재생산 노동의 공간, 공장, 대인 업무의 공간으로 나누고, 이 안에서 볼 수 있는 여성 노동자들의 인간관계, 노동, 저항을 살핀다.

　어떤 독자들은 이렇게 질문할지도 모른다. 왜 여성 노동자인가? 노동자의 젠더를 살핀다면 남성 노동자와 여성 노동자 모두를 보아야 하는 것이 아닌가? 그러나 다시 질문해보고자 한다. 한국에서 '노동자'는 남성 생계부양자 모델을 전제하는 이데올로기를 바탕으로 주로 남성으로만 표상되어 오지는 않았는가? 여성 노동자들은 '노동자'라는 단어만으로 설명되지 않는 다른 부분들이 있는 것이 아닐까? 이를테면, 오늘날 많은 여성 노동자들은 '노동자'일 뿐만 아니라 '워킹맘', 혹은 '직장 내 성폭력 피해자'이기도 하다. 여성 노동자들은 많은 경우 돌봄노동과 가사노동 등 가내 노동의 전담자이고, 임금노동 시장에서는 노동력을 착취당할 뿐만 아니라 성폭력 피해에 노출되기도 한다. 여성 노동자들의 '노동'에는 통계와 그래프만으로는 잡히지 않는 부분이 존재하는 것이다.

　소설은 통계와 그래프로 잡히지 않는 과거 사람들의 감정과 모순들을 확인할 수 있는 매개이다. '노동자'라는 정체성만으로 존재하지 않는 여성 노동자들과 그녀들이 처한 상황을 드러낼 때, 소설의 위와 같은 특징은 상당히 유용하다. 그중에서도 프롤레타리아 소설은 노동자들이 노동현장 안팎에서 생활하는 모습을 재현하여 당대의 노동 현실을 비판적으로 드러내며, 자본주의를 넘어서는 노동자들의 긍정적인 힘에 주목한다. 이러한 프롤레타리아 소설은 여성 노동자들의 노동실태를 어떻게 포착해내었을까? 그들이 주목한, '남성'과는 다른 '여성' 노동자들이 열어가는 노동자의 긍정적인 미래는 어떤 미래일까? 그리고 '여성' 노동자들의 재현은 어떤 역사를 가지고 있을까? 이 책에서는 이러한 질문을 가지고 근대 한국의 프롤레타리아 소설, 그중에서도 프롤레타리아 소설이 가장 많이 창작되던 시기인 1930년대 프롤레타리아 소설의 여성 노동자들을 살폈다.

이 책은 저자의 박사논문인 「1930년대 프롤레타리아 소설 재론―여성, 노동, 섹슈얼리티」(고려대, 2018)를 저본으로 수정과 보완을 거쳐 완성하였다. 이 책의 초고인 박사논문을 작성할 당시, 1930년대 프롤레타리아 소설들 속에 등장하는 다양한 여성 노동자 군상을 보면서 감탄을 금할 수 없었다. 저항하고, 갈등하고, 순응하는 여성 노동자들의 모습은 그동안 근대 프롤레타리아 소설 연구에서 한 번도 언급된 적이 없었던 것이었다. 이들의 재현 양상은 어떤 도식이나 단순한 이론으로 설명되기 어려운 복잡한 결을 내포하는 동시에, 형식적으로는 실험적인 서사양식을 창출해내고 있었다. 이는 프롤레타리아 소설 연구, 나아가 한국문학 연구의 재편을 예고하는 것이기도 했다. 한국 근대소설이 발전해나가는 초반기에 여성 인물이 한국소설의 내용적 측면에서도, 양식적 측면에서도 다양한 아이디어를 제공해주었다는 사실은, 젠더가 한국 사회와 한국문학에 미치는 영향이 막대함을 보여준다.

이 책의 논의는 2000년대 이후 새롭게 등장한 프롤레타리아 문학 연구

경향 및 2010년대 후반기 페미니즘적 문학 및 문화 콘텐츠의 증가와 관련이 있다. 전자의 연구 흐름은 프롤레타리아 소설이 다양한 방법론으로 해석될 만하다는 것을 밝혔다. 프롤레타리아 소설을 '이념적'인 문학이 아니라, 당시 사람들이 노동자에게서 사회의 모순을 해결하고 새로운 사회를 건설하려는 단초를 발견하려는 가능성의 문학으로 다룰 수 있는 토대가 이를 통해 마련되었다.[1] 그리고 최근 한국에서 등장한 소설과 문화 콘텐츠에서의 페미니즘 열풍은 이 책을 써야겠다는 저자의 결심을 더욱 독려하였다. 한국소설의 여성인물, 특히 근대 미디어에서의 여성 재현은 남성의 시

---

[1] 이러한 경향을 대표하는 한국의 식민지시기 프롤레타리아 문학 연구 성과로는 다음을 언급할 수 있다. 와타나베 나오키, 『임화문학 비평―프롤레타리아 문학과 식민지적 주체』, 소명출판, 2018; 민족문학사연구소 프로문학반, 『혁명을 쓰다―사회주의 문화정치의 기록과 그 유산들』, 소명출판, 2018; Travis Workman, *Imperial Genus : The Formation and Limits of the Human in Modern Korea and Japan*, University of California Press, 2016; Sunyoung Park, *The Proletarian Wave : Literature and Leftist Culture in Colonial Korea, 1910~1945*, Harvard University Press, 2015; Samuel Perry, *Recasting Red Culture in Proletarian Japan : Childhood, Korea, and the Historical Avant-Garde*, University of Hawaii Press, 2014; 손유경, 『프로문학의 감성 구조』, 소명출판, 2012; 이경재, 『한국 프로문학 연구』, 지식과교양, 2012; Ruth Barraclough, *Factory Girl Literature : Sexuality, Violence, and Representation in Industrializing Korea*, University of California Press, 2012; 손유경, 『고통과 동정―한국 근대소설과 감정의 발견』, 역사비평사, 2008 등.
2000년대 들어서서 나타난 이와 같은 프롤레타리아 문학 연구경향은 한국문학에만 한정된 것이 아니다. 영국과 미국을 비롯한 다양한 지역에서 1930년대 프롤레타리아 문학과 노동계급을 재현한 문학들을 인종, 젠더, 룸펜프롤레타리아, 재생산 노동과 탈노동의 상상력, 그리고 프롤레타리아 문학에 감춰져 있는 모더니즘 장르적 상상력이 소설 속의 젠더를 경유하여 나타나는 방식에 이르기까지 정통 마르크스주의와는 다른 방식으로 프롤레타리아 문학을 연구하는 방법론이 성장하고 있다. 이와 관련된 연구로는 다음의 저서들을 참고하라. Nick Hubble, *The Proletarian Answer to the Modernist Question*, Edinburgh University Press, 2017; Nathaniel Mills, *Ragged Revolutionaries : The Lumpenproletariat and African American Marxism in Depression-Era Literature*, University of Massachusetts Press, 2017; Roberto del Valle Alcalá, *British Working-Class Fiction : Narratives of Refusal and the Struggle Against Work*, Bloomsbury Publishing, 2016; Ronald Paul, ""A big change" : Intersectional Class and Gender in John Sommerfield's *May Day*", *Nordic Journal of English Studies*, 11-2, 2012, pp.120~137; Roxanne Rimstead, *Remnants of Nation : On Poverty Narratives by Women*, University of Toronto Press, 2001.

선에 의해 성적으로 대상화되고, 파편적으로만 존재한 대상으로 논의되어 왔다. 이들은 당시 사회와 남성 지식인들의 성차별주의와 가부장주의를 보여주는 증거로 제시되곤 했다. 이것 역시 큰 의의가 있으나, 소설 속의 여성들은 무기력하지만은 않았다. 최근 한국에서 사회의 부조리를 비판하면서 새로운 사회를 열어가려고 하는 여성들의 시도들이 자주 재현되는 것처럼, 과거에도 여성의 역동성과 변화의 가능성은 종종 재현된 바 있다.

한국의 소설에서 여성 노동자들은 1930년대 프롤레타리아 소설에 잠깐 등장하고 사라지는 존재들이 아니다. 근대부터 현재에 이르기까지 소설 속 여성 노동자들은 다양한 소설적 형식과 새로운 시각에서 사회를 재현하는 힘을 마련해주었다. 그러나 이 여성 노동자들은 '노동자'로 잘 인식되지 않았다. 그 이유는 여성 노동자들이 종사하던 직종과 관련이 있어 보인다. 근대 시기부터 최근의 소설에 이르기까지 여성 노동자들은 가사 사용인, 돌봄노동자, 성노동자 등으로 일하는 경우가 많았다. 이들의 노동은 가정에서 여성들이 무급으로, 일상적으로 담당하는 노동과 닮았기 때문에 '노동'으로 인식되지 못했다. 이 여성들을 '노동자'로 호명함으로써 우리는 '노동' 간의 위계를 허물고 역사적으로 비가시화된 여성들의 노동을 가시화할 수 있을 것이다.

수많은 분들이 내가 한국문학 속의 여성 노동자를 연구할 수 있도록 독려해주었다. 특히 박사논문을 심사해주신 다섯 분 선생님들의 도움이 없었다면 나의 연구를 책으로 완성하기 어려웠을 것이다. 지도교수이신 강헌국 선생님은 석사과정 때부터 항상 나의 새로운 학문적 도전을 여러모로 지지해주셨다. 권보드래 선생님은 학문적인 부분과 생활적인 부분 모두에서 내가 학자로 잘 성장할 수 있도록 도와주셨다. 박유희 선생님은 목표에 너무 몰두하여 놓칠 수 있는 세세한 부분을 신경써가며 전진할 수 있도록 도와주셨다. 이혜령 선생님은 연구 대상을 다각적인 시선에서 바라보면서 신중하게 접근하는 방법을 알려주셨다. 노지승 선생님은 나의 연구와 논지를 더 발전시킬 수 있도록 중요하고 날카로운 조언을 아끼지 않으셨다.

또한 내가 대학원 시절부터 지금까지 많은 선생님들과 선배님들, 그리고 동료들과 친구들이 나의 연구에 핵심적인 조언과 도움을 주셨다. 문제의식만 충만하던 내가 독자적인 연구 영역을 발전시켜나갈 수 있도록 도와주신 박진영 선생님(성균관대), 황종연 선생님, 류보선 선생님, 서영채 선생님, 손유경 선생님, 이상우 선생님, 류정민 선생님, 정종현 선생님, 천정환 선생님, 일본의 한국학자들과 교류할 수 있는 기회를 주시고 이후에도 제 연구에 중요한 조언을 해주신 와타나베 나오키 선생님, 영국에서 새로운 연구들을 접하고 다양한 학자들과 교류할 수 있는 기회를 주신 연재훈 선생님과 그레이스 고 선생님, 소설과 이론서를 함께 읽는 소중한 시간을 함께하고 박사논문 수정까지 도와주셨던 문혜윤 선배님, 송효정 선배님, 이주라 선배님, 강용훈 선배님, 프롤레타리아 문학을 함께 연구하고 토론했던 허민 선배, 최병구 선배, 장문석 그리고 나의 연구들과 연구자로서의 삶에 아낌없는 조언을 주셨던 유승환 선생님께 감사드린다. 여성문화이론연구소의 성노동연구팀, 여성문화이론연구소 운영위원님들, 『여/성이론』 편집위원님들도 현재 한국의 노동 문제를 젠더의 측면에서 분석하고, 이것과 나의 연구가 균형을 맞춰나갈 수 있도록 독려해주셨다. 석사과정 때부터 내가 어려운 상황에 있을 때면 흔쾌히 도움의 손길을 내밀었던 장수경 선배님, 이만영 선배, 박성태 선배, 이정안, 선민서, 이평화 언니, 김미연, 그리고 박사논문을 작성할 때 크고 작은 투정을 모두 들어주시고 논문 저술에 집중하도록 도와주신 김효재 님까지, 모든 분들이 내가 지금까지 공부를 지속하도록 도와준 중요한 원동력이다.

박사논문을 마친 이후 내가 선문대학교에서 연구를 지속할 수 있는 환경을 만들어 주신 문한별 선생님, 그리고 이곳에서 적응하는 과정에서 큰 도움을 주었던 김정화 언니 역시 연구 사업과 박사논문의 수정을 병행할 수 있도록 많은 지원을 아끼지 않으셨다. 그리고 연구에 집중할 수 있는 환경을 제공하여 박사논문을 최종적으로 마무리할 기회를 제공해주신 이유재 선생님과 튀빙겐대학교 한국학과 및 한국학연구소의 교원 및 직원 분들께 감사의 말씀을 올린다. 특히 비르깃 가이펠 님과 구영은 님은 연구의 마무리 단계에서 큰 도움을 주었다.

이 책은 한국출판문화산업진흥원의 2019년 우수출판콘텐츠 제작 지원 사업과 연세근대한국학총서 시리즈로 출판하도록 제안해주신 신지영 선생님 및 추천해주신 김영민 선생님의 후원으로 출간될 수 있었다. 또한 이 책을 꼼꼼하게 교정해주신 이정빈 편집자님을 비롯하여 소명출판 관계자님들, 이현지 님께도 감사드린다.

마지막으로 한국 내에서는 물론 일본과 영국, 그리고 독일을 돌아다니며 일하고 공부하는 내게 아낌없는 응원과 격려를 보내주신 부모님과 동생, 또한 항상 나를 지지해주며 중요한 버팀목이 되어주는 케빈 스미스에게 온 마음을 담아 감사를 전하고 싶다.

2019년 11월
배상미

차례

책머리에   3

제1장   **프롤레타리아 소설과 여성 노동자**   11

1. 프롤레타리아 소설이란?   11

2. 근대화의 융성과 쇠퇴의 공존기, 1930년대   14

3. '신여성'과 '여성 노동자'는 다른가?   19

4. 여성과 노동, 계급, 섹슈얼리티의 만남   25

제2장   **여성 가내/성 노동자와 사적 영역의 혁명성**   33

1. 노동에 대한 자존감과 투쟁의식의 성장   33
   1) 사회운동 참여와 자기비하의 극복   33
   2) 재생산 노동으로 드러내는 변혁의 열망   53

2. 생활조건의 동질성과 연대의식의 형성   67
   1) 인간으로서의 존엄성 주장과 낙인의 극복   67
   2) 생존의 위기와 동지의 발견   79

제3장   **여성 공장 노동자와 젠더 폭력에 대한 저항**   91

1. 전형적 성폭력 피해자상을 교란하는 다층적 시선   91
   1) 계급투쟁을 벌이는 '피해자'   91
   2) 관리자와 야합하는 '타락자'   102
   3) 계급질서에 저항하는 '운동가'   115

2. 젠더 갈등과 계급 갈등의 교차   120
   1) 젠더 관습과 얽혀있는 공장 노동과 노동운동   120
   2) 사회의 권력관계와 여성 억압의 중층구조   137

제4장   **여성 서비스업 노동자와 미래의 전망**   161

1. 억압적 섹슈얼리티 비판과 성적 자기결정권의 주장   161
   1) 공통성에 근거한 결속과 취약한 노동자상의 거부   161
   2) 지배관계를 생산하는 사회구조 비판   178

2. 지배질서에 포섭되지 않는 도전적 실천   197
   1) 부패한 구시대적 가치의 지양과 미지의 가치 개척   197
   2) 전체주의 사상과의 대결과 새로운 사상의 예고   208

마치며   217

참고문헌   223

간행사   236

/ 제1장 /

프롤레타리아 소설과 여성 노동자

1. 프롤레타리아 소설이란?

이 책은 식민지 조선의 '프롤레타리아 소설'에 재현된 여성 노동자들을 분석한다. '프롤레타리아 문학' 혹은 '프롤레타리아 소설'이라는 용어는 한국에서 프롤레타리아 문학에 대한 논의가 시작되었던 1920년대 중반부터 활발하게 사용되었다. 이 용어는 유입된 직후부터 다양한 방식으로 변용되었다. 그 예들을 살펴보면, '프롤레타리아 문학'의 약칭인 '프로문학', '무산자(계급)문학', '계급문학', '노동문학' 등이 있다. '프롤레타리아 문학'은 19세기 후반과 20세기 초반 사이에 마르크스주의적 노동 계급 혁명의 이상을 전제하고 노동자들 혹은 사회주의 혁명 지지자들을 주동인물로 삼아 창작한 문학을 지칭하는 용어로서 전세계적으로 사용되었다.[1] 이 용어는 식민지 시기 한국의 문학을 세계문학의 맥락 안에서 논의할 수 있는 매개로서 유용하다.

물론, 1930년대에도 '프롤레타리아 문학'의 정의는 명확하지 않았다. 노동자들이 주인이 되는 혁명을 지향한다는 것은 다양한 방식으로 나타날 수 있으므로, 특정한 인물들이 등장하는 서사구도만을 '프롤레타리아 문학'이라고 확정할 수 없는 난점이 존재한다. 미국의 프롤레타리아 문학 연구자 바바라 폴리Barbara Foley는 '프롤레타리아 문학'의 정의에 대한 1930년대 미국 내의 논쟁과 이에 대한 학자들의 논의를 검토한 후, 이 용어에 대한 정확한 정의가 없다고 결론 내렸다.[2] '프롤레타리아 문학'이라는 용어는 현재도 전 세계적으로 사용되고 있지만, 여전히 이 용어에 대한 명확한 규정은 없다. 이 용어가 지칭하는 문학을 대략적으로 규정해본다면, 노동자들이 사회의 주인이 되는 세상에 대한 비전을 전제로, 노동자들의 노동과 생활을 그린 문학이 될 것이다.

조앤 스콧이 E. P. 톰슨의 저서 『영국 노동 계급의 형성』을 비판한 글은 이 글이 사용하려고 하는 '프롤레타리아 소설'의 의미를 재정의하는 과정에서 많은 참고가 되었다. 톰슨은 그의 저서에서 노동자들의 정치적 의식은 자본주의적 생산관계에서 발생한다고 주장했다. 톰슨에 따르면, 여성들은 자본주의적 생산관계뿐만 아니라 그 외부인 가정domestic의 영역에도 깊이 관련되어 있기 때문에 정치적 의식을 제대로 발전시킬 수 없다. 스콧은 톰슨의 논의가 노동자들의 계급의식을 생산관계 내부로

1　식민지 시기부터 지금까지 한국에서 사용되는 '프롤레타리아 문학'은 영어의 'Proletarian literature' 혹은 'Proletarian fiction'의 한국식 번역어라고 할 수 있다.

2　Barbara Foley, *Radical Representations : Politics and Form in U.S. Proletarian Fiction, 1929~1941*, Duke University Press, 1993, p.129

만 귀속시킨다고 비판하면서,[3] 계급을 역사적 맥락과 사람들과의 관계 안에서 형성되는 "담론"으로 파악해야 할 필요성을 제시한다. 그리고 젠더를 계급 형성과정에 주요한 영향을 미치는 요인으로 언급한다.[4]

스콧의 논의에 따르면 '프롤레타리아 소설'의 재현 대상인 '프롤레타리아'는 역사적 상황에서 산업구조와 젠더가 상호 교차하면서 형성된 "담론"의 결과이다. 특정 시대와 사회는 '프롤레타리아'의 정의에 직접적으로 영향을 미친다. 따라서 이 대상은 결코 불변하는 단일한 대상이 될 수 없으며, 시대적이고 사회적인 배경에 따라 얼마든지 다르게 구성될 수 있다. 이러한 '프롤레타리아'를 정의하는 방식은 '프롤레타리아 소설'의 정의에도 영향을 미친다. '프롤레타리아'를 단일한 대상이 아닌 역사적이고 사회적인 대상으로 바라본다면, '프롤레타리아 소설'이 재현하는 노동자들도 시대적 맥락에 따라 달라질 수 있다. 혹은, 당대에는 '프롤레타리아 소설'로 인식되지 않았던 소설들도 후대에 '프롤레타리아 소설'로서 새롭게 재조명될 수 있다.

산업혁명의 가속화와 더불어 탄생한 마르크스주의는 공장 노동자를 중심으로 노동자가 주인이 되는 새로운 사회를 꿈꾸었다. '프롤레타리아'는 자본주의 사회에서 새롭게 등장한 주체이자 이 사회를 지양해나갈 주체로 전제된 공장 노동자와 종종 동일시되었다. 그러나 프롤레타리아 소설에는 다양한 유형의 노동자들이 나타나고, 사회의 주인이 될 '노동자'들의 유형 역시 다양하다. 정통 마르크스주의의 시각을 벗어나

---

3 Joan Wallach Scott, "Women in the Making of the English Working Class," *Gender and the Politics of History*, Columbia University Press, 1999, pp.71~79.

4 Ibid., p.88.

노동자를 "담론"으로 바라본다면, 공장 노동자가 아닌 다양한 노동자의 유형들뿐만 아니라, 자본주의적 생산관계의 현장에 있지 않은 노동자들까지 시야에 넣어볼 수 있다. 이 책은 소설 속 여성 노동자들을 포착하는 만큼, 공장은 물론이고 자본주의적 생산 관계 밖에 있는 여성들의 노동과 노동 공간을 그린 소설들을 '프롤레타리아 소설'의 범주하에서 연구하고자 한다.

2. 근대화의 융성과 쇠퇴의 공존기, 1930년대

일본은 한국을 보다 용이하게 식민지배하기 위한 목적으로, 자국의 근대적 제도와 문물을 이식시켰다. 이로 인해 이 시기 한국은 국민국가 주도의 근대화가 아니라 일본의 식민지배에 맞게 기획된 근대화 과정을 겪었다. 식민지배를 겪으면서 형성된 한 지역의 근대성은 '식민지 근대성'[5]이라고 불릴 수 있다. 비록 식민지 시기의 한국에서 발흥한 근대화의 흐름이 국민국가를 형성하는 방향으로 흘러가지 않았다고 하더라도, 사회 곳곳에서는 이전과는 다른 새로운 문물과 새로운 사고방식들이 나

---

5   '식민지 근대성'이라는 용어는 한국의 근대화가 식민지 시기에 시작되어 그 근대성의 성격이 식민지성을 띠고 있다는 것을 설명하기 위해 사용된다. 이와 관련된 대표적인 연구서로는 신기욱 편, 『한국의 식민지 근대성—내재적 발전론과 식민지 근대화론을 넘어서』, 삼인, 2006이 있다. 식민지 시기 '근대성'에 관한 논의는 지금도 학계에서 논쟁이 진행 중이다.

타나고 있었다. 그리고 1930년대는 이것들이 제일 무르익은 시점이자, 동시에 쇠퇴하는 시기이기도 했다.

1930년대는 10여 년이라는 짧은 기간 동안 사회주의 문학의 융성과 몰락, 출판물의 확장과 축소, 대중문화에 대한 열광과 금지, 지배층에 맞선 저항의 확산과 저지, 변혁사상의 대중화와 억제가 나타났다는 특징을 가진다. 높아진 취학률로 인해 문해자의 수는 증가하였고,[6] 지식과 오락을 향유하려는 대중들의 욕구는 갈수록 높아져갔다.[7] 이 욕구는 출판 산업의 성장과 영화 산업의 발달, 라디오의 보급 등에 의해 대중들이 다양한 미디어들을 접할 기회가 늘어남에 따라 충족될 수 있었다. 다른 한편에서는 소작쟁의와 노동쟁의가 급증 및 급강하했으며[8] 지식인들뿐만 아니라 노동자와 농민들 사이에서도 사회주의 이념이 퍼져나갔다.[9] 1930년대는 그 어떤 시기보다 새로운 문화와 변혁에 대한 사람들의 열망이 강했으며 동시에 그 열망이 빠르게 사그라져야만 했던 시기였다. 1930년대의 이러한 급격한 변화의 흐름에 소설의 여성 노동자 재현도 영향을 받지 않을 수 없었다. 1930년대의 프롤레타리아 소설과 여성 노동자 재현을 집중적으로 살펴야 하는 이유로 다음의 세 가지를 꼽을 수 있겠다.

첫째, 1930년대의 프롤레타리아 문학은 카프KAPF(조선 프롤레타리아 예술가 동맹) 구성원만이 아니라 카프 소속이 아닌 작가들에 의해서도 왕

---

6   오성철, 『식민지 초등 교육의 형성』, 교육과학사, 2000 참고.
7   김진송, 『서울에 딴스홀을 許하라―현대성의 형성』, 현실문화연구, 1999 참고.
8   조동걸, 『식민지 조선의 농민운동』, 역사공간, 2010; 김경일, 『일제하 노동운동사』, 창작과비평사, 1992 참고.
9   조성운, 『일제하 농촌사회와 농촌운동―영동지방을 중심으로』, 혜안, 2002 참고.

성하게 창작되었다. 프롤레타리아 문학 연구는 카프가 창작한 소설을 중심으로 진행되어온 경향이 존재한다. 1930년대 당시 카프는 프롤레타리아 문학 창작을 주도한다고 자임하기는 했으나, 비非카프 작가들도 카프 작가들 못지않게 많은 수의 프롤레타리아 소설을 창작하였다. 카프의 소설과 프롤레타리아 소설을 동일시해버린다면, 다양한 작가들이 프롤레타리아 소설의 발전에 기여한 바를 제대로 평가하지 못할 것이다. 1930년대는 카프의 문학과 프롤레타리아 문학을 동일시해 온 시각을 넘어서서, 다양한 프롤레타리아 문학 창작자들을 발굴하고 의미를 부여하기에 적절한 시기라고 할 수 있다.

둘째, 1930년대는 여성 작가들이 프롤레타리아 문학을 풍부하게 만든 시기이기도 하다. 1930년대에 문단에 대거 등장한 여성 작가들 중 다수는 등단 초기에 여성 노동자를 주동인물로 삼는 프롤레타리아 소설을 발표했다. 지금까지 여성 작가들의 프롤레타리아 소설은 문단에 진출하고 싶었던 여성 작가들이 당시 문단을 장악하던 카프의 위세에 눌려 자신들의 작가적 욕망을 억누른 수동적 반응의 산물로 평가되어 왔다.[10] 그러나 이러한 해석은 여성 작가들은 문단 순응적이고 남성 카프

---

10 심진경은 1930년대 여류문인을 논하는 글에서, 카프가 해산되기 전인 1930년대 초반까지만 해도 카프를 중심으로 한 프롤레타리아 문학가들은 여류 문인들의 작품에서 프롤레타리아적 성격을 발견하였고, 여류 문인들을 자신들의 방침에 맞게 지도하려고 시도했다고 분석한다.(심진경, 「문단의 ‘여류’와 ‘여류문단’ — 식민지 시대 여성작가의 형성 과정」, 『상허학보』 13, 상허학회, 2004, 303~305쪽 참고) 심진경의 연구를 이어받아 1930년대 여성작가들의 문단 인식을 분석한 김영미는 카프의 해체 이후 일군의 여성작가들의 작품에서 사회주의적 색채가 약화되어가는 경향에 주목하여 여성작가들의 사회주의적 작품 경향이 당시 문단의 권력을 쥐고 있던 카프 문인들을 의식한 결과라고 판단하기도 했다. 김영미, 「1930년대 여성작가의 문단 인식과 글쓰기 양상」, 서울대 석사논문, 2009.

작가들은 무소불위의 권력을 휘두른다는 전형적인 젠더 이분법과 프롤레타리아 문학에 대한 편견을 전제하므로 재고할 필요가 있다. 대신, 여성 작가들이 창작한 프롤레타리아 소설을 살펴, 여성 작가들이 창작한 프롤레타리아 문학의 경향은 어떠하였으며, 이것과 카프의 프롤레타리아 문학과의 차별점은 무엇인지를 밝히는 것이 더 생산적일 것이다.

셋째, 1930년대 프롤레타리아 문학의 역사를 카프 해소 이전인 1930년대 전반기로만 한정하지 않고, 1930년대 전 시기로 확장하고자 한다. 1930년대는 프롤레타리아 소설의 전성기이자 쇠퇴기로 기억되는 시기이다. 1931년과 1934년 두 차례에 걸쳐 카프 성원들이 검거되었던 사건은 결정적으로 카프와 프롤레타리아 문학의 쇠퇴를 야기했다고 언급되어 왔다.[11] 그러나 주요 카프 소속 작가들의 작품 창작 현황을 살펴보면, 1931년과 1934년 사이에 창작한 작품의 수가 그 이전과 비슷한 수준을 유지하거나 오히려 더 많다.[12] 또한 역설적이게도 1934년은 식민지 시기 프롤레타리아 소설 중 가장 대표작으로 언급되는 이기영의 『고향』과 강경애의 『인간문제』가 등장한 시기이며, 이미 카프가 해산된 이

---

11 권영민, 『한국 계급문학 운동사』, 문예, 1998, 231~252쪽.
12 그 구체적인 예로, 1925년부터 카프 구성원으로 활동했던 이기영의 경우, 1927년과 1930년 사이에 19편을, 1931년 8월과 1935년 사이에 20편의 작품을 발표하였다. 1927년부터 활동한 한설야는 1928년과 1931년 7월 사이에 9편을, 1931년 8월과 1935년 사이에 9편의 작품을 발표하였다. 김남천 역시 1930년 전반기 동안 7편을 창작하였는데, 그중 5편이 1933~1934년 사이에 창작한 것이다. 강경애는 1931년부터 본격적으로 문단에서 활동하기 시작하였으며, 그녀의 역작인 『인간문제』는 1934년 8월과 12월 사이에 『동아일보』에 연재되었다. 최정희 역시 1931년에 등단하였다. 장덕조도 1932년 8월에 등단작으로 「저회」를, 김말봉도 1925년 등단 후 오랜 침묵을 깨고 1932년 1월에 『중앙일보』 신춘문예 당선작인 「망명녀」를 발표한다. 카프 소속 작가들이든, 동반자 작가 Fellow Traveller들이든 1차 검거 이전보다 오히려 1차 검거 이후에 더 많은 작가들이 활동하기 시작했고, 이들이 발표한 작품의 수도 증가한다는 것을 확인할 수 있다.

후인 1936년에는 역시 대표적인 프롤레타리아 소설로 손꼽히는 한설 야의 『황혼』이 창작되었다. 프롤레타리아 문학을 창작하던 문인들은 카프가 해산되고 식민지 조선이 총독부에 의해 전시체제로 돌입하던 시기인 1937년과 1938년에도 한동안 이 문학 경향을 변화한 시대의 맥락 안에서 이어나갈 방안을 고민했다.[13] 이러한 고민의 흔적은 그들의 작품에서도 찾아볼 수 있다.[14] 일본의 전시체제가 더 강력해진 1940년 대 초에도 일부 문인들은 프롤레타리아 문학에서 나타났던 노동자가 중심이 되는 사회에 대한 고민을 소설 속에서 지속적으로 그려내었다.[15]

---

[13] 이러한 경향을 결정적으로 보여주는 문단 내의 논의로는 1936년부터 1938년에 걸쳐 일어난 '세태소설'과 '리얼리즘' 논의가 대표적이다. 이에 관한 연구로는 차승기, 「임화와 김남천, 또는 "세태"와 "풍속"의 거리—1930년대 후반 "전환기"의 문학적 대응들」, 『현대문학의 연구』 25, 한국문학연구학회, 2005, 83~117쪽을 참고하라.

[14] 카프가 해산한 이후, 1930년대 후반기 문학에서 나타나는 프롤레타리아 문학의 흔적에 관한 논문으로는 권보드래, 「1930년대 후반의 프롤레타리아작가 소설 연구」, 서울대 석사논문, 1994가 있다. 서영인 역시 카프 해산 이후에도 프롤레타리아 문학의 유산이 계속되었다는 맥락에서 『황혼』을 분석하였다. 서영인, 「프로문학의 자기반성과 여성의 타자화」, 『민족문학사연구』 45, 민족문학사학회, 2011, 137~165쪽.

[15] 채호석은 김남천의 「경영」, 「맥」의 최무경을 김남천이 카프 소속으로서 프롤레타리아 문학을 창작했던 시절에 형상화해낸 인물형의 연장 선상에서 분석하고 있다. (채호석, 「김남천 문학 연구」, 서울대 박사논문, 1999, 131~149쪽) 김재용도 몇몇 카프 맹원들은 자신들의 사회주의적 문제의식을 카프 해산 이후에도 여전히 소설 속에 드러낸다는 것을 언급하였다. (김재용, 『협력과 저항—일제 말 사회와 문학』, 소명출판, 2004, 222~240쪽) 이상의 연구들은 프롤레타리아 문학 작가들이 1930년대 후반기에 창작한 작품들에도 여전히 사회주의적 문제의식을 드러내었다는 주장을 뒷받침한다.

3. '신여성'과 '여성 노동자'는 다른가?

  식민지 조선 사회에서 '여성'의 변화는 식민지 조선의 문화적 근대화를 논한 대부분의 연구들이 중요하게 다루고 있다. 낮에도 거리를 자유롭게 활보하고, 학교와 백화점 등 공적 공간과 근대적 시설에 등장하는 여성들의 존재는 한국의 근대화를 보여주는 대표적인 증거로 논의되었다. 근대 교육을 받고, 근대 문물을 향유하며, 거리를 활보하는 여성들은 그녀들의 젠더를 특정하여 부르는 용어인 '신여성'으로 호명되었다. 근대화 이전에는 공적 영역에서 찾아보기 어려웠던 여성들의 존재가 거리 곳곳에서 나타나는 현상은 근대에 나타난 커다란 변화 중 하나였으며, 당시 미디어들은 이들에 대한 수많은 담론을 생산해냈다. 특히 '신여성'과 그녀들을 둘러싼 담론은 식민지 조선의 근대성을 보여주는 중요한 텍스트로서 많이 연구되었다.[16] 이 연구들 중에서 태혜숙은 '신여성'이 등장한 이래 변화한 여성담론을 여성들이 주로 활동하던 다섯 개의 공간인 모성 공간, 가사 노동 공간, 교육 공간, 소비 공간, 노동 공간을 중심으로 논하였다.[17] 당시 신여성에 대한 계몽 담론은 앞서 언급한

---

16 대표적인 연구로는 서지영, 『경성의 모던걸―소비·노동·젠더로 본 식민지 근대』, 여이연, 2013; 엄미옥, 『여학생, 근대를 만나다―한국 근대소설의 형성과 여학생』, 역락, 2011; 노지승, 『유혹자와 희생양―한국 근대소설의 여성 표상』, 예옥, 2009; 김수진, 『신여성, 근대의 과잉―식민지 조선의 신여성 담론과 젠더정치, 1920~1934』, 소명출판, 2009; 연구공간 수유+너머 근대매체연구팀 편, 『新女性―매체로 본 근대 여성 풍속사』, 한겨레신문사, 2005; 김경일, 『여성의 근대, 근대의 여성―20세기 전반기 신여성과 근대성』, 푸른역사, 2004; 태혜숙 외, 『한국의 식민지 근대와 여성공간』, 여이연, 2004 등이 있다.
17 태혜숙, 「한국의 식민지 근대체험과 여성공간」, 태혜숙 외, 위의 책, 15~40쪽.

다섯 개의 공간 모두를 논의 대상으로 삼았으나, 신여성을 통해 당시 세태를 논하는 글들은 주로 후자의 세 공간을 대상으로 삼았다. 공적 영역에 등장한 '신여성'들은 경제적 수준과 교육적 수준에서 매우 폭넓은 스펙트럼을 보였다. '신여성'을 분석한 선행연구들은 '신여성'이라는 용어가 근대성을 체현한 여성들, 혹은 근대성을 자각하고 변화의 흐름에 편승한 여성들을 통칭하기에는 부적절하다는 것에 동의하지만, 이 단어가 근대화와 더불어 새롭게 나타났으며 전근대적 젠더체제의 변화를 주도한 일군의 여성들의 특수성을 드러내는 힘을 가졌다고 인정하였다.

식민지 조선에서 '여성 노동자'는 여러 공간에서 활동하는 신여성 중 가장 이질적인 존재이다. 임옥희는 신여성이라 명명되는 여성들 간의 차이에 주목하면서 신여성을 "식민지 근대의 새로운 문화현상이자 '제도·비제도적인 근대교육을 통해 여성의식을 가진 여성들'"[18]로 정의하였다. 또한 신여성을 '급진적' 자유주의 신여성, 마르크스주의 신여성, 기독교 계몽주의 신여성으로 나누어 분류하였다. 이 분류 안에서 '여성 노동자'는 지식인 출신의 여성 사회주의자들과 더불어 마르크스주의 신여성의 범주에 포함된다. 여성 노동자는 남성 지식인들 사이에서 각개 전투하는 여성 사회주의자들과는 달리 "일본인, 조선인 할 것 없이 작업반장으로 대표되는 남성권력의 성폭력에 시달리면서 그로 인해 여성의식, 민족의식, 계급의식을 각성하게 되었다".[19] 임옥희는 이러한 여성 노동자의 대표적인 사례로 여성 공장 노동자로서 파업에 참가했던 강주룡을 꼽고, 그녀를 비롯하여 공장 노동에 종사한 여성 노동자를 '마르

---

18 임옥희, 「신여성의 범주화를 위한 시론」, 위의 책, 83쪽.
19 위의 글, 96쪽.

크스주의 신여성'이라고 명명한다. 공장 노동자를 마르크스주의 신여성의 범주로 분류한 임옥희의 방법은 공장의 근대적 생산라인이 가장 전형적인 근대성을 보여준다는 마르크스주의의 시각[20]을 전제하고 있다.

식민지 조선의 '여성 노동자'에 관한 분석은 임옥희와 같이 공장 노동자들에 초점을 맞춘 연구와, 공장이 아닌 서비스업에 종사하는 여성들을 연구한 것으로 나뉜다. 공장 여성 노동자에 대해 논한 대부분의 선행연구들은 주로 역사학이나 사회학의 학제 안에서 그녀들을 '노동자'의 일부로 연구하였다.[21] 이 연구들은 주로 식민지 조선의 산업구조와 관련된 양적 조사 자료를 활용하였다. 양적 조사 자료는 여성 공장 노동자들을 집합적인 '노동자'로만 제시하였고, 이들의 개별적인 특성은 조명하지 않았다.

하지만 최근 십 년 사이 여성 공장 노동자들의 집합성은 물론이고 개별성도 고려한 도서들이 출판되고 있다. 서구 한국학계를 중심으로 출간된 이와 같은 연구 성과는 구술 자료나 신문기사 등의 자료를 활용하여 여성 노동자들의 서로 다른 경험과 목소리를 분석하거나,[22] 여성 노

---

20 게오르그 루카치, 박정호 · 조만영 역, 『역사와 계급의식─마르크스주의 변증법 연구』 4판, 거름, 1999, 180~215쪽.

21 강이수, 「1930년대 면방대기업 여성노동자의 상태에 관한 연구─노동과정과 노동통제를 중심으로」, 이화여대 석사논문, 1991; 이정옥, 「일제하 공업노동에서의 민족과 성」, 서울대 박사논문, 1990; 서형실, 「식민지시대 여성노동운동에 관한 연구」, 이화여대 석사논문, 1989; 안연선, 「한국 식민지 자본주의화 과정에서 여성노동의 성격에 관한 연구─1930년대 방직공업을 중심으로」, 이화여대 석사논문, 1988; 김경일, 「일제하 고무노동자의 상태와 운동」, 한국사회사연구회 편, 『일제하의 사회운동』, 문학과지성사, 1987; 박정의, 「일본식민지시대의 재일한국인 여공─방적 · 제사여공」, 『논문집』 17-1, 원광대, 1983, 117~142쪽; 이효재, 「일제하의 한국여성노동문제연구」, 『한국학보』 2-3, 일지사, 1976, 141~188쪽; 정충량 · 이효재, 「일제하 여성근로자 취업실태와 노동운동에 관한 연구」, 『한국문화연구원논총』 22, 이화여대 한국문화연구원, 1973, 307~344쪽.

22 Janice C. H. Kim, *To Live To Work : Factory Women in Colonial Korea, 1910~1945*, Stan-

동자들이 출판한 글들과 서적들을 분석하여 이들의 목소리를 복원해내고,[23] 일상과 정체성의 수준에서 여성 노동자들이 근대화를 경험하는 방식을 분석[24]했다. 그러나 이 연구들은 모두 여성 공장 노동자만을 대상으로 삼았다는 한계를 가진다. 여성 노동자 중에서 공장 노동자에 특별히 주목하는 이상의 연구들은 마르크스주의적 사회변혁을 염두에 두고 공장 노동자에게 특권을 부여하지는 않았지만, 공업이 식민지 조선의 근대적 산업을 대표한다는 판단 아래 이 산업에 종사하는 여성 노동자들을 연구하였다.

　그러나 한국의 산업구조가 아닌 여성 노동자의 취직 현황에 초점을 맞춰보면, 당시 여성 노동자들이 가장 많이 종사했던 직종은 가내 서비스업이었고, 미디어에서 가장 많이 논의된 직종은 도시의 대인 서비스업이었다.[25] '서비스업'이 통칭하는 범위는 상당히 넓다. 가내사용인이나 돌봄노동자와 같이 근대 이전에도 존재했던 노동 형태와 유사한 서비스업이 있는 한편, 전화교환수나 백화점 점원 등과 같이 근대 문물 및 소비산업의 발달과 더불어 새롭게 등장한 서비스업도 존재한다. 후자의 서비스업에 종사하는 여성들은 미디어에서 식민지 도시문화에 대한 상징으로 재현되었다. 이로 인해 지금까지 서비스업 여성 노동자들에 관한 연구들은 대부분 잡지나 신문 자료를 주로 사용하였다.[26] 이들 연구

　　 ford University Press, 2009.
23　Ruth Barraclough, *Factory Girl Literature : Sexuality, Violence, and Representation in Indu-strializing Korea*, University of California Press, 2012.
24　Theodore Jun Yoo, *The Politics of Gender in Colonial Korea : Education, Labor, and Health, 1910~1945*, University of California Press, 2008.
25　이아리, 「일제하 주변적 노동으로서 '가사사용인'의 등장과 그 존재양상」, 서울대 석사논문, 2013.
26　김경일, 「일제하 여성의 일과 직업」, 『사회와 역사』 61, 한국사회사학회, 2002, 156~

는 서비스업 여성 노동자들과 도시 문화, 그리고 여성이 사회적 행위자로 부상하면서 나타난 근대성에 주목하여 '노동자'가 아닌 '신여성' 연구의 맥락에서 이들을 연구하였다.

공장 여성 노동자와 서비스업 여성 노동자를 서로 다른 방식으로 접근하는 연구의 시각은 식민지 시기에 공존했던 두 여성 노동자 그룹이 마치 서로 상극인 것처럼 보이도록 했다. 한국에서 간행된 연구서와 논문들은 통계자료와 총독부가 간행한 공문서 등을 활용하여 공장 여성 노동자를 식민지 조선의 산업에서 중요한 축을 담당한 노동자 군이며, 노동쟁의에 적극적으로 참여한 혁명 주체로 분석하였다. 반면, 서비스업 여성 노동자는 고학력 여성 노동자들의 열악한 고용상황을 보여주는 지표이자, 식민지 조선의 소비문화의 상징으로 대상화되는 객체로 분석하였다. 식민지 시기 공장 여성 노동자와 서비스업 여성 노동자에 대한 괄목할 만한 연구 성과를 남긴 강이수 역시 전자에 대한 연구에서는 주로 통계자료를 사용하고 후자에 대한 연구에서는 주로 신문기사 자료를 사용하는 등,[27] 두 대상을 서로 다른 성격을 가진 집단으로 전제하고 연

191쪽; 강이수, 「근대 여성의 일과 직업관―일제하 신문 기사를 중심으로」, 『사회와 역사』 65, 한국사회사학회, 2004, 170~206쪽; 윤지현, 「1920~30년대 서비스업 여성의 노동실태와 사회적 위상」, 『여성과 역사』 10, 한국여성사학회, 2009, 93~139쪽; 강이수, 『한국 근현대 여성노동―변화와 정체성』, 문화과학사, 2011; 서울대 여성연구소 편, 『경계의 여성들―한국 근대 여성사』, 한울, 2013; 서지영, 앞의 책.

27 강이수, 「1930년대 면방대기업 여성노동자 상태」, 강이수, 『한국 근현대 여성노동―변화와 정체성』, 문화과학사, 2011, 17~71쪽; 강이수, 「근대 여성 서비스직의 유형과 실태」, 위의 책, 192~226쪽. 그러나 강이수 역시 주로 계량적 자료를 이용한 공장 여성 노동자 연구의 한계를 알고 있었던 듯하다. 「1930년대 면방대기업 여성노동자 상태」는 강이수의 박사논문을 축약한 것이다. 강이수는 이 논문에 박사논문에는 포함되지 않았던 1930년대에 공장에서 노동했던 여성들의 인터뷰 자료를 활용하였고, 이것을 추가할 수 있어서 "참 다행"(「프롤로그」, 위의 책, 8쪽)이라고 했다. 인터뷰 자료는 논문에서 사용한 통계 자료의 신뢰도를 강화하거나 통계 자료로는 설명하기 어려운 부분을 논증하

구하였다. 다시 말하자면, 공장 여성 노동자에 접근하는 방법론은 여타의 산업 노동자를 분석하는 방법론을 차용하여 전자는 '노동자'의 범주로, 서비스업 여성 노동자에 접근하는 방법론은 문화적 현상을 분석하는 방법론을 차용하여 후자는 '문화적 현상'의 범주로 접근한 것이다.

　여성들이 종사했던 직종 중 어느 하나에만 천착하여 여성 노동자를 인식한다면 이들이 내포한 사회 문화적 함의를 포괄적인 시각에서 파악할 수 없다. 한 명의 여성 노동자는 '여성 노동자'라는 집합적 범주 안에서 공통적이거나 서로 다른 특징들, 예를 들면, 산업부문, 노동환경, 학력, 임금, 전형적 여성 재현 방식 등이 서로 교차하는 정체성을 형성한다. 노동자의 범주에 가내/성 노동과 서비스업 노동에 종사하는 여성 노동자들을 포함시키면, 보다 포괄적인 시각에서 식민지 시기 여성 노동자의 실태를 파악할 수 있다. 그리고 이 시각으로 프롤레타리아 소설의 여성 노동자를 바라본다면, 기존 연구들이 간과했던 여성 노동자들의 다양한 특성을 발견할 수 있을 것이다.

기 위한 보조 자료의 수준에서만 사용되고 있지만, 이렇게라도 강이수는 계량적 방식으로만 여성 공장 노동자들의 현실을 파악하는 방식을 넘어서려고 노력한 것으로 보인다. 실제로 2000년대 들어서서 여성 공장 노동자는 통계 자료만이 아니라 다양한 자료들을 바탕으로 폭넓게 연구되었다. 대표적인 연구 성과로는 유경순, 『아름다운 연대―들불처럼 타오른 1985년 구로동맹파업』, 메이데이, 2007; 김원, 『여공 1970, 그녀들의 反 역사 개정판』, 이매진, 2006이 있다.

4. 여성과 노동, 계급, 섹슈얼리티의 만남

젠더가 노동시장에 행사하는 영향력은 오늘날보다 식민지 조선에서 더욱 강력하였다. 전체 고용시장에서는 남성이 여성보다 더 높은 비율을 차지했지만, 몇몇 직종에서는 여성의 비율이 남성보다 더 높았다. 1930년대 후반에 이르면 방직·제사직종에서 여성 노동자들의 비율은 80%에 가까웠으며,[28] 가사사용인은 대부분 여성이었고, 기생과 창기 및 도시 곳곳의 카페에서 일하는 '여급' 역시 모두 여성이었다. 여기서 하나 더 주목해보아야 할 부분은, 여성 고용률이 높은 직종은 모두 가내/성 노동이 임금화된 영역이거나 근대 이전부터 여성들이 가정 안에서 담당하던 노동이 임금화된 영역이라는 것이다. 전자에 해당하는 직종이 가사사용인, 기생, 창기, 카페 '여급'이라면, 후자의 영역은 방직·제사업이다. '공적' 영역인 임금노동 시장에서도 여성들은 '사적' 영역의 것으로 간주되었던 노동을 담당하고 있었던 것이다.

여성 노동자들은 공적 영역과 사적 영역의 경계에 아슬아슬하게 서 있는 형국이었다. 사회는 그녀들을 남성 노동자들과 달리 '산업 역군'으로 보기보다 공적 영역과 사적 영역의 사이에 있는 존재로 인식하였다. 따라서 여성들은 자본의 증식을 위해 일하는 '고용인'이자 주로 남성인 고용주나 중간 관리자의 가부장적 지배를 받는 '여성'으로 간주되기 쉬웠다. 즉, 여성 노동자들은 가정에서 아버지나 남편의 지배를 받는 것처

---

28 강이수, 위의 책, 26~27쪽.

럼, 노동현장에서는 남성 고용주나 관리자의 지배를 받는다고 간주되었다. 이렇듯 가정이 여성의 가장 중요한 공간이라는 이데올로기는 가정 밖의 여성들에게도 적용되었다. 이 이데올로기는 여성들의 노동 공간을 관리하는 남성들이 자신들의 '가부장권'으로 가정의 '남편'처럼 여성 노동자들의 섹슈얼리티를 거리낌 없이 지배하는 현상을 낳은 하나의 원인으로 볼 수 있을 것이다.

당대의 미디어들은 여성 노동자들이 다양한 남성들을 만나고 연애하며, 그중 일부는 결혼을 약속하지 않은 남성들과도 성관계를 맺는다고 보도하면서 여성 노동자들에게 '정조'를 단속하라고 훈계했다. 그러나 실상 여성들이 '정조'를 지키기 위해서는 여성들의 행실을 단속하기보다 남성 관리자 혹은 남성 고객들의 성폭력을 저지하는 것이 선행되어야 했다.[29] 여성 노동자들은 노동현장에서 직위가 가장 낮은 경우가 대부분이었기 때문에 젠더 권력관계 및 직급 권력관계의 이중적 억압 속에서 성폭력 피해에 쉽게 노출되었고, 특히 여성 서비스업 노동자들은 고객과 관리자 양쪽으로부터 성폭력의 위협에 시달렸다. 성노동에 종사하는 여성들은 성폭력의 위협에 더하여, 다양한 남성들과 성관계를 한

---

29 고용주들과 관리자들은 여성 노동자들의 섹슈얼리티를 활용하여 그들의 매상고를 올리는 것에만 관심이 있었다. 그 당시 관리자들은 외모가 매력적인 여성들을 우선적으로 선발한다고 공공연하게 밝혔다.(「여성의 일터를 찾아—어떤 자격자를 쓰며 어찌하면 뽑힐까 "공부"에 앞서는 "얼굴"과 "맘" 다섯 가지 대표 직업」, 『동아일보』, 1936.2.20, 3면) 관리자들이 업무의 효율을 높인다는 이유를 빌미로 여성을 거리낌 없이 성적 대상화하는 이러한 상황은 여성 노동자에 대한 성폭력으로 이어지기도 했다. 예를 들면, 경인버스회사 사장은 버스회사에서 차장으로 일하던 한 여성을 상습적으로 강간하였다. 이를 알게 된 동료 여성 차장들은 이 강간 사건을 해결하려는 목적을 뒤에 감추고 다른 요구 사안들을 앞세워 동맹파업을 한 후, 사장을 강제로 경찰서로 연행하여 강간 사건의 전모를 밝히려고 했었다. 「직업의 여탈을 호이(好餌)로—여차장의 정조를 유린」, 『동아일보』, 1933.2.2, 3면.

다는 이유로 '윤리적으로' 문제가 있다는 낙인에 시달려야 했다. 그러나 다른 한편으로 식민지 조선에서 가장 열악한 위치에 있었던 여성 노동자들의 위상은 사회 질서를 급진적으로 변혁하고 문제제기하기에 가장 적절한 것이기도 했다.

프롤레타리아 소설은 식민지 시기 여성 노동자들의 애매하고 교차적인 위치를 담아내었다. 여성 노동자들의 행동과 사고는 때로는 비일관적이고 비논리적이며, 모순으로 뒤덮여 있다. 이는 당시 사회가 정해놓은 '노동자'와 '여성'상에서 '여성 노동자'들의 애매모호한 위치를 보여준다. 그러나 다른 한편으로, 이 복잡한 여성 노동자들의 상황은 여성 노동자들에게 필요한 '계급 해방'이 무엇인지 질문하게 만든다. 조앤 스콧은 지금까지 노동계급의 역사가 남성 중심적이었으며, 여성 노동자들의 역사는 남성 중심적 노동계급의 역사가 빚는 모순에서부터 써 내려가야 한다고 주장했다.[30] 이 모순은 에티엔 발리바르의 용어를 빌려서 말하자면 중층결정된 계급의 성격을 무시했기 때문에 발생한다. 발리바르는 경제주의적인 이해관계만이 아니라 "세대, 젠더, 민족성, 동일한 도시나 농업 지역, 혹은 군사적 행동"[31] 등과 같은 동질적 생활관계도 사회운동을 위한 연대의 고리이자 계급을 구성하는 요인이라고 보았다. 두 사람은 모두 노동자들이 처해있는 다양한 맥락이 교차되면서 이들이 연대하는 지점에 주목한다. 이처럼, 소설 속 여성 노동자들이 가진 '계

---

30 Joan Wallach Scott, "Women in The Making of the English Working Class," in Scott, *Gender and the Politics of History*, Columbia University Press, 1988, p.89.
31 Etienne Balibar, "Class struggle to classless struggle?," Etienne Balibar and Immanuel Wallerstein, *Race, Nation, Class : Ambiguous Identities*, Translation of Etienne Balibar by Chris Turner, Verso, 1991, p.171. 번역은 인용자.

급'의 성격을 규명하기 위해서는 남성 중심적이고 단일한 '노동계급'의 개념이 모두 설명하지 못하는 한계에서부터 시작해야 한다. 그리고 이 한계는 여성 노동자들이 노동하는 공간에서 분명하게 드러난다.

린다 맥도웰은 젠더 이분법이 공간적 구분을 통해 가시화되며 이 공간구성을 문제 삼기 위해서는 젠더에 대한 상식적인 가정이 어떻게 사고와 지식의 본질을 구성하는지 탐구해야 한다고 주장한다.[32] 그러나 공간이 젠더 이분법적으로 구성되며 이 안에 젠더 위계가 존재한다고 해도, 젠더로 분할된 공간에서 여성들은 수동적으로 순응하지만 않고 능동적으로 실천하고 저항하기도 하는 등 복잡하고 다양하게 살아간다.[33] 린다 맥도웰의 주장은 소설 속의 여성 노동자들을 분석할 때 '여성'이기 때문에 공유하는 노동시장에서의 동질성과 여성 노동자 개개인의 다양한 정체성들이 교차하면서 만들어내는 다층적인 경험들을 함께 다뤄야 할 필요성을 제시한다. 이는 섹슈얼리티의 영역에서도 마찬가지이다. 여성 노동자들의 섹슈얼리티는 노동 공간에서 성폭력 피해로도, 노동 자원으로도 재현되기도 한다. 게일 루빈의 용어를 빌려서 말하자면, 이러한 여성 노동자들의 섹슈얼리티는 식민지 조선의 규범적인 섹슈얼리티에서 한참 벗어난 것일 수밖에 없었다. 따라서 "성을 너무 심각하게 취급하면, 정작 성적 박해는 심각하게 취급하지 않"[34]게 되어버릴 가능성을 경계하면서, 이들의 섹슈얼리티가 기존의 사회 질서에 도

---

32 린다 맥도웰, 여성과 공간 연구회 역, 『젠더, 정치성, 장소―페미니스트 지리학의 이해』, 한울, 2010, 39~40쪽.
33 위의 책, 52~53쪽.
34 게일 루빈, 신혜수·조혜영·임옥희·허윤 역, 『일탈―게일 루빈 선집』, 현실문화, 2015, 354쪽.

전하는 지점들을 살펴야 한다.

　이상으로 논한 노동과 계급, 섹슈얼리티에 접근하는 방법들을 바탕으로, 식민지 시기 프롤레타리아 소설에 나타난 여성 노동자들을 분석하겠다. 2, 3, 4장에서는 소설 안에 재현되는 여성 노동자들을 노동 공간에 따라 나누어 살펴보았다.

　2장에서는 주로 사적 영역에서 재생산 노동에 종사하는 여성 노동자들이 계급의식을 자각하고 사회운동에 참여하는 방식을 살펴보고자 한다. 2장 1절에서 다룰 작품은 송영의 「오수향」, 김말봉의 「망명녀」, 박화성의 『북국의 여명』, 이북명의 「인테리-중편 「전초전」의 일부」(이하 「인테리」)이다. 이 소설에 등장하는 여성 노동자들은 사회주의를 재생산 노동에 대한 차별과 낙인에 저항하는 이론을 제공해주는 것으로 전유하면서 사회운동가로 성장해나간다. 2장 2절에서는 이효석의 「깨뜨려지는 홍등」과 강경애의 「소금」을 다룬다. 이 작품들에서 재생산 노동자들은 자신들의 노동 성격과 노동 현장의 특성을 바탕으로 계급 적대를 자각해나가고, 스스로를 노동자로 인식해나간다.

　3장에서는 공장에서 생산직으로 일하는 여성 노동자들이 계급 갈등을 경험하는 방식과 젠더 폭력의 상관성을 살핀다. 젠더 폭력은 어떤 사람에게 특정한 젠더 역할을 강요하는 것이다. 3장 1절에서는 이북명의 「여공」, 유진오의 「여직공」, 한설야의 「교차선」, 강경애의 『인간문제』를 다룬다. 이들 작품에서 젠더 폭력은 주로 성폭력이나 사회적 관습의 강요로 나타난다. 성폭력은 공장뿐 아니라 거의 모든 공간에서 사용자들이나 관리자들이 여성 노동자들에게 가하는 폭력이다. 이 소설들의 노동자들은 '성폭력' 피해를 각자의 기준에 따라 그것을 '피해'로 인정하고 피해자와 연대하거나, 혹은 '피해'로 인정하지 않고 피해자를 오히려 비난한다. 그리고 이에 추가하여, 두 가지 경우에 해당하지 않는 여성 노동자가 경험한 성폭력 피해 역시 살폈다.

3장 2절에서 다루는 작품은 송계월의 「공장소식」, 이기영의 『고향』, 최정희의 「니나의 세 토막 기록」, 채만식의 『인형의 집을 나와서』이다. 이 소설들을 대상으로 여성 노동자들이 노동현장 안팎에서 사회적 관습의 압력과 갈등하며 싸우는 방식을 분석하였다. 여성 노동자들은 계급 격차와 젠더 격차가 여성들의 성역할을 구성하고 노동현장에서 나타나는 성폭력과 부당 노동 행위의 원인이라는 것을 깨닫고, 관리자들과 고용주에게 저항한다. 이 저항은 여성 노동자들이 개인의 문제로 생각하던 것을 다른 여성들과 연대하여 해결할 수 있는 문제로 확장하는 과정이기도 하다. 여러 노동현장을 전전하던 여성 노동자들이 저항을 시작하는 공간은 공장이므로, 공장이라는 장소와 계급투쟁의 관계를 주목할 것이다.

4장에서는 여성 서비스업 노동자가 독자성을 추구하는 과정이 대안적인 미래에 대한 지향으로 나타나는 방식을 분석한다. 4장 1절에서는 한설야의 『황혼』, 장덕조의 「저회」, 채만식의 『탁류』에 나타난 섹슈얼리티와 계급혁명의 관계를 탐구하겠다. 여성 서비스업 노동자들은 그녀들을 일상적으로 성적 대상화하는 사회의 시선을 거부하고, 현재의 사회에서 자신의 자율성을 구축하기 위해 필요한 물질적 조건들을 자각한다. 여성 노동자들은 노동현장과 일상생활에서 경험하는 불평등을 부당하다고 인식하고, 사회 구조에서 이것의 원인을 찾아나간다. 그리고 4장 2절에서는 김남천의 「바다로 간다」, 「경영」, 「낭비」, 「맥」을 통해 대안적 미래를 선도하는 여성 노동자상을 살펴보겠다. 여성 서비스업 노동자들은 자신들의 삶의 토대를 바탕으로 이전에 사회를 주도하던 사상들과는 다른 방식으로 대안적 미래를 전망하고, 이를 실현하기 위해 다양한 방식으로 실천한다.

/ 제2장 /

여성 가내/성 노동자와 사적 영역의 혁명성

1. 노동에 대한 자존감과 투쟁의식의 성장

1) 사회운동 참여와 자기비하의 극복

식민지 시기 프롤레타리아 소설 속에 등장하는 여성 재생산 노동자 중에는 무급 혹은 유급으로 가사노동, 육아노동, 그리고 감정노동을 제공하는 여성 재생산 노동자와 유급으로 고객에게 성노동을 제공하는 기생이나 창기가 있다. 전자의 재생산 노동자들은 다른 직종으로 옮기거나 사회운동가로 변신한다. 후자의 재생산 노동자들도 사회운동가가 되거나, 유사 업종에 종사하는 노동자들과 연대하여 쟁의를 벌인다. 이때 남성 사회주의자들은 성노동 경험이 있는 여성 재생산 노동자들에게 그들의 사회적 위치와 혁명적 주체로서의 가능성을 일깨워준다. 이 남성 사회주의자들과 여성 재생산 노동자들은 지도자와 추종자의 관계로 시작하지만, 이 관계는 점차 변화하여, 종국에 여성 재생산 노동자들은 그 남성들과 단절하고 다른 운동가들과 연대한다. 송영의 「오수향」과 김말봉의 「망명녀」는 이 사례에 속하는 소설들이다.

「오수향」은 유명한 기생이었던 오수향이 사회주의에 감화된 후 공장에 위장 취업하여 공장 노동자들의 투쟁을 조직해내는 서사이다. 오수향은 보통학교를 졸업하고 상급학교에 진학하여 교원이 되려고 했지만, 가난한 집안 형편으로 인하여 기생집에 인신매매된다. 수향은 상당히 인기 있는 기생이었기 때문에 금방 선불금을 갚지만, 계속 기생으로 일하기로 결심한다.

> 그러나 몸값을 갚고 나니까 역시 할 것이 없었다. 자기의 진심으로 웃는 것이 아니요 자기 본심으로 손님에게 안기는 것이 아니다. 언제든지 나는 나다. 이것이 직업이다. 손을 놀려서 벌이하는 여직공이나 노래를 팔아서 지내가는 기생이나 벌이해서 살아가는 것은 마찬가지다.[1]

수향은 공장 노동자나 기생을 모두 소외된 노동을 하는 '노동자'로 간주한다. 어떤 노동자이든 노동할 때 자신의 개성을 드러내지 않은 채 주어진 업무만을 담당한다. 노동자의 개성은 노동과정 중에는 발현되지 않는 잠재태로 남아있으며 바로 그것이 그 노동자의 '진짜' 모습이다.

---

1 송영, 「오수향(3)」, 『조선일보』, 1931.1.4, 3면.

이처럼 수향은 모든 노동을 소외된 노동으로 인식하며 자신의 진면목과 노동하는 자기를 분리시키고 직업으로 환원되지 않는 자신의 독자성을 주장한다.

그러나 한 사람의 직업은 그의 됨됨이를 판단하는 중요한 기준이며, 일터는 한 사람이 하루 중 가장 긴 시간을 보내는 공간으로, 한 사람의 개성에 상당한 영향을 미친다. 당시 미디어는 기생, 카페 여급, 창기 등 성노동과 관련된 일을 하는 사람들이 합리적인 노동을 하지 않는다는 이미지를 기자나 당사자의 이름을 빌려 지속적으로 만들어내었다.[2] 이러한 직업군에 종사하는 노동자는 언론의 이미지에 동의하지 않아도 그 이미지를 의식하지 않을 수 없다. 수향은 기생의 노동을 다른 노동자의 '노동'과 다르지 않게 생각하지만, 그녀도 모르게 내면화한 기생에 대한 낙인은 그녀의 내면 안에서 끊임없이 출몰한다.

수향은 그녀의 고객이었던 사회운동가 조용태와 동거하면서부터 기생을 은퇴한다. 부호의 자식으로서 사회운동에 적극적으로 참여하던 용태는 수향에게 사회주의의 시각에서 노동자와 농민, 여성의 현재 위치를 논하면서 기생도 "결코 천한 것이 아니다. 유산계급의 노리개가 되어서 지내는 압박당하는 계급이다. 그리고 기생이 막다른 골목이 아니다. ××회에 활약하는 어떤 여류 투사도 기생에서 분연히 몸을 일으키었다"[3]라고 주장한다. 수향은 용태의 씩씩한 태도와 사상적 입장에 도취되지만, 용태가 수향이를 사랑한 이유는 "수향이가 보통 기생보다 다

2   강이수, 「근대 여성 서비스직의 유형과 실태」, 『한국 근현대 여성노동－변화와 정체성』, 문화과학사, 2011, 210~213쪽.
3   송영, 「오수향(5)」, 『조선일보』, 1931.1.6, 5면.

르다 하는 점"[4]이었다. 용태에게 수향은 오직 그가 가정하는 '기생' 상과 가깝고 먼 정도로만 정의된다. 그가 처음 수향을 찾아온 이유는 "비록 기생노릇은 하지만 신문을 볼 때에도 여자 청년회원이나 여자조합원의 활약한 사실"[5]로 인한 호기심 때문이었다. 그는 기생의 사회적 지위를 논할 때에도 "노리개"라는 단어를 사용해가며 기생에 대한 낙인을 재생 산한다. 용태의 맥락에서 "노리개"는 남성들이 장난스럽게 접근할 수 있는 여성들을 지칭하기 위한 단어이다. 그는 기생을 노동자가 아닌 유 희의 대상으로 바라보는 것이다.

기생이었던 수향의 과거는 용태와 동거하던 시기에도 여전히 그녀의 행동을 제한하였다. 용태는 수향을 처음 만났을 때 기생도 유산계급에 의해 착취당하는 계급군의 일부라고 주장했으나, 막상 동거를 시작한 후에는 그녀의 노동 경험을 존중하지 않고, 그녀의 능력이 운동에 참여 하기에 충분하지 않다고 무시한다. 또한 그는 그의 집에서 개최되는 정 파 모임에도 수향이 참여하지 못하도록 저지했다. 수향은 톨스토이, 레 닌 등의 부인들처럼 남편을 능가하는 훌륭한 운동가가 되려는 꿈이 있 지만, 기생이었던 이력이 그 꿈의 실현 가능성을 약화시킨다고 생각한 다. 수향도 용태처럼 운동가와 운동의 조력자를 나누는 이분법을 내면 화한 것이다.

그러나 수향은 용태를 만나기 전에는 기생이라는 신분에 크게 개의 치 않고 소극적이나마 사회운동에 참여했었다. 기생이었던 그녀의 이력 은 조력자의 위치에서는 문제가 되지 않지만, 전업 활동가가 되려는 시

---

4   위의 글.
5   송영, 「오수향(4)」, 『조선일보』, 1931.1.5, 2면.

점에서는 결정적인 장애가 된다. 수향은 기생으로 일하던 시절에는 기생과 다른 노동자를 분리하지 않지만, 기생을 그만두고 난 후에는 기생에 대한 낙인을 수용하고 자신에게 한계를 부여한다. 이러한 수향의 변화는 기생이었다는 이유로 그녀를 비하하는 용태에게 많은 영향을 받은 것이다. 수향은 용태가 구속된 이후부터 점차 활동 범위를 넓혀나간다. 용태의 출옥이 얼마 남지 않은 단오날, 수향은 한 여성 사회주의 운동가의 연설을 접하고 그것을 인생의 전환점으로 삼는다.

> "그렇다. 우리들 여자들은 (삭제)" 아주 목소리는 떨리었으나 열렬하였다.
>
> 이러면서 잔뜩 흥분된 수향이는 그들 앞으로 나섰던 것이다.
>
> 모든 여자들은 눈들이 뚱그레졌다. 입을 삐죽이 내미는 여자도 있다. 그러나 그들은 연설꾼 여자들의 연설보다도 이 수향이 자기들과 같이 섞이어 섰던 수향이의 악쓰는 소리가 더― 가슴에 스며들었던 것이다.
>
> "힘― 쎈데!"
>
> "아니 전에 여학생이라나 보든데!" 하는 수군거리는 소리가 돌았다.
>
> 놀이터는 의외로 긴장이 되었다.
>
> 수향이는 이제까지 겉으로 발표 아니하였던 자기의 생각을 처음으로 나타내었다.
>
> 실력을 양성하여 가지고― 남편이 나올 때까지 하든 모든 주저하던 것은 완전히 깨어졌다.
>
> 가슴속이 우울하던 것이 한꺼번에 없어진 듯이나 되었다.[6]

---

6   송영, 「오수향(6~7)」, 『조선일보』, 1931.1.9~10, 5면.

단오날에 여러 사람들 앞에서 한 연설이 다른 사람들에게 전폭적인 지지를 받자 수향은 처음으로 기생 콤플렉스와 실력이 부족하다는 자책에서 벗어나, 자신의 모습 그대로도 다른 사람을 감화시킬 수 있다고 확신하게 된다.[7] 또한 이 사건은 수향이 용태의 그늘로부터 벗어나 스스로 의견을 표출하고 운동에 참여할 가능성을 실험한 자리이기도 하였다. 수향의 연설은 그 자리에 모인 여성들에게도 '연설꾼'들의 의견보다 더 공감할 만한 것이었다. 연설꾼과 수향의 대비는 이론에 근거한 선동보다 여성들의 삶에 밀착한 내용이 사회에 대한 사람들의 분노를 더 효과적으로 불러일으킨다는 것을 보여준다. 또한 수향의 연설에 대한 사람들의 호응은 그녀가 사회운동 전선에 바로 뛰어들어도 손색이 없다는 증거이기도 하다. 연설 이후, 용태는 소설에서 더 이상 언급되지 않는다. 용태의 소설적 기능은 수향의 기생 콤플렉스를 자극하고 수향이 자신의 경험의 가치를 의심하여 운동전선에 뛰어들지 못하도록 가로막는 것이었다.

수향은 용태가 사라진 이후로도 한동안은 기생에 대한 낙인을 의식하지만, 점차 기생이었던 과거와 화해하고 사회운동가로서 자신의 위치를 다져나간다. 이 과정에서 정옥의 역할은 중요하다. 단오날 그네놀이 현장에서 연설한 이후 수향은 '연설꾼'으로 불렸던 여성 사회주의자가 속해있는 단체에 찾아가 가입을 문의한다. 그 단체의 회장인 정옥은 기생이었던 이력 때문에 단체 가입을 망설이는 수향을 흔쾌히 수용하고,

---

7 수향의 연설 장면에서도 나타나듯이, 1920년대 중반과 1930년대 중반에는 지식인들보다 노동자와 같이 사회에서 소외당한 사람들의 연설이 더 많이 주목받았다. 이 시기의 대중들은 지식인들의 계몽적 연설보다 자신의 경험을 소박하게나마 사회문제와 연결시켜서 전달하는 목소리에 더 귀 기울였던 것이다. '연설'에 관한 자세한 사항은 2장 2절 1항에서 창가들의 연설을 분석한 부분을 참조하라.

그녀를 다른 노동자와 동등하게 대우한다. 여성 노동자들을 주체로 가정하고 운동하는 이 단체로서는 수향과 같은 성노동자들이 낯설지 않았을 것이다. 당시 농촌의 빈곤한 여성들은 적지 않은 수가 기생이나 창기로 인신매매되었다.[8] 성노동은 식민지 조선의 여성들이 강제적으로 혹은 다른 이유로 많이 종사하던 직업이었다. 이 같은 상황에서 사회주의적 성격을 띤 여성운동 단체는 성노동자를 무시하고서는 노동운동을 할 수 없었고, 여성 노동자의 권리도 논하기 어려웠다. 이러한 맥락에서 정옥 역시 기생이었던 수향의 경험을 존중했던 것이다. 하지만 수향은 자신의 전직前職을 "변태있는 생활을 하는" "얄미운 직업"[9]이라고 명명하면서 비하한다. 또한 그녀는 운동단체에 가입한 후에 '기생 같아 보이는' 옷차림과 태도를 모두 바꾸어 기생과 사회운동가는 달라야 한다는 그녀의 고정관념을 드러낸다.

사회운동 단체에 가입한 수향과 정옥의 관계는 수양과 용태의 관계와 유사해 보인다. 두 사람은 같은 집에 살면서 매우 친밀하게 지내고, 정옥은 수향에게 여러 가지를 알려준다. 하지만 정옥은 용태와는 달리 수향을 다른 단체원들에게 소개하고, 단체의 중요한 사업에 적극 참여하도록 유도하는 등 수향을 단체의 구성원으로 인정한다는 점에서 용태와 다르다. 수향은 정옥과 다른 동지들의 도움에 힘입어 단체의 주요 활

8 　일본을 비롯하여 식민지 조선에서 창기와 같은 성노동자는 일반적으로 인신매매의 방식으로 거래되었는데, 인신매매되는 여성들은 빈곤한 농촌 가정 출신이었다.. 당시 인신매매 현황을 살펴보면, 조선 내부뿐만 아니라 조선에서 중국으로 매매되는 사례도 적지 않았다. 인신매매 업자들은 농촌 등에서 빈곤한 여성들에게 괜찮은 일자리를 소개해준다고 유혹하여 여성들을 모집하고, 그녀들을 성노동자로 국내 혹은 중국에 판매하였다. 당시 미디어들도 이러한 인신매매 실태를 여러 차례 보도했다. 박정애, 「일제의 공창제 시행과 사창 관리 연구」, 숙명여대 박사논문, 2009, 88~106쪽.
9 　송영, 「오수향(7)」, 『조선일보』, 1931.1.10, 5면.

동가로 거듭나고, 나아가 한 제사공장에서 노동자들의 파업을 조직하는 업무도 맡는다.

이 단체에서 기생이었던 수향의 과거는 기피해야 할 부끄러운 것이 아니라 여성 노동자들의 파업을 돕는 유용한 자원이 된다. 스무 살이 넘은 수향은 열아홉 살 이하만 고용하는 공장 측의 고용조건에 맞지 않지만, 수향의 단골손님이었던 공장의 지배인에게 접근하여 쉽게 취직한다. 공장장도 기생이었던 수향의 과거에 호기심을 느끼고, 그녀에게 노동자들의 동태를 감시하는 역할을 맡긴다. 관리자들은 수향이 대인 업무에 능숙한 기생이므로 다른 노동자들로부터 정보를 많이 캐낼 수 있으리라고 믿었던 것이다. 수향은 기생에 대한 관리자들의 선입견을 활용하여 이중 스파이로 활동하면서 더 쉽게 노동자들을 조직한다. 기생이었던 이력은 용태의 시각에서 전업 운동가가 되기에는 부적절했지만, 여성 사회주의 운동단체에서는 오히려 사회운동을 위한 중요한 자원이 된다.

「오수향」은 재생산 노동의 일종인 기생 노동을 사회적 맥락에서 탈맥락화했다가 또다시 맥락화하고, 또 한 번의 재맥락화를 거쳐, 이후 기생 노동을 파업 계획을 성공적으로 이끄는 요인으로 재현하면서 상품화된 여성 섹슈얼리티를 사회운동의 전략으로 전유한다. 수향은 선불금을 모두 갚고 난 후 기생이나 여공이나 모두 동일한 노동자라고 생각하면서 기생 노동을 젠더화된 노동시장 구조에서 탈맥락화한다. 그러나 용태가 기생을 "노리개"로 명명하자, 다시 기생 노동은 노동시장의 젠더 구조와 성노동을 차별하는 섹슈얼리티 위계 안에 맥락화되고 수향도 용태의 시선을 내면화한다. 그러나 수향이 사회운동 단체에 가입하면서 기생 노동은 사회변혁에 기여하는 것으로 또다시 재맥락화된다. 이 과정에서 기생에게 부여된 낙인과 그로 인한 성차별은 보다 분명히 드러난다. 기생의 계급의식은 여성의 성을 거래 대상으로 삼으면서도 성노동은 열등하다는 낙인을 찍는 모순적인 사회적 시선과 각축을 벌이며 형성된다.

이 소설에서 수향을 지지하고 그에게 사회운동을 할 수 있도록 기회를 제공한 사람들은 익명의 여성 대중들과 여성 사회주의자들이다. 수향은 이들과 함께 운동하면서 기생이었던 경험을 존중받고, 사회운동에 참여할 수 있다는 자신감을 얻으며, 이들과 자신을 동일시한다. 이 소설은 여성 사회주의자들뿐만 아니라 단오날 그네놀이를 즐기던 불특정 다수의 여성들도 수향과 동질적인 집단으로 재현한다. 수향은 여성이라는 이유로 언제든지 성노동에 연루될 수 있는 사람들, 그리고 여성이라는 성별의 사회적 위치를 자각하면서 자신을 지지해주는 사람들과 함께 계급의식을 형성해나가는 것이다.

「망명녀」의 주동인물은 기생인 순애이다. 순애는 한 요릿집의 유명한 기생이었지만 여학교 선배인 윤숙의 도움으로 요릿집을 그만둔다. 윤숙은 순애가 기독교적 생활방식을 따르며 생활하기를 바라지만, 순애는 기독교 사상과 생활방식에 공감하지 못한다. 순애는 윤숙의 약혼자이자 사회주의자 창섭을 만난 후 그를 사랑하게 되는 동시에 사회주의에 매료된다. 창섭은 순애를 동지라고 부르며 청혼하지만, 순애는 윤숙과의 관계와 활동가로서의 미래를 위해 창섭과 파혼하고 만주 봉천으로 향한다. 순애가 사회주의 사상과 그 운동에 관심을 가지게 된 배경은 기생 시절의 경험과 관계가 깊다. 아래의 인용문은 순애가 기생으로 일하던 시절에 발생한 에피소드이다.

"무엇이 어째? 금세 다른 손님에게 갖은 아양을 다 부리더니 갑자기 몸이 아퍼? 내게는 아무렇게나 버무려 넘기면 그만인 줄 아나. 여기에 올 때에는 유쾌하게 놀다 가려고 온 것이여. 너를 부른 것은 공연히 부른 것이 아니여. 이 좌석 여러 사람을 다 같이 기쁘게 하기 위하여 일부러 돈을 주고 불렀어" 하고는 좌중을 향하여 한씩— 웃습니다. 나는 금시로 속에서 무엇이 뭉클하고 올라오는 것 같습니다. 그 자리에 더 앉아 있으면 금시에 기겁을 하여 죽을 것만 같아서 벌떡 일어섰습니다. 막 문을 열고 나오려니까 무엇이 뒷덜미를 왈칵 잡아다가 자리에다 메칩니다. 나는 기운에 부치어 뺑뺑이를 한 번 돌고 자리에 고꾸라졌습니다. 나는 분하고 부끄러워 얼른 일어나 앉으려니까 아까 그 오 주사가 손가락으로 내 아래턱을 거두면서

"방정맞은 계집 같으니. 하도 배워먹기도 못한 것이 이것이 다 기생이냐. 이따위가 명월관 스타야. 누구 앞이라고 포달을 부리고 나가. 응?"[10]

오 주사는 순애가 그의 요구에 빠르게 대응하지 못했다는 이유로, 순애에게 모욕적인 폭력을 행사한다. 이 연회의 현장은 두 가지 측면에서 순애의 부당한 노동환경을 드러낸다. 우선, 기생들은 건강권을 보장받지 못한 채 일한다. 순애는 이미 의사에게 투약과 휴식이 필요하다는 진단을 받았지만, 업주는 그 진단을 알면서도 순애에게 휴가를 주기는커녕 오히려 휴일에도 일을 시킨다. 다음으로, 기생들은 고객의 폭력에 무방비로 노출되어 있다. 오 주사가 순애에게 폭력을 휘두를 때, 그 상황을 진정시켜줄 사람은 아무도 없었다. 오 주사의 폭력은 물리적 폭력뿐

---

10 김보옥, 「망명녀(1)」, 『중앙일보』, 1932.1.1, 2면.

만 아니라 언어적 폭력도 동반했다. "금세 다른 손님에게는 갖은 아양을 다 부리더니", "배워먹지도 못한 것이", "포달을 부리고 나가" 등은 오 주사가 순애를 자신보다 더 열등한 사람으로 생각했기 때문에 할 수 있었던 폭언이었다. 이것은 오 주사의 성품 문제일 뿐만 아니라 기생을 천시하던 사회적 분위기와도 관련이 있다.

성노동은 그 역사가 매우 길다.[11] 그 노동이 존재했던 역사적 맥락과 사회적 상황은 항상 달랐지만, 이 노동은 근대화 과정에서 사랑과 임신 및 출산, 그리고 노동력 재생산 등 가족과 가족의 외부를 구획하는 중요한 기준이 되어왔다.[12] 이 노동이 가족의 경계를 넘어서면 가족과 그 외부의 경계를 모호하게 하므로, 가족주의 관념은 이 노동에 거부감을 느끼고 올바르지 못한 노동이라는 낙인을 찍었다. 하지만 다른 한편으로, 이 노동에 대한 수요와 공급은 꾸준히 존재했다. 이로 인해 성노동은 결혼과 가족의 규범을 강화하기 위한 타자로서만 사회에 편입되었다. '정상'인 결혼과 가족관계 안의 사람들은 성노동에 종사하는 자들을 기괴한 자들로 배척했고, 성노동에 종사하는 이들도 이러한 사회적 시선을 내면화하였다. 이러한 당대 사회적 이데올로기를 잘 보여주는 소설로

11 보니 벌로와 번 벌로는 『매춘의 역사』(서석연·박종만 역, 까치, 1992)에서 여성이 성을 판매해온 역사를 고대에서부터 당대에 이르기까지 기술하며, 성노동은 시대에 따라 변하는 여성의 지위 변화와 맞물리면서 그 사회적 위상도 달라져왔다고 분석한다.
12 실비아 페데리치와 포르뚜나띠는 자본주의 사회에서 여성의 재생산 노동이 임금노동으로 인정받지 못하고, 노동시장의 젠더로 인해 여성들이 가정에서 재생산 노동을 전담하면서 경제적으로 남성에게 의존하게 되는 경우가 많다고 지적했다. 이 맥락에서는 '아내'인 여성들이 남편과 성관계하는 것 역시 노동으로 명명된다. 이들의 관점을 따르면 가족에서나 임금노동 시장의 성노동자나 모두 유사한 성노동을 하고 있으므로 임금시장의 성노동을 비난하는 낙인은 허구적인 것이 된다. 실비아 페데리치, 황성원 역, 『혁명의 영점─가사노동, 재생산, 여성주의 투쟁』, 갈무리, 2013, 52~59쪽; 레오뽈디나 포르뚜나띠, 윤수종 역, 『재생산의 비밀』, 박종철출판사, 1997, 76~79쪽.

안석주의 「여사무원」(『대중공론』, 1930.3~6)이 있다.

「여사무원」은 성노동과 성노동에 종사하는 사람에 대한 사회적 편견을 잘 반영한다. 옥경이는 상사로부터 강간당한 후 엄청난 수치심과 좌절감을 느끼고, 기생이 되어야겠다고 결심한다. 옥경이의 결심은 두 가지 가정을 내포한다. 첫째, 옥경이는 강간으로 인해 '정조'를 상실했으므로 규범적 섹슈얼리티의 범주 밖으로 축출되었고, 이로 인해 그녀는 다른 직종에 종사할 수 없다. 즉, 대부분의 직종은 오직 규범적 섹슈얼리티의 범주 안에 있는 여성만을 고용한다. 둘째, 기생들의 노동은 이미 규범적 섹슈얼리티의 외부에 있으므로, '정조'를 상실한 사람도 기생으로 일할 수 있다. 이 두 가지 가정은 성폭력 피해자와 기생에 대한 식민지 조선의 편견을 두 가지 측면에서 그대로 반영한다. 첫째, 식민지 조선에서 강간 피해에 대한 책임은 가해자가 아니라 피해자의 몫이었다. 둘째, 기생은 규범적인 섹슈얼리티의 경계 밖에 존재하는 자들의 직업으로서 소위 '불온'한 직종으로 취급되었다. 옥경이의 결심이 내포하는 가정과 이것이 전제하는 편견은 당시 규범적 섹슈얼리티가 여성들을 매우 강력하게 규제했고, 강간의 책임은 피해자가 짊어지는 경우가 많았으며, 기생은 비규범적인 직업이었다는 것을 보여준다.

「망명녀」도 「여사무원」과 유사하게 당시 사회가 기생을 바라보는 시선과 기생들이 이를 내면화한 방식을 보여준다.

그뿐만 아닙니다. 내가 명월관에서 나온 후 얼마 동안은 기분전환으로 잠간 잊어버렸던 모르핀의 악습이 다시 나를 찾아오는 것입니다. 나는 이것만은 어떻게 해서라도 이겨보려고 하였습니다. 윤숙 언니께 미안하다는 것보

다도 내 자신이 이것 때문에 파멸될 줄을 잘 안 까닭입니다.[13]

　나는 차차로 지나간 생애를 돌아다보게 되었습니다. 암흑暗黑의 천지, 아무 거리낌 없는 방종한 쾌락, 짓밟히고 농락을 받는 그 씁쓸하고 달콤한 환락歡樂의 밤이 그리워집니다. 내 눈앞에는 술에 붉어진 사나이들의 눈과 눈 힘센 팔 허덕이는 숨소리 푸르고 붉은 술잔 새 장구 소리에 맞춰 나오는 좋다—하는 소리가 귀에 들리고 눈에 어른거립니다. 나는 몸서리를 치면서 할 수 없는 내 운명을 저주하였습니다.[14]

　순애는 기생을 그만두고 윤숙의 집에서 살면서도, 기생으로 일하면서 익혔던 자기혐오적 행동들을 반복한다. 윤숙은 순애의 자기혐오를 이해하지 못하고, 오히려 순애의 과거를 혐오하면서 기독교와 기독교적 생활방식으로 새로운 사람이 되라고 강요했다. 윤숙은 순애가 기생이었던 시절의 습관들을 내보일 때마다 "너는 모든 과거를 짓밟아버려야 한다. 말살抹殺해버려라. 흑암 생활에서 지내온 것은 흉내라도 내지 말아라",[15] "애 순애야, 이게 무슨 짓이냐? 네가 이렇게까지 타락을 하였단 말이냐?"[16]라고 비난하고, 그녀의 과거를 부정했다. 윤숙의 이러한 비난은 오히려 순애의 자기혐오와 기독교에 대한 반감을 더욱 심화시켰다. 순애의 자기혐오는 모르핀을 투여하고, 요릿집의 연회에서 즐긴 고객과의 유흥을 그리워하는 방식으로 나타난다. 순애 역시 모르핀을 투

13　김보옥, 「망명녀(4)」, 『중앙일보』, 1932.1.4, 4면.
14　김보옥, 「망명녀(5)」, 『중앙일보』, 1932.1.6, 4면.
15　김보옥, 「망명녀(4)」, 『중앙일보』, 1932.1.4, 4면.
16　김보옥, 「망명녀(5)」, 『중앙일보』, 1932.1.6, 4면.

여한 결과는 "파멸"이며, 유흥에 참여한 결과는 "암흑의 천지"에서 "짓밟히고 농락을 받"는 것임을 잘 알고 있다. 하지만 윤숙이 기독교의 이름하에 재생산하는 기생에 대한 낙인은 오히려 순애를 자기혐오로부터 빠져나오지 못하도록 방해한다.

순애는 자신의 과거를 인정하는 창준을 만나면서 자기혐오로부터 빠져나오기 시작한다. 창준은 순애에게 기생의 습성으로부터 벗어나라고 채근하는 대신, 순애의 과거가 미래의 새로운 삶을 위한 자원이 될 것이라고 독려한다.

> 순애씨! 그러기에 말입니다. 피가 나도록 경험의 실감實感을 가진 당신 같은 이라야 제일선第一線에 나설 자격이 있습니다. 대중은 전 세계의 무산 대중은 기분 향락과 관념의 세계에서 돌고 있는 위선가에게는 너무도 지쳤습니다. 순애 씨 당신이 가진 그 체험이야말로 값 주고 살 수 없는 보배입니다. 자 내게 약속하여 주시요. 나의 사랑하는 동지가 되겠다는......[17]

창준은 순애에게 사회주의 이론을 가르쳐주면서 기생이었던 순애의 경험이 사회주의 운동을 위한 자원이 되리라고 확신한다. 그는 순애의 경험을 "제일선에 나설 자격"이며 "값 주고 살 수 없는 보배"라고 칭한다. 지금까지 순애는 기생이라는 이유로 고객들에게 무시당했고, 낙인에 시달렸으며, 자신을 사랑할 수 없었다. 하지만 창준을 만난 후부터 순애는 건강을 해치는 습관을 고치고 규칙적인 생활을 시작한다. 창준

---

17 김보옥, 「망명녀(6)」, 『중앙일보』, 1932.1.7, 3면.

의 믿음과 순애의 변화는 순애가 불행했던 원인을 잘 보여준다. 순애의 불행은 기생이라는 그녀의 전직前職으로 인한 것이 아니라, 그 직업에 붙어있는 낙인으로 인한 것이었다. 그 낙인은 순애가 미래를 기획하지 못하도록 가로막았다. 사회주의라는 시각은 지금껏 순애를 규정한 시각 중에서 유일하게 기생이었던 이력에 낙인을 찍지 않았으며, 오히려 그 이력을 변화의 원동력으로 명명한다. 사회주의는 순애에게 과거의 기생 경험을 인정하는 동시에 기생 이후를 전망할 수 있게 하는 힘으로 나타난다.

순애는 자신의 삶에 희망을 부여한 사회주의에 매료되는 동시에 그녀에게 사회주의를 소개해주고 지도해준 창준과 연애한다. 하지만 순애는 창준과 결혼하는 날, 결혼식에 참석하는 대신, 윤숙과 창준에게 각각 감사의 편지를 남기고 만주 봉천으로 향하는 열차에 오른다. 순애가 봉천으로 떠난 사건은 순애가 사랑보다 사회운동을 더 중시하였고, 독자적으로 사회운동계에서 활동하려는 욕망이 있었다는 것을 보여준다. 창준은 순애에게 사회주의를 소개해주고 순애가 기생이었던 과거를 긍정하도록 도와준 인물이다. 그러나 창준은 순애를 독립적인 사회주의 운동가로서 성장하도록 독려하기보다, 그녀를 창준의 휘하에 계속 두고자 한다. 창준은 순애를 동지로 생각한다고 자임하지만, 순애가 자신보다 사상적으로나 운동적으로 급진적이지 않고, 운동에서 보조적인 지위를 수행한다고 가정한다.

"그런 일은 없겠지만 혼인하는 즉시로 신랑이 죽는다든지 감옥에를 간다면 순애 씨는 혼자서라도 넉넉히 싸워 갈 수가 있을까요?"

나는 웃으며

"글쎄요" 하니까

"글쎄가 아니라 전선戰線에 나선 사람이 그만한 각오는 있어야지."

그의 얼굴은 엄숙하였습니다.

"그것은 벌써 동지로 약속하던 날부터 내 마음속에 가진 맹세입니다 선생
님—."

하고 이번에는 웃지 않고 이렇게 대답을 하였습니다. 윤은 감격한 듯이 손을
내밀었습니다. 나도 손을 내어 그의 손을 쥐었습니다. 동지와 ××를 하고
모험을 하고 그리고 고문대에서 지독한 ××에도 꼼짝하지 않고 끝까지 입
을 다물고 순사殉死하는 나의 환상幻像에 나는 스스로 잠깐 동안 도취하였습
니다.[18]

위 인용문에서 창준은 사회운동으로 인해 죽거나 구속될 가능성이
있는 사람은 순애가 아니라 자기 자신이라고 자임한다. 따라서 창준은
배우자가 사라지더라도 홀로 투쟁하겠다는 결심을 순애에게만 종용한
다. 그러나 순애는 창준이 아닌 자신을 죽음을 무릅쓰는 투사로 상상한
다. 창준은 순애를 자신보다 사회 모순을 의식하는 수준이 낮고 운동에
참여할 준비도 부족한 초보 운동가로 취급하지만, 사회운동을 향한 순
애의 열망은 상당히 높은 수준에 올라있었다. 사회운동은 이 두 사람에
게 서로 다른 의미를 가진다. 창준의 엄숙한 얼굴이 상징하듯이, 일본
유학까지 다녀온 창준에게 사회운동은 기득권이 될 기회를 희생하고

---

18 김보옥, 「망명녀(8)」, 『중앙일보』, 1932.1.9, 4면.

'대의'에 헌신한다는 의미가 있었다. 그러나 순애는 고문당하는 상상을 하면서 "잠깐 동안 도취"할 만큼 사회운동에 강력하게 매혹된다. 신체적 고통이 수반되는 사회운동을 매력적인 경험으로 상상하는 것은 한편으로는 아이러니하다. 그러나 여기에서 순애의 전직이 기생이었다는 사실을 염두에 둘 필요가 있다. 순애에게 사회운동은 기생에 대한 낙인으로부터 벗어나 새로운 인생을 모색할 기회라는 의미를 가진다.

순애는 창준을 통해 사회주의를 처음 접하고, 그 이후에도 계속 그를 통해 사회주의를 학습하지만, 사회주의 운동이 그녀에게 가지는 의미는 창준과 달랐다. 기생이었던 순애에게 사회주의 운동은 기생에 대한 사회적 낙인을 부수고 자신을 긍정하는 것이었다. 순애가 윤의 동지로부터 비밀리에 전달해야 할 물건을 받은 후 "이때이다 이 기회이다. 나도 사람이다"[19]라고 혼잣말을 하면서 온몸을 전율할 정도로 흥분하는 장면은 그녀에게 사회운동이 가지는 의미를 단적으로 보여준다. "나도 사람이다"라는 말에서 드러나듯이, 순애에게 사회운동은 '사람'으로서의 권리를 제대로 존중받지 못하는, 그녀와 같은 사람들이 사회의 주역으로 활동할 가능성을 열어주는 감격적인 활동이었다. 즉, 순애에게 사회주의를 공부하고 그것을 실현하기 위한 운동은 그녀와 같이 낙인에 시달리는 기생들이 '사람'으로서 인정받는 사회를 앞당기는 것이었다.

기생이었던 순애가 사회운동에 참여한다는 것은 지식인이 사회운동에 참여한다는 것과는 그 의미가 다르다. 순애가 꿈꾸는 사회변혁에는 기생으로 활동했을 당시에 직접 경험했던 노동착취, 그리고 기생들이

---

19 위의 글.

자기혐오를 내면화하여 노동착취에 순응하게 만드는 사회적 맥락을 파괴하는 것까지가 포함된다. 순애의 이상은 윤숙에게 보낸 마지막 편지에서 "내 앞에는 인류의 행복을 위하여 싸우는 문이 열리었습니다"[20]라는 구절로도 드러난다. 순애의 입장에서 "인류의 행복"의 의미를 생각해볼 필요가 있다. 순애가 사회주의를 접하기 이전에 순애의 행복을 가로막았던 것은 기생에 대한 낙인이었다. 이것은 순애가 기생으로 일하던 시절, 그리고 기생을 그만둔 이후에도 계속 따라다니면서 그녀 자신을 혐오하게 만들었다. 사회운동은 순애가 기생에 대한 낙인을 극복하고 '행복'을 찾을 가능성을 열어준 결정적인 계기였다. 순애가 '인류의 행복'을 위해 투쟁한다면, 자신의 행복을 가로막았던 노동시장의 젠더와 비규범적 섹슈얼리티에 대한 낙인도 투쟁의 대상이 된다.

프롤레타리아 문학에서 기생이 사회운동가로 변모하는 서사가 나타난 이유는 무엇일까? 기생이 사회운동가로 변모하는 과정은 새로운 인물군이 사회운동가로 탄생하는 극적인 측면을 강조하는 효과가 있다. 공장 노동자가 사회주의 사상에 공명하여 사회운동가가 되는 서사보다, 사회주의와 거리가 멀어 보이는 성노동자들이 사회운동가가 되는 서사가 사회주의의 보편적인 호소력을 더욱 강조할 수 있다. 그러나 다른 한편으로, 사회주의와 기생의 만남은 강력한 변화에 대한 기생의 열망을 더욱 극적으로 드러낸다. 식민지 시기에 성노동에 종사하는 사람들은 대부분 인신매매의 형태로 요릿집이나 기생집, 창기집에 팔려가 감금된 상황에서 일해야 했다.[21] 업주들은 기생에 대한 낙인을 활용하여 이들

---

20 김보옥, 「망명녀(9)」, 『중앙일보』, 1932.1.10, 4면.
21 윤은순, 「일제 강점기 기독교계의 공창폐지운동」, 『한국기독교와 역사』 26, 한국기독교

에게 과중한 업무를 부여하였다. 그러나 업주들에 맞서 노동환경을 개선하려는 기생들의 투쟁이 언론 매체에 심심치 않게 등장했을 만큼, 이들은 부당한 행위뿐만 아니라 그녀들을 소외시키는 사회적 분위기에도 맞섰다.

또한 본 항에서 언급한 두 소설은 각각 카프 성원이었던 송영과 훗날 유명한 대중소설 작가가 되는 김말봉에 의해 창작되었다는 점에 주목할 필요가 있다. 「오수향」은 기생이 사회운동가로 성장하는 과정을 통해 노동시장의 젠더와 남성 사회주의자들이 기생을 바라보는 차별적 시각을 나타내었다. 하지만 이 소설에는 소설의 전체 서사와 배치되는 정옥의 주장, 즉 농민들과 달리 공장 노동자들은 남녀가 모두 같은 조건에서 유사한 노동을 하고 있으므로 부인부가 필요 없고 산업별 조직으로 나아가야 한다는 의견이 갑자기 등장한다. 이 주장은 저자인 송영의 정치적 입장을 피력하기 위해 삽입된 것으로 보인다.[22] 정옥이 속한 조직은 여성들로만 구성되어 있고, 여성들을 '사람'이 아닌 '여성'으로 호명하며, 여성 노동자들의 파업과 노동조합을 조직하는 활동에만 관여한다. 정옥의 주장과는 달리 이들의 활동은 역설적으로 여성 노동자들만을 위한 조직

역사연구소, 2007, 180~183쪽.

[22] 「오수향」이 창작된 시점은 1931년은 1920년대 중후반 침체기에 접어든 노동운동을 활성화시키기 위해 1929년부터 전국적인 규모로 산업별 노동조합을 재조직하던 시기였다. 이 작업은 1928년 2월 테제 이후부터 신간회와 거리를 두기 시작한 사회주의자들이 민족주의자들과 자신들을 구별하기 위해 시행한 사업 중의 하나였다. (김경일, 『일제하 노동운동사』, 창작과비평사, 1992, 238~259쪽) 정옥의 정치적 입장은 산업별 노동조합 재조직과 민족주의자와의 합동노선을 반대하고 노동자들의 재단결을 지지하던 송영의 정치적 입장을 반영한다. 어떤 선행연구는 이 부분과 이후 송영의 자기비판을 토대로 「오수향」을 송영의 정치적 입장이 과잉 표출된 소설로 해석하기도 한다. 임혁, 「송영 문학에 나타난 '체험'과 현실인식의 관련 양상 연구」, 서울대 박사논문, 2016, 33~35쪽.

의 필요성을 보여준다. 송영의 정치적 입장과 소설 속의 여성운동 단체
는 서로 모순을 이루며 소설 안에 공존하는 기이한 형태를 보인다.

　김말봉의 「망명녀」는 기생이었던 생활에 진력을 내지만 기독교 윤리
를 강요받자 역설적으로 기생이었던 생활을 그리워하는 순애의 상황을
순애의 시각에서 제시하였다. 김말봉은 한국에서 여성으로서는 최초로
장로로 임명될 만큼 독실한 기독교도로 알려져 있음에도 불구하고, 이
소설에서는 기독교와 순애를 서로 갈등하는 관계로 그리고, 사회주의를
순애가 새로운 삶을 개척할 수 있도록 돕는 사상으로 제시한다. 이 소설
에서 나타난 사회주의에 대한 호의적인 시선은 1920년대 말에 목포에
서 여성운동에 적극적으로 참여한 김말봉의 이력과 관련이 있을 것이
다. 김말봉은 목포여자청년회 임시의장으로 활동했었고,[23] 근우회 목포
지부 설립에도 관여하였다.[24] 이러한 활동에 비추어볼 때, 김말봉은 사
회주의와 여성들의 사회운동 참여에 적극적인 지지를 보냈다고 할 수
있다. 즉, 그녀는 여성들이 자신의 문제나 사회 문제의 해결에 적극적으
로 나서야 한다고 생각했던 것이다. 실제로 김말봉의 식민지 시기 소설
은 시련을 능동적으로 해결하는 여성인물을 자주 소재로 삼았다. 이러
한 여성인물은 1932년 김말봉의 데뷔작인 「망명녀」뿐만 아니라 1935
년에 『동아일보』에 연재한 장편소설 『밀림』과 1937년 『조선일보』에
연재한 장편소설 『찔레꽃』에서도 찾아볼 수 있다.

　이 같은 여성인물의 성격은 김말봉의 남성관과도 관련이 있다. 김말

23　「목포여청 임총臨總」, 『중외일보』, 1927.6.7, 4면.
24　「목포에 근우지회신설 12월 3일에」, 『동아일보』, 1927.12.6, 3면. 이 기사는 김말봉을
　　류경애, 고연우와 더불어 "목포에서 가장 여성운동에 우위를 잡고 활동"하는 사람이라
　　고 소개한다. 김말봉은 목포 근우지회가 신설될 당시 집행위원직을 담당했었다.

봉은 『중외일보』의 기자로 활동하던 시절, 여러 명사들이 "약한 자여 네 이름은 남자니라"라는 주제로 짧은 글을 기고하는 기사에 이름을 올렸다. 김말봉은 그 기사에서 불경기로 인해 학력 수준 고하와 관계없이 남성들이 일자리를 얻지 못하고 거리를 배회하는 당대의 풍경을 남성의 약한 모습을 보여주는 전형으로 지적한다.[25] 아마 김말봉은 1930년을 기점으로 점차 가속화된 사회변화에 조선 남성들이 적절하게 대응하지 못했다고 생각했던 것으로 보인다. 김말봉은 소설 안에 무기력한 남성 대신 기존 사회 질서에 비판적이고 자신의 일에 적극적인 여성들을 그려내어 미래지향적인 인물형을 여성에게서 발견하고자 했다.

2) 재생산 노동으로 드러내는 변혁의 열망

박화성의 「북국의 여명」은 삯바느질과 같은 가내 임금노동은 물론 수감자의 옥바라지, 양육노동과 가사노동 등과 같은 가내 비임금노동을 여성 노동자의 계급의식과 투사적 의식을 향상시키는 원동력이자 사회변혁을 위한 투쟁의 일부로 그려낸다. 이 소설은 보통학교 교원으로 일하던 효순을 통해 재생산 노동을 혁명적 활동으로 재해석한다. 효순은 보통학교 교원으로 일하던 시절에 리창우가 준 크로포트킨의 저서 『청년에게 고함』을 읽고 본격적으로 사회에 비판적인 시각을 갖게 된다. 이후, 효순은 학업을 위해 일본에 유학하면서 무정부주의적 지향을 가진

---

25 김말봉, 「약한 자여 네 이름은 남자니라—남자는 약하다」, 『별건곤』, 1930.8, 75쪽.

학생들을 만나고, 이들과 함께 이론을 공부할 뿐만 아니라 사회운동에도 직접 참여하여 정치의식을 더욱 키워나간다. 효순의 사회운동에 대한 열망은 배우자 선택에도 영향을 미쳐, 그녀와 동질적인 정치적 지향을 공유하는 준호와 결혼을 결심하게 된다. 효순은 준호와 결혼하여 아이를 낳은 후에는 조선으로 귀국하고, 양육노동과 가사노동, 그리고 가내 임금노동을 하며 준호의 운동을 후원한다. 효순은 범상한 재생산 노동으로 보이는 자신의 노동에 사회운동의 일환이라는 의미를 부여한다.

> 이따금씩 졸다가 눈을 번쩍 뜨면 반자의 찢어진 곳으로 컴컴한 흙 천장이 두려운 것을 감추고 있는 듯 무섭게 보이고 종이가 벗겨진 흙벽은 폐허廢墟의 밤을 암시하는 듯 처참하게 보였다.
>
> "아아 꿈같은 현실이다."
>
> 하고 부르짖을 때 그의 눈에는 눈물의 이슬이 맺혔다. 그러나 다음 순간 "이게 무슨 감상적인 못난 짓이냐? 나는 준호 씨의 아내로서 이 고초를 겪는 것은 아니다. 적어도 그의 한 동지로서 그의 어린 가족을 보호하여야 하는 책임을 이행하는 것이며 그가 옥중에서 ××의 보수를 받을 때 나는 집안에서 그와 같은 수난을 겪는 것이다. 오냐 이보다 더 험한 모든 괴롬아 오려거든 오너라. 내 뼈가 가루가 될 때까지 나는 싸워서 이길 터이다."[26]

준호가 농민 조합 운동 사건에 연루되어서 감옥에 있을 때, 효순과 그녀의 가족이 함께 살던 집이 강한 비를 이기지 못하고 붕괴한다. 효순의

---

26 박화성, 「고투苦鬪(9)」·「북국의 여명(189)」, 『조선중앙일보』, 1935.11.13, 4면.

가족은 늦은 밤에 발생한 이 사건에 제대로 대처하지 못하고 무너진 집에서 그날 밤을 보냈다. 이 사건을 당한 효순은 처음에는 당황하지만, 곧 이 고통도 준호가 감옥살이하는 고통과 마찬가지이므로 사회운동가로서 감내해야 한다고 다짐한다. 효순은 사회운동의 현장에 있지 않지만, 효순의 재생산 노동은 준호가 사회운동에 참여하는 물질적 토대가 되므로, 자신도 준호를 매개하여 사회운동에 참여하고 있다고 생각한다. 이러한 논리 아래에서 가사노동과 양육노동, 그리고 가내 임금노동은 모두 사회운동과 동등한 위상을 차지하게 된다. 재생산 노동은 사회운동을 포함한 모든 활동의 기본이다. 그러나 부불로 행해지는 재생산 노동의 경우 교환가치를 가지지 못한다는 이유로 무가치한 활동으로 치부되었다.[27] 효순은 재생산 노동도 사회운동의 일환이라고 주장함으로써 재생산 노동의 가치를 재발견하고, 여성 재생산 노동자들을 남성들의 경제력에 기생하는 잉여인력이 아니라 모든 사회적 활동의 기반을 구축하는 중요한 주체로 제시한다.

효순은 자신의 재생산 노동이 사회운동의 일환이라고 믿고, 사회운동가로서 자신감을 가진다. 효순의 주변 사람들은 그녀를 남편의 보살핌을 받지 못하는 '입옥자의 아내'라고 보기 때문에 무능한 그녀의 남편을 비난하고, 그녀를 동정한다. 하지만 효순은 자기 자신을 '입옥자의

---

27 재생산 노동은 자본주의하에서 행해지는 노동의 성격을 집중적으로 규명한 마르크스주의자들에게도 무시당했다. 포르뚜나띠는 자본주의 이후 생산의 목표가 사용가치에서 교환가치로 이행했으며 경제체제의 목적은 더 이상 개인의 재생산이 아니라는 마르크스주의자들의 판단이 잘못되었다고 비판한다. 그녀는 생산 노동으로 불리는 임금노동 이외에 비임금노동인 재생산 역시 임금노동과 매커니즘이 다를 뿐 생산노동으로서의 성격을 지닌다고 주장하고 이를 마르크스의 자본 생산 공식을 활용하여 증명한다. 레오뽈디나 포르뚜나띠, 윤수종 역, 앞의 책, 22~31·139~152쪽.

아내'가 아니라 '사회운동가'로 정의하기 때문에 자신의 상태를 비관하
지 않고, 오히려 자랑스러워한다.

"백옥이 진토에 묻혔다더니 백 선생을 두고 하는 말이야. 글쎄 고생이라고
는 도무지 아니하고도 살아갈 백 선생이 저 꼴이 뭐냔 말이야. 참 모를 일이지"
하고 혀를 차면서 효순이를 걱정하면 효순이는

"그게 무슨 소리요…… 이런 고생하는 여자가 얼마나, 얼마나 많은지 아
오? 이런 고생을 당하지 않는 사람들이 되려 염치없는 사람들이지. 이건 내
가 해야만 할 고생이니까"
하고 정색하여 대답하였고 어머니의 친구들이 와서

"못된 놈이다. 뭐라고 그 짓을 하고 들어가서 처자를 못할 일만 시키는
지……"
하고 준호를 책망하면

"그 사람은 욕먹을 사람이 아니라 외려 칭찬을 받아야 할 사람입니다. 글
쎄 편안하게 잘 먹고 잘 살고 제 처자하고 재미나게 살고 싶은 맘이야 사람
쳐놓고 누가 없겠어요? 그렇지만 그 좋고 편한 살림을 내버리고 남이 다 싫
다는 저 감옥살이를 하고 있는 그것에 그 사람의 값이 있지요. 버러지도 제
몸 생각할 줄 알고 짐승이라도 처자를 생각할 줄 알지만, 저런 일은 사람 아
니고는 못할 일이니까요. 저런 것이 사람이란 동물이 짐승보다 귀하다는 것
을 보여주는 것이랍니다."[28]

---

28 박화성, 「고투苦鬪(12)」·「북국의 여명(191)」, 『조선중앙일보』, 1935.11.15, 3면.

효순은 자신의 임금 및 비임금 재생산 노동이 현재의 불평등한 사회 구조를 변혁하는 사회운동을 견인하므로 공공적인 성격을 가진다고 주장한다. 이 사회운동이 성공한다면, 그로 인한 혜택은 불특정 다수가 누릴 수 있다. 효순은 사회운동의 공공성을 근거로 자신과 준호의 현재 상태를 동정하고 욕하는 사람들에게 "이런 고생을 당하지 않는 사람들이 되려 염치없는 사람", 혹은 "저런 것이 사람이란 동물이 짐승보다 귀하다는 것을 보여주는" 사례라고 반박한다.

인용문에서 효순의 거주지이자 준호의 활동지는 전라남도 강진이다. 이 지역은 오랜 기간 고율의 소작료로 인해 농민들의 반발[29]이 심했었고, 소설의 시간적 배경인 1931년에는 소작료 인하 쟁의가 발생하기도 했었다.[30] 이 소설의 배경이 되는 지역과 시대적 배경은 자신과 준호의 활동이 공공의 이익을 증진시킨다는 효순의 믿음을 강화시켜주었을 것이다. 효순은 소작 쟁의의 참여자들을 직접 지주 측과 맞서 싸운 사람들로만 한정하지 않는다. "이런 고생 하는 여자가 얼마나, 얼마나 많은지

---

29 「작료作料를 증징增徵 여론이 비등」, 『동아일보』, 1931.3.18, 7면.
30 준호는 일본에서 조선으로 귀국한 후에 효순이 닦아놓은 운동의 기틀을 발판으로 삼아, 농민조합을 조직하는 운동에 매진하다가 또 구속된다. 두 사람의 고향은 전라도 강진이고, 준호가 귀국한 후 구속된 시점은 1931년 가을이므로, 준호가 참여한 운동은 1931년 11월에 강진의 군동면에서 소작인들이 일본인 농업회사 카네다 산업회사를 대상으로 벌인 소작료 감하 쟁의로 보인다.(박찬승, 「1920·30년대 강진의 민족운동과 사회운동」, 『지방사와 지방문화』 14-1, 역사문화학회, 2011, 186~187쪽) 이 쟁의의 주모자들은 1930년대에 전남운동협의회에 가담하여 운동을 계속 이어나갔다. 그런데 이 지역은 당시 활발한 항일운동과 공산주의 운동을 벌였던 완도 근처 소안도와도 매우 가깝다. 당시 소안도는 주민 약 4,000여 명 중 800여 명이 공산주의자라는 혐의를 받았을 정도였다. 소안도의 주민들은 일본의 경찰과는 말을 섞지 말자는 '불언동맹'을 조직하여 일상적으로 항일투쟁을 했다. 당시 소안도 주민들의 쟁의는 아나코-코뮤니즘과 유사한 정치적 지향을 보였다고 평가되고 있다. 하승우, 「식민지 시대의 아나키즘과 농민공동체」, 『OUGHTOPIA』 25-3, 경희대 인류사회재건연구원, 2010, 114쪽 참고.

아오"라는 효순의 말은 소작쟁의와 같은 사회운동의 결과로 수감된 투사들을 돌보는 여성들에 대한 연대의식을 표시하면서 이 여성들의 '고생'을 투쟁의 일환으로 포함시킨다. 여성들의 '고생'은 투쟁의 현장에서는 보이지 않지만, 투쟁을 가능하게 한 중요한 물질적 조건이다.

효순의 '사회운동'은 준호와는 달리 투쟁 현장이 아닌 가정 내에서 가족들의 생계와 생활을 돌보는 활동이다. 특히 음식은 효순의 재생산 노동에서 제일 중요한 부분을 차지하였다. 효순의 음식준비는 투쟁과 유사하다. 준호가 소작쟁의를 이끈 사건으로 조사를 받을 때, 효순은 준호와 그의 동지에게 일곱 달 동안 매일같이 점심을 차입했다. 효순의 가정은 매 끼니를 해결할 걱정을 하면서 살아갈 정도로 극심한 빈곤에 시달렸지만, 준호와 그의 동지에게 보내는 점심은 효순의 가족들의 것보다 더 고급의 음식이었다. 효순이 수감 중인 준호 및 그의 동지와 소통할 창구는 오직 음식뿐이었으므로 음식의 종류와 질은 효순이 그들의 활동을 지지한다는 표현이 될 수 있었던 것이다. 그러므로 효순은 자신의 형편보다 조금 더 나은 음식을 보내어 연대의식을 표현한다. 효순의 '사회운동'은 투쟁의 대상을 명확히 설정하고 그 대상과 충돌하는 방식이 아닌, 연대의 대상을 돌보는 방식이었다. 그리고 그 과정에서 음식은 매우 중요했다.

효순의 '사회운동'이 겪는 어려움 또한 준호의 사회운동과 질이 달랐다. 준호는 사법적 처분으로 그 어려움을 경험했다면, 효순은 집이 무너지고, 주변 사람들로부터 비난을 받는 방식으로 그 어려움을 경험했다. 그러나 이것들보다도 효순에게 제일 괴로운 경험은 성폭력이었다. 효순은 윤호의 집에서 유모로 일하던 당시, 윤호에게 성폭력 피해를 입을 뻔

한다. 당시 고용주의 집에서 노동하는 여성 노동자들은 고용주에 의한 성폭력의 위험에 시달리는 경우가 부지기수였다.[31] 유모나 가사사용인 등은 고립된 공간에서 다른 노동자와 거의 교류를 하지 않기 때문에 노동자 연대로 이 문제를 해결할 수 없었다. 효순도 마찬가지였다. 효순은 성폭력 피해를 공론화하거나 가해자를 규탄하기 어렵다는 것을 깨닫고 윤호의 집에 머무르지 않는 소극적인 방법으로 항거한다. '섹슈얼리티에 대한 위협'은 효순과 준호가 각자의 현장에서 겪는 어려움의 차이를 가장 극명하게 보여주는 지점이다.

효순은 사회운동가들과 긴밀히 연결되어있는 그녀의 네트워크 덕분에 재생산 노동으로도 사회운동에 참여할 수 있었다. 효순의 네트워크가 변한다면, 효순의 재생산 노동의 의미 역시 달라진다. 효순의 남편 준호가 감옥에서 전향선언을 하고 출옥했을 때, 효순이 준호와 '분리'를 선언하고 바로 집을 나온 이유도 그녀의 재생산 노동이 네트워크와 긴밀히 연결되어있기 때문이었다. 효순의 재생산 노동은 가족 구성원 모두에게 제공된다. 만약 효순이 전향한 준호가 있는 집에서 예전처럼 재생산 노동을 한다면, 준호도 이 산물의 수혜자가 되고, 결과적으로 효순은 전향자를 존속시키는 활동에 참여하게 된다. 따라서 효순은 준호의 전향 사실을 확인하자마자 가출한다. 효순의 선택은 극단적으로 보이지만, 재생산 노동이 그녀에게 가지는 의미와 재생산 노동의 성격을 이해

---

31 식민지 조선에서 가사사용인은 빈번하게 성폭력의 피해자가 되었다. 「'가정부인' 안잠자기와 계집하인의 정조를 보호하자―이런 추행은 상류가정에 혼하다」(『조선일보』, 1927.5.28)라는 기사는 가사사용인에 대한 성폭력 피해가 사회문제의 차원으로까지 논의될만한 상황이었다는 것을 보여준다. 이아리, 「일제하 주변적 노동으로서 '가사사용인'의 등장과 그 존재양상」, 서울대 석사논문, 46쪽 참고.

한다면 매우 당연한 결과이다.

효순은 노동자가 아닌 지식인으로 분류되는 사회운동가로 자신을 정체화하지만, 재생산 노동으로 사회운동에 참여한다는 특징을 가진다. 재생산 노동은 효순이 사회운동에 참여하는 방법이었다. 다른 노동과는 달리 재생산 노동은 노동과 휴식이 명확하게 구별되지 않고, 재생산 노동자는 자신의 노동의 수혜자들과 직접 대면한다는 특성을 가진다. 또한 재생산 노동과정은 효순에게 사회가 변화해야 할 필요성을 일깨워주기도 했다. 효순은 지식인으로서가 아니라 기혼 여성으로서 돈을 벌 수 있는 다양한 방안을 모색하였지만, 전라도 농촌에서 삯바느질이나 유모, 가사사용인 외에 여성의 일자리는 없었고, 그 일자리에서도 성폭력의 위험은 도사리고 있었다. 효순의 일상은 노동자가 겪는 부조리한 처우뿐만 아니라 취직난과 빈곤을 육체로 실감하는 것이었다.

준호와 효순을 비교해보면, 효순의 계급의식이 가지는 특징을 보다 분명하게 확인할 수 있다. 효순은 매 순간 육체노동의 일종인 재생산 노동을 하면서 '사회운동'을 실천한다. 그러나 준호는 자신의 사상을 따라 사회운동에 입문했고, 이 사상은 책을 통해 습득한 것이었다. 이 소설에서 준호의 사상전환은 그가 읽는 책의 종류로 제시된다. 이러한 준호에게 생활과 사상은 별개의 영역이었다. 준호는 효순과 결혼할 당시 두 사람의 결합을 동지적인 결합이라고 선언했지만, 전향한 이후에도 효순을 자신의 아내로 생각한다. 하지만 효순의 경우는 달랐다. 효순의 일상은 자신의 신념을 사수하기 위한 투쟁의 연속이었고, 이 과정에서 효순은 재생산 노동자이자 사회운동가인 그녀의 계급의식을 강화해나간다. 효순의 생활은 그녀의 계급의식의 원천이었던 것이다.

「북국의 여명」은 사회운동의 물질적 조건을 담당하는 사회운동가의 '아내'를 중심으로 사회운동을 재현한다. 이러한 재현방식은 사회운동에 직접 참여하지 않은 사람으로도 사회운동에 대한 열정과 그 의의를 충분히 재현해낼 수 있으며, 사회운동을 후원하는 재생산 노동 역시 사회운동에 직접 참여하는 것만큼 중요하다는 것을 보여주었다.[32] 나아가, 효순과 같이 사회운동에 기여하는 여성 재생산 노동자들을 사회운동의 새로운 참여자로 발견하였다. 이 소설은 사회운동의 후방에 있던 효순을 전방에 있던 준호보다 사회운동에 더 강한 신념을 가진 사람으로 재현하여, 사회운동가의 범주를 확장하였다. 나아가 가정 역시 사회운동의 공간으로 제시하여, 사회운동이 다양한 공간에서 수행된다는 것을 보여주었다.

이북명의 「인테리」에는 노동자인 명숙과 지식인인 창호의 대비가 나타난다. 이 소설에서 창호와 명숙은 유사 부부관계이며, 두 사람의 경제적 수준은 유사하다. 그러나 두 사람의 문화적이고 사회적인 지위의 차이는 두 사람의 행동에 매우 큰 영향을 미친다. 우선, 두 사람이 내호[33]로 이주하게 된 계기부터 서로 다르다. 학생인 창호는 그의 부모의 생활고

---

32 장영은은 식민지 조선에서 남녀 사회주의자들의 이성애와 관련된 자료들을 분석하면서, 여성 사회주의자들이 남성 사회주의자들과는 달리 자신들의 연애를 사회주의 운동의 일환으로서 사유했던 것을 밝혀내었다. 이 연구도 본 연구와 유사하게, 혁명과 연애를 각각 공적인 일과 사적인 일로 나누지 않고, 두 '과업'이 서로 밀접하게 연결된 것으로 보고 있다. 장영은, 「아지트 키퍼와 하우스 키퍼ー여성 사회주의자의 연애와 입지」, 『대동문화연구』 64, 성균관대 대동문화연구원, 2008, 185~214쪽.

33 '내호'는 함경남도 흥남지역에 속한 지명이다. 이북명은 1920년대 후반에 흥남지역의 질소비료공장에서 직접 일한 경험이 있고, 이때의 경험은 1930년대 중반 그의 소설의 주요 소재가 되었다. 예를 들면, 「질소비료공장」(『조선일보』, 1932.5.29~31), 「공장가」(『중앙』, 1935.4), 「오전 세 시」(『조선문단』, 1935.6) 등이 있다.

로 인해 학비를 송금받지 못하고, 학업을 중단해야 하는 상황에 놓인다. 그는 서울에서 구직활동을 하지만 실패하고, 새로운 도시를 동경하면서 대규모의 질소비료공장이 신설된 내호로 이주한다. 명숙은 창호를 따라 내호로 이주하면서 서울에서 참여했던 노동운동을 지속하고자 한다. 명숙은 경성방직회사에서 일하던 당시, 파업에 가담했다는 이유로 구류당하고 공장에서 해고처분을 받는다. 명숙은 단순 파업 참가자가 아니라 파업 지도부에 상응하는 중요한 역할을 담당했던 것이다. 이미 서울에서 노동운동가로서 명성을 날린 명숙은 서울에서 취직이 어려워졌으므로, 내호에서 새로운 생활을 시작하자는 창호의 제안에 솔깃했을 것이다. 두 사람의 서로 다른 이주 목적은 두 사람의 구직방식에서도 나타난다.

> 명숙은 아침마다 한 번씩 공장 문 앞까지 갔다 온다. 남자에게 붙어서 살아가는 게 결코 여자의 본의가 아니다. 다 같이 직업전선에 나아가야 한다. 명숙은 여공 시대부터 이런 사상을 가지고 있었다.
>
> N공장이 요새 여공을 모집한다는 소문을 듣고 여공 모집 광고가 나붙지 않았나하고 한 번씩 아침마다 공장 경비계警備係 앞까지 갔다 오는 것이다. 명숙은 문을 둘러 닫고 그 길로 공장 앞에 가 보았다. 여공 모집 광고는 보이지 않았다.[34]

인용문에서도 나타나듯이 명숙은 매일같이 N화학공장의 정문을 방문하여 공원 모집 공고를 확인한다. 그리고 인용문에서 나타나듯이 명

---

34 이북명, 「인테리-중편 「전초전」의 일부」, 『비판』, 1932.12, 149~150쪽.

숙은 남성에게 경제적으로 의존하는 것이 "여자의 본의"가 아니며, 남녀 모두 임노동을 해야 한다는 자신의 신념을 실현하기 위해 적극적으로 구직한다. 근대 자본주의 산업사회는 남성 생계부양자 모델[35]을 가정한다. 남녀의 직업 유무, 그리고 가정경제에 기여하는 남녀의 경중을 따지지 않고 무조건 남성을 가정의 생계부양자로 가정하므로 남성들은 취업 기회, 임금, 직무 면에서 여성들보다 더 나은 조건에 있다. 그러나 명숙은 여성이 피부양자가 되는 것이 "여자의 본의"가 아니라고 주장하며 남성 생계부양자 모델을 전제하는 근대 자본주의 시스템에 반대한다. 반면, 창호는 가정 안에서 가부장권을 휘두르면서도, 구직활동을 기피하면서 생계부양자가 되려는 의지를 보이지 않는다. 창호와 명숙의 대비는 남성 생계부양자 모델의 허구성을 드러내고, 새로운 여성의 '본의'를 제시한다.[36]

명숙은 진심으로 N화학공장에서 일하고 싶어 하지만, 정작 이 공장에서 일할 기회는 공장 노동을 기피하고 사무 노동을 동경하는 창호에게 주어진다. N화학공장은 남성 노동자만 상시 일용직으로 선발하기 때문이다. 창호는 공장 노동을 원하지 않지만, 그를 지도자로 받드는 N화학공장 노동자들의 권유로 어쩔 수 없이 공장으로 향한다. 결과적으로 그는 N화학공장 앞에서 진행되는 일용직 선발 경쟁에 참여하지 않는다.

---

35 캐롤 페이트만, 이충훈·유영근 역, 『남과 여, 은폐된 성적 계약』, 이후, 2001, 198~203쪽.
36 루이스 틸리와 조안 스콧은 남성 생계부양자 모델하에서도 여성들은 가정에서나, 임금 노동 시장에서나 가정경제를 위해 노동해왔음을 밝혔다. 가정경제에 기여하는 여성들의 노동은 남성 생계부양자 모델이 이데올로기에 불과하며 실제 현실은 항상 이 모델과 일치하지 않는다는 것을 보여준다. 루이스 A. 틸리·조앤 W. 스콧, 김영·박기남·장경선 역, 『여성, 노동, 가족』, 후마니타스, 2008.

창호가 공장에 출근하는 첫날, 창호와 명숙의 아침 풍경은 노동시장 및 노동의 젠더와 가사노동이 자본주의적 생산구조를 뒷받침하는 메커니즘을 보여준다. 명숙은 자신과 달리 구직을 시도하지 않는 창호에게 불만을 가지고 있었다. 그러나 창호가 드디어 구직을 결심하자, 명숙도 처음으로 "아주 경쾌한 웃음을 띄우고 창호에게 친절"히 "백미"[37]로 창호의 도시락을 준비한다. "백미"는 창호와 명숙의 가정형편으로는 자주 먹기 어려운 고급 음식이다. 명숙이 창호에게 제공하는 아침 식사와 점심 식사는 창호를 위한 것이 아니라 창호의 노동을 위한 것이고, 이 식사에는 명숙의 노동력도 포함되어 있다. 창호의 아침과 점심 식사는 그가 N화학공장에서 노동하는 과정에서 소비되므로, N화학공장이 사용할 창호의 노동력은 명숙의 노동력도 포함한다. 노동시장 진입이 어려운 명숙은 상대적으로 노동시장 진입이 쉬운 창호에게 가사노동의 형태로 자신의 노동력을 제공하여, 창호를 매개로 자본가에게 노동력을 착취당한다.[38]

식민지 조선의 노동시장과 가부장적 가족질서는 여성들을 임금노동 대신 가사노동에 종사하도록 구조화하였다. N화학공장의 직공 수급 구조에서도 나타나듯이, 1930년대 임금노동 시장은 여전히 남성을 여성보다 우대하였다. 1930년대 노동시장에서 선호되었던 여성 노동력은 기숙사 생활이 가능한 10대 후반과 20대 초반 사이의 비혼자였고, 어떤 공장의 경우는 직원을 모집할 때 10대 중반과 20대 초반의 여성들만 지원할 수 있도록 연령 제한을 두었다.[39] 여성들은 자신들의 의지로 임노

---

37 이북명, 앞의 글, 151쪽.
38 자세한 설명은 레오뽈디나 포르뚜나띠, 윤수종 역, 앞의 책, 133~134쪽 참고.
39 안연선, 「한국 식민지 자본주의화 과정에서 여성노동의 성격에 관한 연구—1930년대 방직공업을 중심으로」, 이화여대 석사논문, 1988, 45~49쪽.

동을 회피하는 것이 아니라, 노동력의 수급 구조상 임금노동 시장에서 밀려났다고 보아야 적절하다. 그러나 여성들은 임금노동 시장 밖에서도 임금노동 시장에서 일하는 노동자들의 노동력을 재생산하는 방식으로 노동시장에 참여한다. 따라서 이 여성들을 두고 "남자에게 붙어서 살아" 간다고 할 수는 없다.

명숙과 창호는 임노동에 대한 태도에서도 상반되지만, 각각 새로운 시대와 구시대를 상징하는 차이를 보이기도 한다. 명숙은 매일 아침 N 화학공장에서 공정이 시작하는 모습과 노동자들이 출근하는 모습에 매혹된다.[40] 명숙은 공장 파업의 주동자로 가담했을 만큼, 저항적인 노동자이므로 그녀가 공장의 아침 풍경에 매혹되는 이유는 동료 노동자들을 만나고 그들과 힘을 합쳐 새로운 세상을 만들어나갈 운동에 합류하고 싶은 욕망 때문이었을 것이다. 그러나 노동시장의 젠더는 명숙의 욕망을 가로막는다. 반면, 창호는 N화학공장이 표상하는 새로운 세상을 열어젖힐 흐름과 동떨어져 있다. 이는 창호와 나이든 인부의 대화를 통해 제시된다. 나이든 인부는 학생 옷을 입은 창호를 '선비'라고 부르며 "요새 젊은 놈들은 무슨 주의니 무슨 운동이니 하구 뛰어다니는 게 미친놈들 같습니다"[41]라고 젊은 사람들을 비난한다. 창호는 "한 푼어치 소용없

---

40 이북명은 중공업 공장을 무대로 삼은 여러 소설에서 "위대한 현대 기계문명의 행진곡" 과 같은 구절을 등장시켜 고도로 발전한 기술이 노동자들의 노동착취에 적극 기여하는 현실을 비판한다.(이북명, 「암모니아 탕크」, 『비판』, 1932.9: 이북명, 「출근정지」, 『문학건설』, 1932.12: 이북명, 「공장가」, 『중앙』, 1935.4) 이북명 소설의 맥락을 고려해보았을 때, 「인텔리」에 등장하는 고도로 기계화된 공장을 밝고 긍정적으로 묘사하는 구절들은 풍자적인 표현으로 볼 수 있으며, 이러한 맥락에서 명숙이 공장을 동경하는 시선으로 바라보는 것도 기계문명에 대한 동경이 아니라 그 공장 안에서 노동자들과의 연대를 바탕으로 자본주의 사회 질서에 저항하면서 만들어나갈 새로운 미래에 대한 동경으로 이해해야 적절할 것이다.

는 일에 날뛰다가 콩밥이나 먹으니 자기 손해지요"[42]라며 인부의 말에 동의한다. 창호는 그를 찾아온 '젊은' N화학공장 노동자들과 공감하는 대신, '늙은' 노동자와 소통하며 공감대를 형성할 정도로 새로운 시대와 어울리지 않는 인물이다.

「인테리」는 명숙과 창호를 대비하여 창호를 비판하려는 목적성을 뚜렷하게 드러낸다. 그러나 이 소설의 목적을 재현하는 과정에서 명숙이 뚜렷한 계급의식을 보이며, 이 의식을 발전시키기 위해 끊임없이 노동 기회를 찾아다닌다는 설정은 창호를 비판하는 것만이 아니라 여성들의 노동에 대해 다음의 두 가지도 재현하는 효과를 낳는다. 첫째, 식민지 조선의 노동시장은 남성 생계부양자 모델을 전제하여 여성의 구직 기회를 제한하는 등의 성차별을 정당화하였다. 둘째, 가부장적 가족제도가 여성들에게 재생산 노동의 임무를 일방적으로 할당함으로써 여성들은 임금노동을 하지 않더라도 끊임없이 '노동'하고, 남성 가족 구성원이 임금노동을 하는 경우에는 그의 노동력 재생산에 필수적인 노동을 수행함으로써 임금노동에도 참여한다. 즉, 여성들은 임금노동 시장에서도 차별받고, 가정 내에서 가족 구성원들에게도 자본에게도 노동력을 착취당하면서 임금노동 시장에서는 제한적인 구직 기회밖에 얻지 못한다. 여성들은 이 두 곳 모두에서 착취당하면서 자본주의의 모순을 여러 영역에서 경험한다. 이 소설은 여성 노동자들을 이 모순을 비판적으로 지양할 능력자로 재현하여, 그녀들을 공사영역의 경계를 질문하며 급진적으로 자본주의적 모순을 변혁시킬 가능성을 가진 혁명 주체로 재현한다.

---

41 이북명, 「인테리―중편 「전초전」의 일부」, 『비판』, 1932.12, 153쪽.
42 위의 글.

2. 생활조건의 동질성과 연대의식의 형성

1) 인간으로서의 존엄성 주장과 낙인의 극복

식민지 조선에서 접객업에 종사한 여성들로는 대표적으로 카페 여급, 기생, 그리고 창기가 있다. 이들의 업무는 모두 성 서비스를 제공하는 것이었지만, 이 서비스를 제공하는 장소와 그 서비스의 내용은 조금씩 달랐다. 창기는 성관계를 판매한다는 이유로 접객업 중에서 가장 저급한 직종으로 간주되었으며, 가장 강력한 낙인에 시달렸다. 남성과는 달리 임신과 출산의 능력을 가진 여성들이 혼인관계 밖에서 성관계를 하면, 이것은 부계 중심적 가족제도를 흔들기에 충분하다. 가족제도를 벗어난 여성의 성관계는 규범적인 섹슈얼리티를 벗어난 대표적 행위로 비난받았고, 그것을 직업으로 삼는 창기들은 규범을 벗어났다는 비난에 시달려야 했다. 그러나 역설적으로, 당시 총독부는 국가적 차원에서 창기들을 관리하면서 '정상'이 아닌 창기들을 국가 제도의 일부로 편입시켰다.[43]

---

[43] 조선의 공창제는 1881년 조선의 일본 영사관이 일본인 거류지에서 점차 확장해나가는 매춘업을 단속하려는 목적으로 「대좌부영업규칙」, 「예창기취제규칙」, 「매병원규칙」, 「매검사규칙」과 같은 법령을 제정한 것에서 처음 시작되었다. 일본의 조선 영사관이 성노동자들을 관리하기 위해 제정한 법규는 일본에서 공창제를 관리하기 위해 제정한 법규와 매우 닮아있었다. 이후 대한제국 정부도 성노동자들의 성병을 체계적으로 관리하기 위해 일본이 이미 실시한 공창제도를 모방하여 1908년에 「창기단속령」과 「기생단속령」을 제정하여 실시한다. 이 두 령의 내용은 같았지만, 창기와 기생의 서로 다른 사회적 위상을 고려하여 별도로 반포하고 실시하였다. (송연옥, 「대한 제국기의 「기생단속령」, 「창기단속령」 ─일제 식민화와 공창제 도입의 준비 과정」, 『한국사론』 40, 서울대 국사학과, 1998, 215∼275쪽) 총독부는 조선을 식민화한 이후부터 1916년까지 다양한

총독부는 창기를 관리하는 법령을 제정하여 재조 일본인 남성들이 조선에서 안전하게 성을 구매할 수 있는 환경을 조성하고자 했다.[44] 국가가 직접 창기를 관리하지만 창기들은 국가의 보호를 전혀 받지 못한다는 역설적인 상황은 총독부가 창기를 매개하여 궁극적으로 관리하려 했던 대상이 누구인지 질문하게 한다. 총독부는 '성노동자'라는 실재하는 대상이 아니라 여성의 섹슈얼리티 가운데 관리해야 하는 '불결한' 섹슈얼리티와 관리하지 않아도 되는 '무결한' 섹슈얼리티를 구별하여 창기혐오 및 여성혐오를 재생산하던 것은 아닌가? 혹은 여성의 섹슈얼리티만 관리의 대상으로 삼아 여성들만 사회 질서를 어지럽히는 대상으로 규정한 것은 아닌가?

이효석의 「깨뜨려지는 홍등」은 봉학루라는 공창에서 일하는 창기들의 쟁의를 다룬 소설이다. 이 창기들의 쟁의는 "우리가 왜 이렇게 고생을 하는가"[45]라는 한 창기의 의문으로부터 시작된다. 이 말은 고용주의 잦은 구타와 열악한 식사, 질병의 방기로 인해 오랫동안 누적된 창기들의 분노를 자극하였고, 쟁의로 발전하였다. 창기들은 봉학루가 그녀들을 '인간'답게 대우해주지 않았다고 생각한다.

　　"우리가 사람 같은 대접을 받아 왔나 생각해 봐라. 개나 도야지보다도 더

법령을 통해 성노동자들을 관리하였다.(야마시타 영애, 「한국 근대 공창제도 실시에 관한 연구」, 이화여대 석사논문, 1991, 40~55쪽) 식민지 조선의 공창제도는 상주하는 일본군 사단이 창설된 1916년 이후부터 확립된다. 이 제도는 성노동이 이루어지는 공간과 노동자들에 관한 법령을 시행하고 각 지역의 단속규칙을 통일하였다. 박정애, 「일제의 공창제 시행과 사창 관리 연구」, 숙명여대 박사논문, 2009, 60~65쪽.

44　박정애, 위의 글, 63~65쪽.
45　이효석, 「깨뜨려지는 홍등」, 『이효석 전집』 1, 창미사, 2003, 116쪽.

천하게 여기어 오지 않았니."

부영이의 목소리는 어쩐지 여기서 떨렸다.

"먹고 싶은 것 먹어 봤니, 놀고 싶을 때 놀아 봤니, 앓을 때에 미음 한 술 약 한 모금 얻어먹었니. 처음 들어오면 매질과 눈물에 세상이 어둡고 기한이 되어도 내놓지 않는구나."

(…중략…)

이 소리를 듣는 명자의 눈에는 눈물이 괴었다. 기어코 참을 수 없이 그만 울음이 터져나오고야 말았다.

채봉이도 따라 울었다.

나 어린 봉선이는 설움을 못 이겨서 몸부림을 치면서 흑흑 느끼기까지 하였다.

이렇게 하여 이윽고 각각 설운 처지를 회상하는 그들은 일제히 울어버리고야 말았던 것이다.[46]

부영이는 봉학루의 창기들은 개나 돼지보다 더 못한 환경에 처해있다고 판단한다. 모든 창기들은 부영이의 말을 듣고 눈물을 흘릴 만큼 그녀에게 공감한다. 이후 창기들은 이러한 상황을 파업으로 바꿔내자고 결의하는데, 이 결의를 이끌어낸 가장 강력한 동기는 창기들도 "사람"이라는 생각이었다. 창기들도 "사람"이라는 말은 한편으로는 매우 당연해 보인다. 하지만 창기들은 사회에서 "사람"으로 대우받지 못했다. 봉학루의 주인은 창기들을 "사람"으로 보지 않았기 때문에 창기들에게 의

---

46 위의 글, 117~118쪽.

식주의 자유를 빼앗고, 창기들의 질병도 방치하며, 창기들을 구타하면서도 죄책감을 느끼지 않을 수 있었다. "우리는 사람이 아니다"[47]라는 부영이의 말은 '사람'이지만 사람으로서의 권리를 제대로 누리지 못하는 '사람'들의 존재를 폭로한다. '사람'답지 못한 창기들의 상태는 이 소설에서 반복적으로 언급되며 창기들의 단결을 이끌어낸다. 창기들은 '사람'이라는 단어의 힘에 기대어 부당한 대우에 맞설 '언어'를 획득하고, '사람'으로서 '사람대접'을 요구한다는 당위성을 내세우며 창기들을 비하하고 착취하는 포주를 비난한다.

창기들은 결혼 제도의 바깥에서 불특정 다수의 남성과 성관계를 한다는 이유로 비규범적인 존재라는 낙인에 시달린다. 이 낙인은 '정조'과 밀접한 관련을 가진다. 식민지 조선에서 주로 여성들에게만 강요되었던 '정조'관념에 따르면,[48] 여성들은 남편 혹은 남편이 될 사람에게만 자신의 섹슈얼리티를 허용해야 한다. 그러나 창기들은 불특정 다수의 남성들에게 성 서비스를 제공하였고, 사회는 이들에게 규범을 벗어난 '부정한' 여성이라는 낙인을 부여했다. 봉학루를 비롯한 다른 창기 업소 주인들은 사회 제도가 보호하지 않는 성노동자들의 노동력을 과잉 착취하고, 이를 합리화하였다. 창기들의 동맹파업은 이 낙인을 거부한다는 의미를 가진다. 창기들의 파업은 그녀들도 노동자로서 권리를 누릴 자격이 있으며, 기본적인 생존조건들을 제공받을 권리가 있다는 것을 드러낸다. 창기들은 '파업'에 참여함으로써 인간의 권리로부터 소외된 자신

---

47 위의 글, 118쪽.
48 식민지 조선에서 '정조' 담론에 관해서는 한봉석, 「정조貞操 담론의 근대적 형성과 법제화—1945년 이전 조일朝日 양국의 비교를 중심으로」, 『인문과학』 55, 성균관대 인문학연구소, 2014, 159~209쪽 참고.

들의 위치를 거부하고, '사람'의 권리를 주장한다.

부영이와 봉선이는 「깨뜨려지는 홍등」에서 주목할 만한 인물이다. 부영이는 창기들의 파업을 이끈 인물이고, 봉선이는 파업에 참여하면서 자신을 '노동자'로 자각해나가는 인물이다. 이들은 노동운동에 참여하는 전형적인 인물상을 대표한다. 특히 봉선이는 파업을 겪으면서 변화하는 창기들의 사고방식을 가장 극적으로 보여준다. 파업을 시작할 시점에는 수동적이었던 봉선이가 파업이 시작된 지 사흘 만에 적극적 인물로 바뀐 결말은 인과관계를 결여한 것처럼 보인다. 그러나 사흘 동안 진행된 봉학루 창기들의 파업과정과 그들의 요구를 무시하고 파업대오를 파괴하려는 주인의 반응은 봉선이의 사고에 큰 변화를 일으킬 만한 것이었다.

봉선이는 파업 이전에는 창기들의 열악한 노동환경의 원인을 '기박한 팔자'에서 찾는다. '팔자'는 한 사람의 운명을 의미하므로, 창기들의 상황이 팔자 때문이라면 창기들은 현재의 상황을 수용해야만 하며 이 상황을 거스를 수 없다. 그러나 부영이가 파업을 조직하고, 다른 창기들도 부영이를 따라 이 파업에 참여하면서 창기들은 '팔자'를 거스르기 시작한다. 이전에 창기들은 주인의 폭력에 무력했지만, 파업을 시작한 이후부터는 이 폭력에 저항하고, 역으로 주인을 구타하기도 한다. 창기들은 파업 이전에는 주인의 권위를 인정하고 주인에게 순응했지만, 파업 이후부터는 스스로를 '인간'으로 정의하면서 주인의 권위에 도전한다. 봉선이도 쟁의에 참여한 이후부터 폭력을 휘두르는 주인에게 반항하고, 주인의 회유를 무시하고, 나아가 사람들 앞에서 창기들의 부조리한 삶에 대해 연설한다.

봉선이는 봉학루의 창기들 중에서 나이가 어린 편이자 단골이 많았다. 봉학루가 사흘째 영업을 하지 않자, 봉학루의 단골들은 봉학루로 몰려와 창기들의 이름을 부르며 영업을 재개하라고 요구한다. 그중에서 가장 많이 불린 이름은 봉선이였고, 어떤 봉선이의 단골은 끝까지 돌아가지 않고 봉선이에게 영업을 중단한 경위를 따져 묻는다. 여기에서 봉선이에 대한 두 가지 정보를 추측할 수 있다. 첫째, 다른 창기들보다 많은 손님들을 상대하며 과중한 노동에 시달렸고, 둘째, 어린 나이부터 창기로 일하면서 창기를 혐오하는 사회적 시선을 내면화하여 일찍이 새로운 진로를 단념했다. '팔자'는 일찍이 다양한 삶을 상상할 경로를 차단당한 봉선이가 가장 쉽게 자신의 삶을 합리화하는 수사였다. 하지만 봉학루에서 벌어진 쟁의 기간 동안 봉선이는 '팔자'에 순응하지 않는 삶을 살았고, 이 경험은 봉선이에게 창기 외에 다른 삶도 가능하다는 희망을 안겨 주었다. 이 희망은 봉선이가 마을 사람들이 모인 봉학루 뜰 앞에서 연설하게 만든 힘이다.

들어보시오! 당신들도 피가 있거든 들어보시오! 우리는 사람이 아니요, 우리가 사람 같은 대접을 받아 온 줄 아오. 개나 도야지보다도 더 천대를 받아왔소. 당신네들이 우리의 몸을 살 때에 한번이나 우리를 불쌍히 여겨본 적이 있었소. 우리는 개마[sic]도 못하고 도야지마[sic]도 못하고, 먹고 싶은 것 먹어 봤나 놀고 싶을 때 놀아 봤나 앓을 때에 미음 한술 약 한 모금 얻어먹었나. 처음 들어오면 매질과 눈물에 세상이 어둡고 계약한 기한이 지나도 주인놈이 내놓기를 하나, 한 방울이라도 더 울려내고 한푼이라도 더 뜯어낼려고[sic] 꼭 잡고 내놓지 않는다. 우리는 사람이 아니다. 사람이 아니구 물건이다. 애초에 우리가 이리로 넘어올 때에 계약인지 무엇인지 해 가지고 우리를 팔아먹은 놈 누구며, 지금 우리의 버는 돈을 한푼 한푼 다 빨아내는 놈은 누군가. 우리는 그놈들을 위해서 피를 짜내고 살을 말리우는 물건이다. 부모를 버리고 동기를 잃고 고향을 떠나 개나 도야지마[sic]도 못한 천대를 받게 한 것은 누구인가. 누구인가.[49]

봉선이의 연설은 '인간'다운 대접을 받지 못하는 창기의 위치와 창기의 노동환경, 그리고 인신매매의 형태로 이루어지는 창기 거래 등을 문제 삼는다. 봉선이의 연설 내용보다 봉선이가 창기로서 이 내용을 여러 대중 앞에서 연설했다는 현상에 주목해야 한다. 근대 계몽기에 처음 등장한 연설은 주로 지식인들이 연설자가 되어 침략적 외세에 맞서 실력을 기르자고 주장하는 등, 민족주의적 성격이 짙었으나 1920년대 말에 이르면 연설은 강연이나 토론, 웅변 등 다양한 형식으로 파생된다. 강연회 연사들도 청년 지식인층에서 노동자 혹은 소외된 자 등 다양한 사회적 지위를 가진 사람들로 확장된다.[50] 1920년대 중반과 1930년대 중반 사이에는 소설적 재현의 영역뿐만 아니라 실제 현실에서도 노동자들이나 특별한 사건의 당사자들이 연설하는 경우들이 여기저기서 발견되었다. 1923년 당시 파업 중이던 경성고무여자직공조합의 조합원들은 자신들의 파업 내용을 전달하는 강연회를 개최[51]하였다. 이 같은 경향은 공황으로 인한 정리해고와 임금인하에 맞선 노동쟁의[52] 등의 저항운동

---

49 이효석, 앞의 글, 132쪽.
50 신지영 「한국 근대의 연설·좌담회 연구−신체적 담론공간의 형성과 변화」, 연세대 박사논문, 2010, 24~137쪽.
51 위의 글, 123~125쪽.

이 융성하던 1920년대 말과 1930년대 초반의 사회적 분위기와 관련되어 있다. 사회주의의 융성과 저항운동의 성장은 사람들이 사회적 문제가 발생했을 때 그것을 논평하는 지식인의 목소리보다 그 사건에 연루되어 있는 당사자들의 목소리에 주목하게 하는 분위기를 조성하였다.

그러나 이 소설이 창작될 당시의 식민지 조선에서 사회적으로 소외된 자들의 목소리에 대한 관심이 높아졌다고 하더라도, 창기와 같은 성노동자들의 목소리가 전면적으로 재현되는 경우는 극히 드물었다. 봉선이는 창기도 '사람'답게 존중받아야 한다는 전제를 바탕으로 창기들의 노동 현실을 비판적으로 바라보고, 이것을 사회구조의 문제로 이해한다. 봉선이의 연설에서 언급되는 단어인 "놈"은 연설의 마무리에서 "이 문둥이 같은 놈의 세상이, 놈들의 농간이, 우리를 이렇게 기구하게 맨들지 않았는가"[53]에 등장하는 "놈"과 같은 맥락에 있다. "놈"은 개인이 아니라 '세상', 즉 노동시장의 젠더를 활용하는 자본주의와 특정한 여성의 섹슈얼리티에 낙인찍는 가부장적 사회구조를 지칭한다. 특히 후자는 창기들이 다른 노동자와 달리 '사람'으로 취급받지 못하는 원인이므로 창기들이 우선적으로 맞서야 할 대상이다. 이를 위해 봉학루 창기들의 쟁의는 창기들의 성노동에 부여된 낙인을 거부하며 자신들을 '사람'으로 정의하고, 나아가 결말에서는 다른 업소와 동맹파업을 결의하면서 파업을 확장해나간다.

식민지 시기 동안 창기들의 쟁의는 드물지 않았고, 종종 신문에 보도

---

52 1920년대 중반에 증가세를 보이던 파업은 1920년대 후반에 잠시 줄어들지만, 1928년부터 다시 증가하여 1935년까지 상당히 높은 수준을 유지한다. 김경일, 『한국노동운동사—일제하의 노동운동 1920~1945』 2, 지식마당, 2004, 312~313쪽.

53 이효석, 앞의 글, 133쪽.

될 만큼 주목을 받기도 했다. 그렇지만 여전히 창기는 많은 사람들에게 쟁의의 주체로 인식되지 않았다. 「깨뜨려지는 홍등」이 발표된 후, 염상섭은 「4월의 창작단」에서 이 작품이 프롤레타리아 의식을 제대로 구현해내지 못했다고 비판하면서 이 작품이 나아가야 할 바람직한 방향을 제시한다.

> 이러한 경우를 상상하여보자. 포주가 새로 사온 창기에게 호사惨死에 이를 사형私刑을 가한 비참사가 있든지, 만기자를 간활악랄한 수단으로 해방치 않았다든지, 또는 가장 영리한 일기 一妓의 정부情夫에 주의자가 있어서 프롤레타리아 의식을 주입하고 자유폐업을 선동하여 일대 풍파가 일어나서 백병전이 지속한다면 이 작품은 어떠하였을까? 물론 그들에게 프롤레타리아 의식이 있는 것이 아닌 데는 일반이다. 체계 있는 사회관이 있는 것도 아니며, 인식의 구불구가 있는 것이 아니나, 적어도 거기에는 울음이 있는 것이 아니라 목숨을 내놓은 싸움다운 싸움이 있을 것이다.[54]

염상섭은 이 작품을 프롤레타리아 의식이 모호하고 기술적으로도 부족하다고 비판하면서, 위 인용문과 같이 프롤레타리아 의식을 잘 살릴 수 있는 재현 방법을 논한다. 염상섭은 이 작품에서 파업이 발생하는 계기의 개연성이 지나치게 약하므로 그 계기를 보다 극적으로 제시한다면 작품의 질이 향상되리라고 제안하면서도, "그들에게 프롤레타리아 의식이 있는 것이 아닌 데는 일반이다"라고 단언한다. 염상섭은 노동과정

---

54 염상섭, 「4월의 창작단(2)」, 『조선일보』, 1930.4.15, 4면.

등을 고려하면 창기들은 근본적으로 기계화된 공장 노동에 종사하는 '프롤레타리아'와는 다르다고 보았다.[55] 그의 시각에서 창기의 노동은 '프롤레타리아'의 노동이 아니었다. 따라서 창기를 소재로 한 소설은 본질적으로 사회혁명을 목적으로 한 목적의식적 투쟁을 그릴 수 없다.

그러나 이효석은 염상섭의 논평에 전적으로 동의하지 않았다. 이효석은 이 작품에서 가장 강조하고 싶었던 사건은 "누주樓主와 창기의 대립, 투쟁 및 창기의 고난"[56]이었다고 진술한다. 이효석은 그의 작품의 의도가 "그들로 하여금 더욱 사회의식에 눈뜨게 하고 투쟁의식을 눈뜨게 하자는 것"이었고, "거기에 이르는 투쟁의 과정 거기에서 장차 또 다시 전개를 예상시키는 투쟁의 과정"[57]을 묘사하고자 했다고 분명히 밝힌다.

이효석과 염상섭의 충돌은 두 사람이 '노동자'라는 개념을 서로 다르게 이해하기 때문에 발생한다. 염상섭은 마르크스주의적 '프롤레타리아' 범주에서 누가 노동자이고 노동자가 아닌지 분류하려 하지만, 이효석은 그 범주에 얽매이지 않고 오히려 노동자의 범주를 확장하여 노동자이지만 '노동자'로 인정받지 못하는 이들을 발견한다. 그리고 이들의 '노동자'로서의 성격을 발견하여 그들의 '계급의식'과 투쟁의식을 부각

---

55 가게모토 츠요시는 식민지 시기 당시의 마르크스주의에 따르면 혁명적 주체가 될 수 없는 이들, 노동자가 아닌 이들을 '룸펜 프롤레타리아'로 분류하고, 창기들의 파업 역시 룸펜 프롤레타리아의 투쟁으로 보았다. (가게모토 츠요시, 「식민지 조선의 또 하나의 프롤레타리아 문학—룸펜 프롤레타리아, 농업노동자, 유곽의 여성들」, 『현대문학의 연구』 61, 현대문학연구학회, 2017, 154~156쪽) 최근의 연구들에서도 염상섭과 유사한 시각을 확인할 수 있다.

56 이효석, 「작가로서의 일언(上)—「깨뜨려지는 홍등」의 평을 읽고」, 『중외일보』, 1930.4.23, 3면.

57 위의 글.

시켰다. 이효석의 시각은 창기를 사회에서 노동하는 일원으로서 재발견하는 동시에 이들에게 부여된 낙인까지 소설 안에 재현함으로써 여성 노동자를 인신매매하는 행태를 방조하면서도 인신매매된 여성들에게 낙인을 부여하는 당대의 이중적인 면모를 폭로한다.

이 소설에서 창기들은 '사람'답게 살 자격을 주장하면서 계약조건 이행, 구타금지, 휴일 및 휴게시간 보장을 요구한다. 창기들의 이러한 요구사항은 다른 노동자들의 쟁의에서 '노동자들의 권리'라는 이름하에 요구되는 항목들과 다르지 않다. 즉, '인간으로서의 권리'는 '노동자로서의 권리'와 동일시되므로, 노동쟁의는 사회 질서를 어지르는 행위가 아니라 보장되어야 할 권리가 된다. 이러한 맥락 안에서 노동에 대한 권리, 즉 노동자들은 자본가들에 의해 잉여가치를 착취당하지 않고 그들의 노동생산물을 온전히 누릴 수 있어야 한다는 논리는 이념의 문제가 아니라 인간으로서 누려야 할 '자연스러운 것'이 된다.

봉학루 창기들의 파업은 이웃한 창기집인 추월루와 연대 파업으로 확장된다. 파업은 국가의 '법'이 독점한 폭력에 대해 노동자들이 노동을 멈추면서 발생한다. 벤야민은 "사태의 질서가 변화하지 않는 한 파업을 중단하지 않"는 노동자의 파업은 결국 '법'의 변화를 요구하므로 물리적으로 폭력은 행사하지 않지만 법에 대해 폭력을 행사한다는 의미에서 "총파업"을 "폭력에 반대하는 폭력"[58]으로 정의한다. 창기들의 파업도 그녀들을 '인간'으로 대우하지 않는 사회의 '법'의 변화를 요구하므로 역시 폭력에 반대하는 폭력으로서의 성격을 가진다. 그렇다면 창기들이

---

58 자크 데리다, 진태원 역, 『법의 힘』, 문학과지성사, 2004, 81쪽.

파업으로 변화시키려 했던 '법'은 무엇인가? 창기들은 인간의 범주, 성별과 노동시장, 그리고 규범적 섹슈얼리티를 규정하는 사회 질서 아래에서 노동해야 했다. 창기들의 사회적 위상은 다층적인 사회적 모순과 관련되어 있으며, 이것은 이들의 계급적 성격에도 영향을 미친다.

「깨뜨려지는 홍등」에서 창기들은 자신들을 '노동자'로 정의하지 않는다. 대신, 자신들이 '사람'답게 대우받지 못한다는 사실에 초점을 맞춘다. 창기들의 쟁의 목표는 궁극적으로 '사람'으로서 존중받으며 노동할 수 있는 환경을 조성해달라는 것이다. 이를 두고 이 소설 속 창기들의 투쟁이 기존에 존재하는 '사람' 범주에 스스로를 편입시키는 것에 불과할 뿐 '사람' 개념에 급진적이고 혁명적으로 도전하지는 않는다고 해석할지도 모른다. 하지만 다른 한편으로 창기들이 '인간'으로 명명된다는 자체는 상당한 혁신이다. 창기들이 '사람'이라면, '사람'의 것으로 취급받지 않았던 그들의 직업과 섹슈얼리티 역시 '사람'의 직업과 섹슈얼리티로 인정받게 된다. 이것은 기존에 '정상'으로 가정되었던 '사람'과 '섹슈얼리티'의 범주를 동요시킨다. '창기'와 '여염집 여성'의 이분법 구도하에서, 여성 노동자들은 후자의 범주에서 벗어나지 않기 위해 자신들의 품행을 단속하고 주변의 시선을 신경써야 했다.[59] 그러나 창기도 '인간'이라는 선언은 이 이분법에 틈을 내고 그 기반을 흔드는 역할을 한다.

---

[59] 게일 루빈은 사회에서 용인되는 섹슈얼리티와 용인되지 않는 섹슈얼리티의 경계를 분석하였다. 이 경계는 국가의 법에 의해 더욱 강화되어, 개인의 섹슈얼리티가 법의 통제하에 놓이는 상황을 야기한다. 섹슈얼리티의 위계는 사회적 불평등을 가로질러 영향을 미치기 때문에, 한 개인이 국가와 사회의 보호를 받기 위해서는 법이 정해놓은 '정상적' 섹슈얼리티의 범주 안에 있어야만 한다. 게일 루빈, 신혜수·조혜영·임옥희·허윤 역, 『일탈—게일 루빈 선집』, 현실문화, 2015, 294~326쪽.

이 소설에서 창기들의 파업은 다른 공창의 창기들과의 연대 파업으로 확장된다. 창기들만의 투쟁은 그 당시 '창기'들에게 부여된 낙인을 반영한다.[60] 그러나 '창기'들이 '사람'으로 인정받는 과정은 창기처럼 주변적인 노동자들의 사회적 지위에도 영향을 미칠 만하다. 그리고 이 과정은 '인간'과 '비인간'의 경계에 대한, 이성애 남성의 시각에서 여성의 섹슈얼리티를 평가하고 낙인찍는 문화에 대한 급진적인 문제제기로 확장될 가능성을 내포한다.

2) 생존의 위기와 동지의 발견

강경애의 「소금」은 봉염이 어머니를 중심으로 간도로 이주한 식민지 조선인들이 겪는 수난을 통해 자신의 계급을 자각해가는 과정을 그렸다. 선행연구들은 이 소설을 연구하면서 '모성'에 특히 주목하였다. 이 연구들은 봉염이 어머니의 '모성'을 봉염이 어머니가 그녀를 위협하는

---

60 일본에서는 사회주의자들이 공창폐지운동에도 적극적으로 개입하고 창기들의 노동환경개선 투쟁에도 개입하여 창기들의 요구조건을 달성할 수 있도록 업소 주인과 협상하기도 했다.(山家悠兵, 『遊廓のストライキ―女性たちの二十世紀・序説』, 共和国, 2015) 그러나 조선의 폐창운동은 사회주의나 노동운동가들이 아닌 기독교 세력들이 주도하였다. 이들은 도덕적 순결주의를 이유로 공창제도를 사회악으로 비판하였으며, 창기와 유곽 구매자 모두가 잘못된 성도덕을 가지고 있다고 비판하였다.(윤은순, 「일제 강점기 기독교계의 공창폐지운동」, 『한국기독교와 역사』 26, 한국기독교역사연구소, 2007, 197~198쪽) 식민지 조선에서 기독교 세력은 공창제도에 적극적으로 관심을 보이기는 했으나, 창기들이 규범적 섹슈얼리티를 벗어났다는 이유로 바람직하지 않은 섹슈얼리티를 향유하는 자들이라고 낙인찍었다. 식민지 조선의 이러한 사회적 맥락을 고려했을 때, 창기들끼리만 투쟁을 조직하고 그것을 확장해가는 이 소설의 설정은 당시 사회적 상황을 잘 반영한 것이라고 볼 수 있다.

가부장적이고 식민주의적인 질서들과 여러 사건들과 싸워가면서 그녀를 주체화하는 매개로 해석하였다.[61] 이 연구 결과들은 '모성'을 식민지 조선 여성들의 특수성과 저항성을 설명하는 매개로서 재발견했다는 의의가 있지만, 다른 한편으로 봉염이 어머니의 노동이 가지는 특성을 구체적으로 논의하지 않았다는 한계가 있다. 봉염이 어머니는 '어머니'로서 책임과 의무를 다하기 위해 끊임없이 노동하며, 그녀의 노동 및 노동 과정에서 발생하는 사건들은 그녀의 '젠더'와 밀접한 관계가 있다. 본 연구는 봉염이 어머니의 노동과 젠더에 초점을 맞춰 이 소설을 가족과 함께 식민지 조선에서 만주로 이주한 여성 노동자의 생존 서사로 읽어보겠다.

식민지 조선에서 용정으로 이주한 봉염이 어머니 가족은 중국인 지주 팡둥의 땅을 소작하며 살아간다. 이곳에는 중국 군대인 보위단과 마적단, 그리고 친일 세력인 자위단이 성행하고 있다. 봉염이 어머니의 가족은 자택에 비밀토굴을 파 놓을 정도로 생존의 위협을 상시적으로 느끼며 살아간다.[62] 이러한 상황에서도 봉염이 어머니는 생활 수준이 나아지리라는 희망을 버리지 않았다. 하지만 봉염이 어머니의 남편이 공

---

61 김복순, 「강경애의 '프로-여성적 플롯'의 특징」, 『한국현대문학연구』 25, 한국현대문학회, 2008, 311~343쪽; 구재진, 「이산문학으로서의 강경애 소설과 서발턴 여성」, 『민족문학사연구』 34, 민족문학사학회, 2007, 392~415쪽; 김양선, 「강경애 후기 소설과 체험의 윤리학―이산과 모성 체험을 중심으로」, 『여성문학연구』 11, 한국여성문학학회, 2004, 197~220쪽.
62 만주사변 이후 만주지역에서는 일본군과 항일 무장 세력의 갈등이 빈번하게 나타났다. 일본 측은 집단부락 건설 등 만주에 거주하는 조선인들과 일본인들을 항시적으로 전쟁과 물리적 충돌에 대비하도록 훈련시켜 항일무장세력을 소탕하고자 했다. 유필규, 「1930~40년대 연변지역 한인 '集團部落'의 성격」, 『백산학보』 81, 백산학회, 2008, 365~408쪽 참고.

산당에게 총살당하면서 상황은 급변한다.

> 그러고 항상 아버지가 팡둥과 자X단원들에게 고마히 구는 것이 어쩐지
> 위태위태한 겁을 먹었더니만 결국은 저렇게 되구야 말었구나 하였다. 아버
> 지 생전에 이 문제를 가지고 부자가 서로 언쟁까지도 한 일이 있었으나 끝끝
> 내 아버지는 자기의 뜻을 세웠다. 보다도 그의 입장이 그로 하여금 그렇게
> 하지 않고는 견디지 못하게 하였던 것이다.
> 아버지 생전에는 봉식이도 아버지를 긇다고 백번 생각했지만 막상 아버지
> 가 총에 맞아 넘어진 것을 용애 아버지에게 듣고 현장에 달려가서 보았을 때
> 는 어쩐지 '너무들 한다!'하는 분노와 함께 누가 긇고 옳은 것을 분간할 수
> 가 없이 머리가 아뜩해지군 하였다.[63]

봉염이 어머니 가족의 생활 수준은 공산당이 옹호하는 사람들의 것
과 일치하지만, 봉염이 어머니의 남편은 지주 팡둥과 자위단 세력에 협
력한다. 봉염이 어머니와 그녀의 남편은 기득권과 협력하면 보다 나은
생활을 영위할 수 있으리라고 생각했던 것이다. 지주와 자위단은 그들
주위에 존재하는 가장 강력한 세력이기 때문에, 그들의 안전을 위탁할
세력으로 적절해 보일 수 있다. 그러나 남편은 팡둥과 자위단 세력을 대
신하여 기득권 세력의 대표로서 공산당에게 살해된다. 공산당을 지지하
는 봉식이조차 "너무들 한다!"라고 탄식할 만큼 봉염이 어머니의 남편
은 기득권 세력을 대표할 만한 인물이 아니다. 남편은 경작권과 생활의

---

63 강경애, 「유랑流浪」·「소곰(2)」, 『신가정』, 1934.6, 226~227쪽.

안정을 보장받기 위해 팡둥과 자위단의 눈치를 살피는 끄나풀에 불과했다. 그러나 재만在滿 조선인들을 수탈의 행위자로 이용한 중국인 지주의 전략은 억울한 죽음을 불러왔다. 이 사건은 지주와 자위단이 봉염이 어머니 가족의 안전을 지켜줄 만한 세력이 아니라는 것을 보여준다.

봉식이는 부친의 장례식이 끝난 후, 본격적으로 공산당 활동을 시작한다. 봉식이는 두 가지 측면에서 공산당에 대한 믿음을 가지고 있었다. 첫 번째는 빈민들의 이해를 대변해줄 수 있으며, 두 번째는 그의 부친의 사망과 같은 비극적 사건을 예방해줄 수 있으리라는 것이다. 그의 부친은 지주에게 협력했기 때문에 공산당에게 살해당했다. 만약 그의 아버지가 그의 계급적 이해관계에 맞게 공산당과 같은 사회운동 세력과 연대했다면 같은 계급적 이익을 공유하는 집단에게 살해당하지 않았을지도 모른다. 봉식이는 이 두 번째 믿음을 죽음으로 증명하였다. 봉식이는 공산당원으로 활동하다가 경비대에게 잡혀 사형을 당하는데, 그 순간에도 "기운 있게 버티고", "입모습에는 비웃음을 가득히 띠우고"[64] 있었다. 이것은 공산당에 대한 그의 신념을 보여준다.

봉염이 어머니는 소설의 전반부에서 공산당을 남편을 죽인 원수로 생각하고 그에 대한 적대를 감추지 않는다. 하지만 날이 갈수록 봉염이 어머니와 지배계급 사이의 유대는 약화되고, 생활수준도 하락한다. 그 대표적인 사례는 팡둥이 봉염이 어머니를 강간한 것이다. 봉염이 어머니는 남편이 사망한 후 팡둥의 집에서 가사사용인으로 일하면서, 그녀에게 호의적인 팡둥을 신뢰하였다. 그러나 팡둥은 그녀를 강간한 이후

---

64 강경애, 「해산」·「소금(3)」, 『신가정』, 1934.7, 184쪽.

부터 더 이상 그녀에게 호의를 보이지 않고, 봉염이 어머니는 점차 팡둥과 자신의 관계를 고민한다.

> 그날 밤 후로는 팡둥의 태도가 아무리 좋게 해석해도 냉랭해진 것만 같았다. 처음에는 점잖으신 어른이고 더구나 성미 까다로운 아내가 곁에 있으니 저러나보다 하였으나 시일이 지날수록 원망스러움이 약간 머리를 들었다. 반면에 끝없는 정이 보이지 않는 줄을 타고 팡둥에게로 자꾸 쏠리는 것을 그는 느꼈다. (…중략…) 그날 밤의 팡둥은 성난 호랑이같이도 자기에게 덤벼들지 않았던가. 자기는 너무 무섭고도 두려워서 방안이 캄캄하도록 느리운 비단포장을 붙들고 죽기로써 반항하다가도 못 이겨서 애를 배게 되지 않았던가. 생각하면 자기의 죄 같지는 않았다.[65]

팡둥에 대한 봉염이 어머니의 태도는 이중적이다. 봉염이 어머니는 강간당하던 순간에는 팡둥에게 끈질기게 반항하였지만, 강간당한 이후에는 팡둥에게 애정을 느낀다. 봉염이 어머니의 상황은 팡둥에 대한 복잡한 반응을 낳은 원인이다. 팡둥의 집은 봉염이 어머니와 봉염이의 생활공간이자 노동 공간이다. 팡둥은 남편을 잃은 그녀가 유일하게 의지할 수 있는 사람이었던 것이다. 게다가 봉염이 어머니가 임신한 아이는 팡둥의 아이이므로, 팡둥의 보호 없이는 남편 없이 임신한 자신도, 아이도 사회적 비난의 대상이 된다. 팡둥의 집 안에서 팡둥과 봉염이 어머니의 계급 격차와 젠더 차이는 팡둥의 결정에 봉염이 어머니가 종속되는

---

65 위의 글, 181~182쪽.

상황을 야기한다. 따라서 인용문과 같이 봉염이 어머니는 팡둥에게 분노하면서도, 한편으로는 팡둥에게 애착을 보이는 모순적인 상황에 빠진다.

강간 피해를 입은 이후 팡둥에게 애정을 갈구하게 된 봉염이 어머니와는 달리, 팡둥은 봉염이 어머니에게 더 이상 관심을 보이지 않는다. 팡둥은 봉염이 어머니를 "그날 밤 그의 만족을 채운 그 순간부터 어쩐지 발길로 그의 엉덩이를 냅다 차고 싶게 미운"[66] 사람이라고 생각할 만큼 봉염이 어머니를 성적 욕구를 만족시키기 위한 대상 이상으로 보지 않았다. 그러나 봉염이 어머니는 팡둥의 변화를 순순히 받아들이지 못하고, 그녀에게 애정을 보이지 않는 팡둥을 원망한다. 봉염이 어머니는 팡둥이 강간과 그로 인한 임신을 책임져야 한다고 생각하지만, 동시에 그녀가 팡둥에게 책임을 추궁할 수 없다는 것을 인정한다. 즉, 그녀는 가사사용인과 고용주 사이의 계급 차이로 인한 권력관계에 굴복한다.

봉염이 어머니와 팡둥 사이의 권력관계는 봉염이 어머니를 팡둥에게 내쫓길 수밖에 없는 상황으로 몰아간다. 팡둥은 봉염이 어머니가 만삭이던 때에 봉식이가 공산당원이라는 혐의로 처형당하는 현장을 우연히 목격한다. 공산당과 원수처럼 지내던 팡둥에게 봉식이가 공산당원이라는 사실은 봉염이 어머니를 내쫓는 정당한 이유가 될 만했다. 그러나 봉염이 어머니는 봉식이의 공산당 소속 여부를 따지기 이전에 팡둥이 강간 가해를 해명하지 않고 일방적으로 그녀를 내쫓으려는 행동에 분노한다.

모녀는 문밖에까지 밀리어 나오고도 팡둥이가 따라 나오며 말리려니 하였

---

66 위의 글, 184~184쪽.

다. 그러나 그들이 보따리를 가지고 대문을 향할 때까지 팡둥은 가만히 있었다. 봉염이 어머니는 노염이 치받치어 휙 돌아서서 유리창을 통하여 바라보이는 팡둥의 뒷덜미를 노려보았다. 미친 듯이 자기를 향하여 덤벼들던 저 팡둥이 그가 무어라고 소리를 지르려고 할 때 팡둥의 아내와 웬 알지 못할 사나이가 그를 돌려세우며 그들을 밖으로 내몰았다.

(…중략…)

어스름 황혼이 그들을 둘러쌀 때에 그들은 더욱 난처하였다. 봉염이는 훌쩍훌쩍 울면서,

"오늘밤은 어대서 자누? 어머이"

하였다. 그는 순간에 팡둥집으로 달려들어가서 모조리 칼로 찔러죽이고 자기들도 죽고 싶은 충동이 강하게 일어났다.[67]

봉염이 어머니는 팡둥의 뒷덜미를 보고 그녀를 강간했을 당시 "미친 듯이 자기를 향하여 덤벼들던 저 팡둥"의 모습을 떠올리고 그 뒷모습에 대고 "무어라고 소리를 지르려고" 했다. 그러나 고용주과 가사사용인의 권력관계가 상존하는 현실에서 가사사용인이 고용주에게 책임을 묻거나 항의하기는 어려웠다. 가사사용인은 당시 언론에서 가정의 평화를 해치고 범죄를 저지르는 등 고용주에 의해 통제되어야 하는 불온한 대상으로 여겨졌을 만큼[68] 사회적 입지가 매우 좁았다. 아직 계급의식을 자각하지 못한 봉염이 어머니는 취약한 자신의 상황에 분노하지만, 이

---

67 위의 글, 186쪽.
68 소영현, 「1920~1930년대 "하녀"의 "노동"과 "감정"—감정의 위계와 여성 하위주체의 감정규율」, 『민족문학사연구』 50, 민족문학사학회, 2012, 323~330쪽.

부당함을 설명할 언어가 없다. 따라서 팡둥에 대한 불만은 팡둥의 가족과 그녀의 가족 모두를 살해하려는 충동과 같이 극단적인 방식으로 표출된다.

궁지에 몰린 봉염이 어머니의 가족을 도와주는 사람은 봉염이 어머니의 이웃이었던 용애 어머니이다. 그녀는 봉염이 어머니의 가족이 해체되기 이전부터 가까이 지냈던 마을 사람으로, 봉염이 어머니와 별반 다르지 않은 처지이다. 그럼에도 불구하고 용애 어머니는 봉염이 어머니가 최악의 상황일 때마다 나타나 세 번에 걸쳐서 그녀를 돕는다. 첫 번째는 봉염이 어머니가 아이를 낳았을 때 거처를 제공하고, 두 번째는 봉염이 어머니에게 유모 자리를 연결해주고, 세 번째는 봉염이 어머니가 실직 후에 자녀들을 모두 병으로 잃자, 소금 밀수업을 소개한다. 봉염이 어머니와 용애 어머니는 식민지 조선에서 온 이주민이자 빈곤층이라는 계급적 동질성을 바탕으로 서로의 어려움을 누구보다 잘 이해하는 동료로서 서로를 보살핀다.

한편, 봉염이 어머니는 소금을 밀수하는 과정에서 또 다른 조력자를 만난다.

그때 그의 발끝은 어떤 바위를 디디다가 미끈하여 달음질쳐 나려간다. 그 순간 왼 몸이 화끈해지도록 그는 소금자루를 버티고 서서 넘어지려는 몸을 바로잡으려 하였다. 그러나 벌어지는 다리와 다리를 모두는 수가 없었다. (…중략…)

앞서가던 사내들은 거의 강가까지 와서야 봉염의 어머니가 따르지 않는 것을 눈치 채고 근방을 찾아보다가 하는 수없이 길잡이가 오던 길로 와보았다.

(…중략…)

　　그들이 강가까지 왔을 때 맘을 졸이고 있던 나머지 사람들은 욱 쓸어 일어
났다. 그리고 저만큼 두 사람을 어루만지며 어떤 사람은 눈물까지 흘리었다.
자기들의 신세도 신세려니와 이 부인의 신세가 한층 더 불쌍한 맘이 들었다.
동시에 잠 한잠 못 자고 오롯이 굶어왔다 자기들을 기다리고 있을 아내와 어
린것들이며 부모까지 생각하고는 뜨거운 한숨을 푸 쉬었다.[69]

　　봉염이 어머니는 경험과 정보가 부재한 상황에서 소금 밀수업에 참
여한다. 밀수단은 언제 있을지 모를 순사의 피습과 도적의 위협 등의 우
발적 사고를 항상 경계해야 하고, 최대한 빨리 소금을 운반해야 한다.
그럼에도 불구하고 밀수단은 일정이 지체되는 불안한 상황을 무릅쓰고
실족 사고로 실종된 봉염이 어머니를 구출한다. 또한 그들은 봉염이 어
머니를 동정하고 자신의 가족과 동일시한다. 이들의 연대감은 서로가
비슷한 처지에 있다는 동질감에서 기인한다. 소금 밀수단원은 모두 가
족들의 생계를 위해 밀수에 뛰어든 빈곤 가정의 생계부양자이다. 이들
은 서로의 자세한 사정은 알지 못하지만, 밀수를 해야 할 만큼 빈곤한
처지라는 것은 알고 있다.
　　소금 밀수단은 소금을 운반하는 와중에 총을 지닌 정체불명의 사람
들을 만난다. 이들의 정체를 몰랐을 때에 밀수단의 구성원들은 모두 소
금을 강탈당할 것을 두려워하지만, 이들이 공산당원이라는 것을 알게
된 후부터는 안심한다. 이 소설에서 공산당은 밀수단의 처지를 이해하

69　강경애, 「밀수입」・「소곰(6)」, 『신가정』, 1934.10, 203쪽.

고 그들의 '동지'가 되기 위해 노력하는 집단으로 그려진다. 공산당은 밀수단에게 "여러분! 당신네들이 왜 이 밤중에 단잠을 못 자고 이 소금 짐을 지게 되었는지 알으십니까?"[70]라고 외치면서 공산당의 이념과 밀수단 성원들과의 접점을 찾아보려고 한다. 밀수단 성원들도 공산당이 그들에게 위해를 끼치지 않으리라고 신뢰한다. 봉염이 어머니는 밀수단이 그녀에게 보여주었던 호의와 그들이 공산당에게 보내는 신뢰를 경험하면서 공산당에 대한 편견을 바꿔나간다. 봉염이 어머니는 용정에서 그녀의 소금을 빼앗으려는 일본 순사를 만난 이후 공산당을 확실한 동지로 신뢰하고, 계급 위계로 구성된 사회구조 안에서 자신의 계급적 위치를 깨닫는다.

「소금」에서 '음식'은 봉염이 어머니가 동지와 적, 행복과 고난을 판단하는 중요한 기준이다. '음식'은 사람들의 생존과 질 높은 삶을 위해 가장 중요한 요소이다. 그러므로 음식을 만들어 제공하는 노동은 재생산 노동자들이 가장 공을 들이는 영역이기도 하다. 그러나 봉염이 어머니는 항상 가족들에게 만족스러운 '음식'을 제공해주지 못했다. 음식 중 소금은 만주에서 봉염이 어머니의 가족이 경험하는 결핍과 황폐함을 상징하는 매개이다. 소금의 결핍은 봉염이 어머니의 가족이 용정에서 항상 음식의 질에 불만을 느끼고, 식사를 하면서도 포만감을 느끼지 못했던 결정적인 이유였다. 봉염이 어머니는 식민지 조선에서보다 만주에서의 삶이 좀 더 여유롭다고 생각하지만, 그녀는 식사 때마다 소금 없이 만든 음식을 가족들에게 주어야하는 현실에 안타까움을 느낀다. 따라서

---

70 위의 글, 204쪽.

소금의 획득은 봉염이 어머니를 비롯한 그녀 가족들의 생활이 개선되고 활력을 찾게 된다는 상징적인 의미를 가진다. 봉염이 어머니가 공산당과 기득권 중 어느 쪽이 그녀의 동지인지 확실히 자각할 수 있었던 것도 소금 덕택이었다. 공산당은 봉염이 어머니가 밀수한 소금을 무사히 용정까지 운반하도록 호위해주었지만, 용정의 순사는 그 소금을 불법적인 경로로 입수했다는 이유로 빼앗으려고 했다. 공산당과 순사가 소금에 대해 보인 상반되는 반응은 이 소설에서 봉염이 어머니와 계급적 이해를 함께하는 집단이 누구인지 강조하는 효과를 낳는다.

'음식'은 봉염이 어머니가 충분한 노동력을 재생산할 수 없는 열악한 상황에 대한 비유로도 사용된다. 이 소설에서 '냉면'은 팡둥과 봉염이 어머니 사이에 존재하는 계급 및 젠더 위계를 드러낸다. 봉염이 어머니는 팡둥의 성폭력으로 인해 임신했을 때 어떤 음식보다 '냉면'을 갈망하지만, 경제적인 이유와 팡둥의 외면으로 식욕을 참아야만 했다. '냉면'은 강간 피해자의 몸에 남아있는 강간의 흔적이자, 피해자와 가해자의 권력 차이와 경제적 차이를 상징한다. 봉염이 어머니는 팡둥에게 성폭력 피해를 입었지만, 팡둥의 집안에서 어떤 물질적이고 정신적인 보호나 보상을 받을 수 없었다. 봉염이 어머니는 성폭력 피해 이후에도 이전과 같은 환경과 조건에서 노동해야 했다. 노동현장에서 벌어진 성폭력이 성폭력 피해자에게만 고통을 안겨주는 상황은 '음식'을 매개로 소설 안에서 극적으로 드러난다. 이 소설은 냉면에 대한 봉염이 어머니의 강력한 갈망을 통해 가사사용인과 고용주 사이에서 발생하는 성폭력이 야기하는 불합리한 상황과 성폭력 피해 여성의 고통을 그려낸다.

공산당을 혐오하던 봉염이 어머니의 계급의식은 남편의 죽음, 성폭력, 아이들의 죽음, 소금 밀수라는 사건들을 거치며 조금씩 변화해간다. 봉염이 어머니는 팡둥의 집을 나온 후에도 여전히 공산당을 혐오하지만, 역설적이게도 이 혐오는 봉염이 어머니의 생존 의지를 자극한다. 그녀는 "그놈의 공산당들도 잘되나 못되나 보구, 하늘이 있는데 그놈들이 무사할까부야"[71]라며 삶의 의지를 불태운다. 이 생존 의지는 그녀가 아이들이 사망한 이후에도 계속 살아가는 원동력이고, 그녀를 소금 밀수업에도 참여하도록 이끈다. 그리고 봉염이 어머니는 소금 밀수업에 참여했기 때문에 빈민들을 지지하는 공산당의 실체와, 공산당과는 반대로 빈민들의 작은 재산마저 빼앗으려는 일본 순사들의 실체를 목격한다. 결과적으로 공산당에 대한 혐오는 봉염이 어머니가 공산당이 그녀와 동질적인 계급적 이해를 공유한다는 사실을 자각하는 계기가 되는 것이다.

공산당은 긍정적이든 부정적이든 봉염이 어머니의 삶에서 불행한 사건이 벌어질 때마다 그녀를 지탱하는 힘이 되어왔다. 이 과정에서 공산당은 봉염이 어머니의 원수에서 동반자로 그 위상을 전환한다. 봉염이 어머니에게 공산당은 단순히 빈민층과 노동자층의 이해를 대변하는 집단을 넘어, 이들의 이익이 사회를 운영하는 중심 원리가 되도록 노력하는 집단이다. 공산당에 대한 봉염이 어머니의 인식이 변화하는 과정은, 그녀가 소외되고 빈곤한 사람들을 동질적인 계급으로 인식하고, 그들을 지지하는 공산당을 동지로 인식하는 여정이기도 하다.

---

71 강경애, 「어머니의 마음」·「소금(5)」, 『신가정』, 1934.9, 218쪽.

여성 공장 노동자와
젠더 폭력에 대한 저항

1. 전형적 성폭력 피해자상을 교란하는 다층적 시선

1) 계급투쟁을 벌이는 '피해자'

1930년대 식민지 조선에서 공장 노동자는 전체 노동자의 33%를 차지한다.[1] 공장 시스템이 1910년대부터 발전했다는 것을 상기하면, 이는 상당히 높은 비율이라고 할 수 있다. 공장의 수는 1920년대와 1930년대에 걸쳐 급격하게 증가했으며,[2] 이와 더불어 공장에서 일하는 노동

---

[1] 김경일은 1930년 총독부가 발간한 국세조사보고자료를 바탕으로, 5인 미만 영세경영 공장과 수공업노동자도 공장 노동에 포함시켜 이 시기 공장 노동자의 비율을 33.2%, 비공장 노동자의 비율을 66.8%로 분석하였다. 김경일, 『일제하 노동운동사』, 창작과비평, 1992, 57쪽.
[2] 1911년에는 200여 개에 지나지 않던 공장이 1920년에는 2,000여 개를 돌파하였고,

자들의 수도 증가했다. 근대적 공장 규율은 노동자들의 일상생활에도 큰 영향을 미쳐, 노동자들의 시간 감각과 노동방식에 변화를 가져오는 계기가 되었다.[3] 한편, 공장은 노동자들이 근대적 생산 시스템의 모순을 체감하고 노동자 의식을 키워나가는 공간이기도 했다. 공장 노동자들은 동일한 공간에서 유사한 공정을 담당하면서, 노동현장에서 느끼는 어려움을 공유하였고, 서로의 동질적인 이해관계를 바탕으로 다른 노동현장에서보다 더 쉽게 단결하였다.

　1930년대 소설에서 여성 노동자들이 공유하는 '어려움'은 종종 성폭력으로 재현된다. 성폭력은 식민지 조선의 소설뿐만 아니라 다른 지역의 소설에서도 여성 노동자가 노동현장에서 겪는 고통을 재현하기 위해 자주 사용되는 장치 중의 하나이다.[4] 그러나 성폭력은 그것이 발생하는 시대와 공간에 따라 '폭력'으로 인식되기도 하고 불가피한 '사건'으로 인식되기도 한다.[5] 1930년대의 여러 프롤레타리아 소설은 공장과 그 주변에서 발생하는 성폭력 사건을 그린다. 그러나 이 사건은 피해자와

<hr />

　1928년에는 5,000여 개를 초과하였다. 1940년이 되면 7,000여 개를 넘어서게 되었다. 위의 책, 36쪽.

3　강이수, 「식민지 공장체제와 노동규율」, 『한국 근현대 여성노동―변화와 정체성』, 문화과학사, 2011, 100~110쪽.

4　폴라 라비노위츠는 1930년대 미국의 여성작가들이 쓴 급진적 소설을 대상으로 연구하면서 섹슈얼리티에 대한 억압이 노동계급 여성들의 계급의식 성장에 결정적 영향을 미친다는 점을 언급한 바 있다. Paula Rabinowitz, *Labor & Desire : Women's Revolutionary Fiction in Depression America*, The University of North Carolina Press, 1991, pp.63~96.

5　조르쥬 비가렐로는 프랑스를 중심으로 18세기부터 20세기에 걸쳐 '강간'의 의미가 변화해온 역사를 살핀다. 신분질서가 여전히 남아있던 18세기 전반기 프랑스에서는 남성 지배계급이 여성 피지배계급을 강간하거나 전시 중에 남성 정복자들이 여성 피정복자들을 강간하는 행위는 '강간'이라는 이름 아래 기록되거나 처벌되지 않았지만 자신보다 더 높은 지위의 여성을 강간한 남성들은 처벌받았다. 이처럼 '강간'은 문화적이고 사회적인 맥락에 따라 '강간'으로 인식되기도, 혹은 그렇지 않기도 하다. 조르쥬 비가렐로, 이상해 역, 『강간의 역사』, 당대, 2001, 31~33쪽.

가해자의 관계에 따라 노동자들 사이에서 '성폭력'으로 인정받기도 하고, 그렇지 못하기도 한다.

이북명의 「여공」은 유안 비료공장의 노동자들이 한 번 실패했었던 쟁의를 다시 조직하는 과정을 그렸다. 여성 노동자에 대한 감독의 성폭력은 쟁의의 재조직을 촉진하는 주요 요인이다. 이 소설에서 '성폭력'은 젠더 권력관계와 계급 권력관계가 중첩된 폭력으로 나타난다. 가해자가 남성 노동자인 경우와 남성 관리자인 경우, 그리고 가해 장소에 피해자를 지지해줄 만한 사람이 있는 경우와 그렇지 않은 경우를 비교해보면 노동 현장의 권력관계가 어떻게 성폭력 여부를 결정하는지 확인할 수 있다.

　　─공장의 기계는 우리×로 돌고─

　　─수리조합 봇돌은 ×물로 찬다─

제품창고 안─

안경순이는 다른 여공들과 형칠 영일이들이 결복하여 내던지는 비료섬에다 '조선××비료주식회사유안비료'라는 인을 찍고 이리저리로 영자를 갈긴 '호소'를 부치면서 모기 소리 같은 소리로 아리랑 노래 부른다.

"좋다."

광대뼈가 쑥 도드라지고 눈이 커다란 형칠이가 슬금슬금 경순이 쪽을 도적하여 보면서 히야까시를 부친다.

"홍, 홀애비가 죽는다."

옆에서 땀을 철철 흘리면서 맷돌을 굴리듯 비료섬을 굴리면서 결복하든 영일이가 말을 받아 찬다.

"일이나 해요. 히야까시는 무슨 히야까시야."

얼굴에 분탭을 한 경순이가 아니꼬운 눈짓으로 영일이와 형칠을 흘겨본다.

"흥! 볼수록……"

영일이가 빙글빙글 웃으면서 경순이 쪽을 곁눈질한다. 다른 여공들의 시선도 이 두 남공에게 쏠렸다.[6]

형칠이는 경순이의 자족적 노래에 "좋다"라는 추임새를 붙여 경순이의 노래를 다른 노동자들을 위한 것으로 취급한다. 그리고 이 추임새에 형칠이와 함께 일하던 영일이도 호응하면서 경순이의 노래를 주변 사람들의 흥을 돋우는 것으로 전유한다. 이들의 추임새는 경순이를 '히야카시ひやかし', 즉 희롱하려는 목적을 가진 것이었다. 특히 "홀애비가 죽는다"라는 표현은 성적sexual인 연상을 불러일으킨다. 형칠이의 추임새는 두 가지 측면에서 문제적이다. 첫째, 경순이를 동료 노동자가 아니라 그에게 유흥 서비스를 제공하는 대상으로 간주하였다. 형칠이의 추임새는 경순이의 노래를 유흥 서비스와 동일시하면서, 경순이를 성적으로 희롱했을 뿐만 아니라, 유흥 서비스업에 대한 낙인도 재생산했다. 둘째, 형칠이는 노동자와 자연을 착취하며 운영되는 공장 시스템을 비판하는 경순이의 노래를[7] 유흥거리로 취급하여 노래가 가진 비판적인 관점을 사장시켰다.

소설 안에서 형칠이와 영일이는 여성 노동자들을 동료로 보지 않고 성적 대상으로 취급한다. 경순이는 두 사람의 희롱에 불쾌감을 표시하

---

6 이북명, 「여공」, 『신계단』, 1933.3, 110쪽.

7 존 스트리트는 하버마스의 음악 이론을 참조하여, 한 공간에서 음악을 함께 즐기는 행위는 의사소통의 일환으로서 정치 참여 시스템의 일부가 될 수 있다고 보았다. John Street, *Music and Politics*, Polity Press, 2012, pp.41~78.

지만, 두 사람은 사과하기는커녕 오히려 또 다른 방식으로 희롱하고, 다른 남성 노동자도 합심한다. 홍선이가 정희에게 "정희 씨는 경찰서에 있는 창수를 생각하시는 모양이로군"[8]이라고 한 것이 그 예이다. 이에 분노한 다른 여성 노동자들은 합심하여 남성 노동자들을 비난하고 조롱하면서 그들의 희롱에 맞선다. 여성 노동자들의 '연대'는 남성 노동자들의 사과를 받아내지는 못하지만, 그들을 성공적으로 제압한다. 형칠이는 "자기가 한 행동이 좀 지나쳤다는 것을 깨"닫고 "아무 말 없이 결복"[9]하는 등 그의 잘못을 인정한다.

이 성희롱은 젠더 권력관계와 관련이 있지만, 공장 안에서 가해자와 피해자의 직급이 같으므로 여성 노동자들은 자신들의 고용 안정에 위기를 느끼지 않고 가해자들을 비난하고 압박한다. 이 소설은 노동자들 사이의 젠더 권력관계가 노동자들을 크게 억압하지 않는 것으로 그린다. 즉, 노동자라는 공통점이 그들의 젠더 위계를 압도하는 것이다. 물론 여성 노동자들의 연대가 있었기 때문에 남녀 노동자들의 관계가 비교적 평등하게 유지될 수 있었다. 여성들은 성희롱의 젠더 문법을 거부하며 남성들의 성희롱을 무력화한다.[10]

---

8 이북명, 앞의 글, 111쪽.
9 위의 글, 112쪽.
10 샤론 마커스는 젠더화된 폭력의 문법을 '강간 각본'이라는 개념으로 분석하였다. 폭력의 문법은 사람들을 강간 각본 안에서 주어진 위치들을 승인하도록 만드는 규칙과 구조이다. 예를 들면, 백인 남성은 모든 남성과 여성에게 폭력을 행사할 수 있는 정당한 성적 폭력의 주체라고 가정된다. 달리 말하면, 유색인종 남성이 백인 남성에게 가하는 폭력과 백인 여성에게 가하는 성폭력은 정당화될 수 없다는 의미이기도 하다. 이런 강간 각본은 백인 남성을 영웅적 이미지, 여성을 피해자의 이미지로 가정하여 구성되는 것으로, 성차별과 인종차별이 혼합되어 있다. Sharon Marcus, "Fighting Bodies, Fighting Words : A Theory and Politics of Rape Prevention", Judith Butler & Joan W. Scott ed., *Feminists Theorize the Political*, Routledge, 1992, pp.392~393.

여성 노동자들의 집합 행동은 여성 노동자들도 남성 노동자들과 동등한 위상에 있으며, 남성 노동자들은 젠더 권력관계를 활용하여 여성 노동자들을 희롱할 수 없다는 메시지를 분명하게 전달한다. 여성 노동자들의 실력 행사는 다음의 두 가지 조건에서 가능했다. 첫째, 희롱을 한 남성 노동자가 그들과 동등한 직급의 노동자였다. 이 사건에 등장하는 노동자들은 모두 공장의 생산 공정에서 말단의 일을 담당하고 있으므로 공장 내 직급상으로는 권력관계가 존재하지 않는다. 둘째, 희롱의 대상이 된 여성 노동자들은 다른 여성 노동자들과 함께 일하고 있었다. 성적 대상화는 여러 남녀 노동자들이 함께 일하는 현장에서 발생했으므로 여성 노동자들은 남성 노동자들의 희롱에 집합적으로 대응할 수 있었다.

앞서 분석한 사건과 정희가 감독에게 성폭력 미수 피해를 입은 사건을 비교해보면, 성폭력이 발생한 장소와 가해자의 직급이 피해자에게 미치는 영향을 확인할 수 있다.

"내 무엇 줄 게 있는데 저리로 좀 가자."
감독은 산같이 쌓인 비료섬을 가리켰다.
"저리라니요?"
순간 정희는 이 음탕한 놈의 수작을 알아차렸다. (…중략…)
"일 없다. 어디 돈 싫어하는 사람 있겠니."
감독은 억지로 정희의 손에다 쥐여주었다. 동시에 감독은 정희의 시사시가미를 막 끌어안았다. 키스를 하자는 수작이었다. 정희는 날쌔게 팩 돌아서면서 감독의 손에서 빠졌다.
"왜 이 모양이요. 이런 썩은 돈으로 남의 생명을 빼앗는 것이 당신네들이

하는 수작이오."

　정희는 쥐었든 오 원짜리 지폐를 감독의 얼굴에 내던지고 막 달려 직장을
나왔다.

　정희는 뒤에서 달려 나가는 자기 등을 노려보면서 악마의 웃음을 띠우는
감독의 얼굴을 보지 못하였다.[11]

　정희는 성폭력을 시도하는 감독에게 적극적으로 항의하거나 잘못을
지적하지 못한다. 감독이 정희를 강간하려고 하자 정희는 그의 행동에
대해 "썩은 돈으로 남의 생명을 빼앗는 것"이라는 비유적인 표현을 사
용하여 소극적으로 비난한다. 또한 정희는 성폭력 미수의 현장에서 마
치 잘못한 사람이 그녀인 것처럼 감독을 두려워하고, 감독으로부터 도
망간다. 불안한 정희의 태도와는 달리, 감독은 도망가는 정희를 향해 웃
을 정도로 여유를 보인다. 정희가 남성 노동자들의 성희롱에 맞설 때와
달리, 감독의 성폭력 시도에 소극적으로 반응한 이유는 첫째, 감독은 노
동자들을 통제하는 업무를 담당하기 때문이다. 감독은 정희의 동료 노
동자와 달리 노동자들의 고용과 업무를 통제할 수 있다. 특히 이 비료공
장은 정리해고를 집행할 예정이므로 감독의 권위가 평소보다 더 강력하
다. 감독의 발언은 하급 노동자인 정희의 고용에 영향을 미치므로, 그의
부당한 행위에 본격적으로 저항하기 어렵다.

　둘째, 감독이 정희를 성폭력하려했던 현장에는 동료 노동자들이 아
무도 없었다. 남성 노동자들의 성희롱 현장에는 정희만이 아니라 그녀

---

11 이북명, 앞의 글, 115~116쪽.

를 도와줄 다른 동료들이 많았지만, 위 사건이 발생할 당시에는 정희를 도와줄 어떤 동료도 없었다. 셋째, 감독은 성폭력을 시도하기 전에 정희에게 돈을 쥐여 주었다. 이러한 정황은 피해자에게 매우 불리하다. 감독은 돈을 먼저 쥐여 주었다는 빌미로 성폭력 사건을 '성 구매'로 포장하는 동시에 정희의 섹슈얼리티를 '성노동자'의 것으로 낙인찍을 수 있다. 감독에 의한 성폭력 미수 사건은 노동현장에서의 권력관계, 동료의 부재, 사회적 편견이 젠더 권력관계와 맞물리면서 노동자 사이에서 발생한 성희롱 사건과 다른 맥락에 놓이는 것이다.

감독의 행위는 이 소설에서 분명한 '성폭력'으로 재현된다. 감독이 강간을 시도하던 순간에 정희는 혼자였고, 강간의 책임을 뒤집어쓸 가능성이 높았다. 물론 사건 다음날, 정희는 공장의 동료들과 함께 노동 환경을 개선하고 감독을 몰아내려는 투쟁을 주도하면서 간접적으로 강간 시도에 대항한다. 그러나 이 투쟁 역시 하급 노동자와 감독의 권력관계에 기초해 있는 만큼, 두 사람의 권력관계는 변하지 않는다. 이 소설은 노동자들 사이에서 발생한 성폭력과 감독과 노동자 사이에서 발생한 성폭력을 서로 다른 맥락의 사건으로 그린다. 노동자들 사이에서 발생한 성폭력에서 피해자는 가해자를 직접적으로 비난하고 사과를 요구할수 있지만, 노동자와 감독 사이에서는 불가능하다. 이것은 성폭력 사건의 근본적인 원인인 젠더 권력관계가 직장 내의 권력관계와 결합하면, 성폭력 피해자들이 그 '피해'를 주장하기 더 어려워지는 상황을 반영한다. 이 소설에서 정희를 노동운동의 지도자로서 전폭적으로 지지하는 노동자들은 모두 여성이다. 이러한 지지는 정희를 통해 젠더를 고려한 노동운동을 기대하는 여성 노동자들의 열망을 반영하는 것이기도 하다.

감독의 별명이 구렁이다.

"그놈의 구렁이 오늘은 웨굴(사무실)에서 떠나지 않나."

셋은 각기 자기가 묶어 놓은 섬 위에 앉았다.

"얘, 우리도 놀자."

나벌이가 먼지를 톡톡 털면서 소리를 지른다.

"옳다 놀자. 잘 뵈였대 소용있니."

봉선이가 말을 받았다.

"잘 뵈였대야 옥상이 되겠구나."

정희가 어젯저녁 일을 생각하면서 히니꾸를 한다.

"이순이가 되고 싶은 게구나"

나벌이가 '호소'를 붙이는 이순이를 히야까시 한다.

"얘두 꿈에 보아도 몸살이 치우는데."[12]

   인용문은 정희가 강간당한 다음 날, 감독의 출근이 늦어지자 노동자
들끼리 장난을 치는 장면이다. 이날 아침 정희는 결근을 생각했지만 어
머니의 요구로 억지로 출근한다. 하지만 정희는 동료 여성 노동자들과
감독을 조롱하는 장난을 치면서 어제 자신이 당했던 사건을 연상시키는
농담을 한다. "잘 뵈였대야, 옥상奧さん(아내)이 되겠구나"는 정희의 말에
서 '아내'는 문자 그대로의 의미가 아니라 감독의 성행위 대상이 된다는
의미를 가진다. 이 말은 여성 노동자들이 열심히 노동하여 감독에게 그
성실성을 인정받는다고 하더라도, 감독의 성폭력의 대상 이상이 되지

---

12 위의 글, 117쪽.

못하는 현실을 날카롭게 지적한다. 정희는 자신의 성폭력 피해 경험을 다른 여성 노동자들도 겪을 수 있는 일반적인 사건으로 객관화한다. 또한 여성 노동자들과 함께 감독을 조롱하면서 간접적으로 그녀의 피해에 대한 지지를 얻는다.

이 소설에서 노동자들의 연대는 공장의 권력관계에 도전할만한 가장 중요한 자원으로 그려진다. 유안 비료 공장에서 일하는 노동자들은 노동자 수는 감축하고 노동 강도는 강화하려는 회사의 방침을 인지하고, 이에 맞설 대책회의를 한다. 노동자를 탄압하려는 회사 측의 방안에 저항하는 대책회의가 노동자들의 노동력을 착취하는 근무시간에 진행된다는 점은 흥미롭다. 이 회의 장면은 노동자들이 사측에게 착취당하는 시간을 사측에 저항할 시간으로 전유할 수 있을 정도로 노동 규율에 일방적으로 훈육되지 않았고 자신들의 자율성도 잃지 않았다는 것을 보여준다. 정희는 이런 노동자들 가운데 가장 적극적이고 긍정적인 태도로 자본의 노동착취에 저항한다. 정희의 이런 태도는 다른 여성 노동자들이 정희를 믿고 따르는 중요한 이유였을 것이다.

노동자들이 대책회의에서 진정서를 제출하자는 안건을 논의할 때, 정희가 그 진정서를 제출하자고 주장하자 다른 여성 노동자들도 모두 정희를 지지한다. 뿐만 아니라, 진정서의 항목을 작성할 때도 정희는 진정서에 "감독을 ××시킬 일"[13]이라는 항목을 추가하자고 제안하는 등 적극적으로 참여한다. 감독의 처분에 관한 내용은 복자로 가려져 있기는 하지만, 문맥상 감독을 '퇴임'시키라는 문구일 것이라고 추측할 수

---

13 위의 글, 121쪽.

있다. 감독은 노동자들을 구타하는 등 권력을 남용했고, 노동자를 강간하려고도 했다. 감독의 전력을 고려해보면, 그에게 강간 피해를 당한 사람은 정희 외에도 더 존재할 것이다. 감독의 구타는 공론화가 쉽지만, 성폭력은 공론화가 어렵다. 정희의 사례처럼, 감독이 강간 피해자에게 돈을 쥐어준다면 성폭력이 성 거래로 오인될 수 있기 때문이다. 또한, 성폭력의 피해자는 '정조' 관념에 의해 오히려 성폭력의 책임을 떠안게 되기도 했다.[14] 성폭력의 메커니즘을 잘 모르는 남성 노동자들과 달리, 정희는 그것에 익숙했다. 따라서 여성 노동자들은 노동현장의 젠더까지 고려하면서 노동운동에 접근하는 정희를 전적으로 지지하고 신뢰한다.

이 소설은 여성 노동자들의 성폭력 피해를 중심으로 노동현장의 젠더를 드러낸다. 정희는 동료 노동자들에게도, 감독에게도 성폭력 피해를 입었다. 정희처럼 여성 노동자들은 노동현장에서 노동력뿐 아니라 그녀들의 섹슈얼리티도 착취당한다. 이 착취의 주체는 주로 사측이지만 때로는 동료 남성 노동자이기도 하다. 남성 노동자들은 직급 위계로 인한 갈등이 아닌 젠더 위계로 인한 갈등을 거의 경험하지 않고, 인식하기도 어렵다. 이러한 상황에서 여성 노동자들은 공장 내에서 발생하는 젠더 갈등을 종식시키기 위해 정희처럼 노동현장의 젠더 관계를 이해하는 여성 노동자 대표를 적극적으로 지지한다. 유안 비료 공장의 노동운동은 정희가 지도자로 참여함으로써 노동현장의 젠더까지 고려한 운동이 될 수 있었다.

---

14 조선 시대부터 존재했던 정조 관념은 식민지 시기에 성과학과 법제도와 만나면서 관념이 아닌 물리적인 실체로서 여성들을 통제하는 규범이 되었다. 한봉석, 「정조貞操 담론의 근대적 형성과 법제화—1945년 이전 조일朝日 양국의 비교를 중심으로」, 『인문과학』 55, 성균관대 인문학연구소, 2014, 182~203쪽 참고.

2) 관리자와 야합하는 '타락자'

1930년대 프롤레타리아 소설에서 공장 안에서 발생하는 성폭력은 성폭력 전후의 관리자와 노동자의 관계에 따라 그 의미가 달라지기도 한다. 사측과 협력하는 노동자가 성폭력 피해를 입거나, 성폭력 사건 이후 관리자와 노동자가 친밀해지면, 노동자의 성폭력 피해는 소설 안에서 '성폭력'으로 그려지지 않는다. 특히 후자에 해당하는 여성 노동자는 사측에 저항하는 남성 노동자들의 성폭력 대상이 되기도 한다. 노동자들의 성폭력 가해는 사측에 대한 저항으로 그려지고, 사측에 반대하는 노동자들은 젠더를 불문하고 그 가해를 지지한다.

한설야의 「교차선」에 등장하는 은순은 노동운동 투사로 활동하였으나, 함께 운동했던 애인과 남동생이 수감된 후, 감독과 연애를 시작한다. 동료 직공들은 은순과 관리자의 관계를 알게 된 후부터 그녀를 '배신자'로 간주하고 그녀의 연애를 조롱한다. 그러나 은순은 두 사람이 수감되기 전에는 공장 내의 크고 작은 노사 간의 충돌을 중재하는 대표로 나서기도 했으며, 가장 전투적인 투사였던 재선이의 지도자이자 연인이었다. 그러나 이 소설은 은순이가 갑자기 변한 이유에 대해서는 침묵하고 은순의 동료들의 시선에서 은순과 관리자의 연애와 은순에 대한 동료들의 조롱을 재현하여 은순이가 일신의 영달을 좇아 감독과 연애한다는 동료들의 추측을 기정사실처럼 재현한다. 그러나 과연 이 시기에 노동자들이 감독과 자유의지에 근거하여 연애할 수 있었는가? 송계월은 「공장소식」에서 감독에게 성폭력을 당한 뒤, 어쩔 수 없이 감독의 '애인'이 된 여성 노동자들의 사례를 제시한다. '남성' 감독과 '여성' 노동자 사이에는 젠더 권력관계만이 아니라 관리자와 노동자 간의 위계도 존재한다. 이중적으로 권력관계에서 취약한 여성 노동자들은 남성 관리자와 평등한 관계를 전제한 '낭만적 사랑'을 할 수 없었다.[15] 「공장소식」의 사례처럼 은순도 감독에게 성폭력 피해를 입은 후 그와 연애를 시작했을 확률이 높다. 그러나 은순의 동료들은 두 사람의 연애가 시작된 계기는 무시한다. 다만, 노동자들은 남녀 불문하고 그들의 '적'과 연애하는 은순의 섹슈얼리티를 비하한다.

> ― 성냥 굽에 회칠이냐 개 대가리……
>
> 또 끝은 들리지 않았다. 은순의 분칠한 얼굴이 햇빛을 받아 유난하게 보인다.
>
> ― 망난일세 망종일세 구구대일세……
>
> 일부러 하는 듯이 소리가 웅글고 컸다.
>
> ― 돗꾜쇠(돗꾜이쇼) 쪼이나 쪼이나……
>
> 여공들 사이에서 웃음이 짜그르 터졌다.[16]

---

15 앤소니 기든스는 두 명의 불완전한 남녀가 서로에 대한 친밀성에 바탕을 둔 '영혼의 만남'을 통해 서로의 결여를 충족시켜주는 사랑을 낭만적 사랑이라고 부르고, 이 낭만적 사랑이 결혼이라는 제도를 경유하여 영속적 사랑으로 나아갈 수 있었던 물질적 배경을 부부의 성역할 분담에서 찾는다. 남성은 임금노동 시장에서, 여성은 가정에서 각각 임금 노동과 재생산 노동을 담당하는 구도는 부부간의 실질적 필요성을 더욱 강화해주었다.(앤소니 기든스, 배은경·황정미 역, 『현대 사회의 성·사랑·에로티시즘―친밀성의 구조변동』, 새물결, 2001, 83~88쪽) 낭만적 사랑은 두 사람이 서로를 불완전한 존재로 인식하고, 서로의 불완전함을 채우기 위한 목적에서 시작한다. 그러나 공장 내에서 감독과 노동자의 권력관계는 직급에 기초한 권력관계를 바탕으로 하며, 감독은 무소불위의 권력을 휘두르고 노동자는 그 명령을 따라야 하는 복종관계에 있다. 이러한 불평등하고 위계적인 관계에서 낭만적 사랑은 불가능하다.

16 한설야, 「교차선(5)」, 『조선일보』, 1933.5.2, 4면

노동자들은 감독과 은순의 성관계를 상상하며 은순을 성희롱한다. 남성 노동자들은 노래와 역할극으로 성희롱을 주도하고, 여성 노동자들은 남성들을 보면서 즐거워한다. 이 장면은 「여공」에서 남성 노동자들이 여성 노동자들을 희롱하자 여성 노동자들이 협동하여 그들을 규탄하던 구도와 상당히 다르다. 공장 노동자들의 성희롱은 한 사람의 잘못을 공개적으로 비판하는 방식이 아니라 비공식적으로 한 사람의 약점을 조롱하는 방식이다. 이 방식은 비난의 대상이 저지른 잘못을 명확하게 정의하기도 어렵고, 노동운동의 목적도 모호하게 만든다. 노동운동의 목적은 지배자들에게 맞서 피지배자들의 권리를 찾으려는 것이다. 그러나 이들의 성희롱은 사회의 지배질서가 여성의 섹슈얼리티를 억압하는 논리를 그대로 차용하여 여성의 억압을 재생산한다. 은순이 더 이상 노동자들에게 협력하지 않고 관리자에게 협력하는 인물로 변했다면, 이것은 노동자들의 입장에서 비난의 대상이 될 만하다. 그러나 노동자들은 은순의 잘못을 객관적이고 공적인 언어를 사용하여 공개적으로 비난하는 대신 주관적이고 성차별적인 언어를 사용하여 비공개적으로 희롱한다.

남성 노동자들은 노래를 부르며 세 가지 방식으로 은순이를 성희롱한다. 첫째, 은순의 화장한 얼굴을 성적으로 조롱한다. 이들은 "성냥곽에 회칠이냐"라며 은순이 눈썹을 그리고 분칠한 얼굴을 파편화하고 희화화한다. 화장은 여성들이 주로 하는 몸단장이다. 여성을 성적 대상화하는 남성의 시각에서 여성의 화장한 얼굴은 그렇지 않은 얼굴보다 더 화사하고 아름다워 보이므로, 남성을 유혹하려는 목적을 가진 것으로 간주된다. 화장한 얼굴은 공장 안에서 일하는 여성과 그렇지 않은 여성을 구별하는 지표이기도 하다. 여성 노동자는 하루 종일 좁은 공장 안에서 노동하고 공정 과정에서 땀을 흘리는 경우도 부지기수이므로, 화장하는 경우가 많지 않다. 따라서 노동자 집단에서 화장한 얼굴은 노동하지 않고 남성을 유혹하는 여성을 상징한다. 남성 노동자들은 은순의 화장한 얼굴을 부각시켜 그녀를 노동자 집단으로부터 분리한다.

둘째, 은순에게 감독의 애인이라는 정체성을 부여한다. 남성 노동자들은 은순을 "망난일세 망종일세 구구댁일세"라고 놀린다. '구구댁'은 감독의 고향인 '큐슈九州'[17]를 '구구'로 읽고, 기혼 여성에 대한 호칭인 '댁'을 결합시켜 은순에게 감독의 애인이라는 정체성을 부여한 별칭이다. 남성 노동자들은 감독의 고향을 빗대어 은순을 간접적으로 호명함으로써 조롱의 효과를 극대화한다. 그리고 은순을 더 이상 '노동자'로 취급하지 않고 감독의 애인이라는 관계 안에 종속시키면서, "망나니"이자 "망종亡種"이라고 조롱한다. 이 두 단어는 은순의 연애 관계를 원색적으로 비난하는 것이다.

셋째, 성행위를 연상하는 단어들로 은순을 성적으로 대상화하였다. 남성 노동자들이 은순이를 조롱하는 노래의 후렴구인 "돗꾜쇠(돗꾜이쇼) 쪼이나 쪼이나どっこいしょ ちょいなちょいな"는 일본 군마 온천 지역에서 부르던 민요에서 유래하였다. 이 민요는 쇼와 초기(1920년대 말경)에 이 지역의 게이샤가 가창한 이후에 일본 전역에서 유행하게 되었고, 창자가 게이샤라는 이유로 성적인 의미를 가지게 되었다.[18] 노동자들의 노

---

17 소설에서 은순과 연애하는 감독의 별명은 '털부헹이'이다. "털부헹이는 당당한 구주 산 九州이었다"라는 구절을 통해 감독이 큐슈에서 조선으로 이주한 일본인이라는 것을 알 수 있다. 한설야, 「교차선(2)」, 『조선일보』, 1933.4.28, 9면.
18 민요에 관한 정보는 다음의 사이트를 참고했다. '쿠사쯔분(草津節) 쿠사쯔만(草津湯も み唄)'의 노래 〈군마현(群馬県) 아가쯔마군(吾妻郡) 쿠사쯔마찌(草津町)〉(http://sens hoan.main.jp/minyou/minnyou-kusatubusi.htm). 이 민요의 후렴구인 "돗꾜쇠(돗꾜

래 가사는 모두 한국어이지만, 성행위와 관련된 의성어만 일본어로 표시되어 있다. 이 의성어는 일본인 관리자와 연애하는 은순의 섹슈얼리티는 게이샤처럼 비규범적이라는 것을 사실을 강조한다. 다른 두 행의 내용도 성적인 함의를 담고 있다. 두 행에서는 남성을 유혹하는 은순이의 화장과 관리자와 연애하는 잘못된 행실을 언급하면서 은순이를 두 측면에서 비난한다. 하나는 은순의 외모가 성에 대해 무지해야 할 미혼여성으로서 적절하지 못하다는 것, 다른 하나는 감독과 연애하는 등과 같은 은순의 품행이 노동자로서 적절하지 못하다는 것이다. 이 노래는 은순을 여성으로서도, 노동자로서도 문제가 많은 사람으로 재현하여 그녀는 어떤 식으로라도 비난받아야 한다는 공감대를 형성하도록 기여한다.

　남성들이 노래로 은순을 성희롱하였다면 여성 노동자들은 공과 라켓으로 은순을 괴롭힌다. 여성 노동자들은 운동장에서 은순을 발견하자, 마침 그들이 가지고 놀던 라켓을 이용하여 은순의 등과 엉덩이에 공을 맞힌다. 여성 노동자들도 남성 노동자들처럼 은순의 잘못을 직접적으로 비판하지 않고 그녀를 괴롭히는 방식으로 불만을 표시하는 것이다. 이 여성 노동자들은 은순의 뒤쪽을 공격하는 등, 비겁한 방식으로 은순을 괴롭힌다. 노동자들은 은순을 비하하면서 공감대를 형성할 수 있을지도 모른다. 하지만 희롱은 그 단어 자체가 의미하듯 비겁한 방식이며, 이들의 희롱은 여성혐오를 전제하기 때문에 궁극적으로는 성차별적 의식을

이 쇼) 쪼이나 쪼이나"는 식민지 조선에도 유입되어 성적인 상황을 암시하기 위한 목적에서 사용되었다. 구애하는 남성과 이 구애 앞에서 망설이는 여성을 노래한 경상북도 의성군의 민요 〈쪼이나 쪼이나 도까이쇼〉에도 이 후렴구가 등장한다. '한국 구비문학 대계'(https://gubi.aks.ac.kr/web/VolView2_html5.asp?datacode=05_18_ETC_20110605_CHS_KDS_0001&dbkind=2&hilight=쪼이나).

재생산하고 여성 섹슈얼리티에 대한 비하를 강화한다.

이 소설은 은순을 노동자들에게 관찰당하는 대상으로만 재현한다. 이 같은 재현은 여성 노동자를 그리면서 여성 노동자의 목소리를 누락시키는 결과를 낳는다.[19] 물론 은순의 위상이 지배계급과 다름없으므로 목소리가 누락되었다는 평가는 적절하지 않다고 판단할 수도 있다. 하지만 은순도 노동자들의 희롱을 통제할 권력이 없는 일개 노동자일 뿐이다. 문제는 이 소설의 노동자들이 감독이 아니라 은순만을 비난한다는 것이다. 노동자들은 은순을 노동자를 억압하는 자들을 대표하는 것처럼 취급하지만, 실상 그녀는 억압자들과 다른 지위에 있고, 노동자이지만 노동자의 일원으로 취급받지 못하는 모호한 위치로 재현된다. 그리고 은순의 목소리는 이 소설에서 전반적으로 한 번도 들리지 않는다. 결국, 이 소설에서 공장의 방침에 저항하는 노동자들은 자신들과 동질적이지 않은 동료 노동자를 괴롭히는 것에 지나치게 집중하여 그들의 열악한 노동조건과 생활 상태를 조장하는 사회구조를 간과하고 만다. 또한 노동자들 사이에 갈등을 야기할 수 있는 여성혐오 역시 재생산하였다.

유진오의 「여직공」은 제사공장의 전위적인 노동자들이 공장 측의 임금삭감과 노동력 감축 계획에 맞서 쟁의를 모의하고, 공장 측은 이들을 방해한다는 서사로 이루어져 있다. 이 공장의 하급 노동자인 옥순은 공

---

19 「교차선」의 초점 인물은 은순임에도 불구하고, 이 소설에서는 은순의 목소리가 단 한 번도 등장하지 않는다. 이 소설이 노동자들의 시각에서 노동자를 재현하고 있음에도 불구하고, 은순을 다른 노동자들에 의해 추측되고 조롱받는 대상으로 그려 넣어 결과적으로는 노동자의 목소리를 지워버렸다. 은순은 육체로만 존재하고 자신의 목소리를 내지 못한다. 은순의 상황은 가야트리 스피박이 「서발턴은 말할 수 있는가?」라는 논문에서 언급한 '서발턴'의 상황과 유사하다고 할 수 있다.

장의 일본인 감독으로부터 돈을 받고 동료들의 쟁의 계획을 공장 측에 누설하였다. 옥순은 처음에는 공장 측의 스파이로 쟁의를 모의하는 노동자들의 모임에 참여하지만, 노동자들의 의견에 감화되면서 갈등한다. 역설적이게도, 회사는 옥순이 공장 측의 스파이 활동을 중단하고 노동자들의 편에 서게 되는 계기를 마련한다.

> 감독이 돈을 집어가지고 쫓아오며
> "그러지 마루고 우리 친하게 지내."
> 옥순이는 홱 돌아서며 지전을 받아 다시 마룻바닥에 던졌다. 감독의 뺨으로 올라가려는 손을 억지로 참고 그 대신 처음으로 소리를 쳤다.
> "엿기 이 더러운 놈! 개 같은 놈! 도적놈!"
> "헹" 하고 감독은 비웃고 돌아서서 돈을 집으며 "집이 가서 다시 생각이 해 보아."[20]

인용문에서 감독은 옥순을 성폭력 한 뒤, 옥순에게 돈을 주면서 더욱 적극적으로 사측의 스파이로서 포섭하고자 한다. 앞서 언급했듯이 가해 남성의 사회적 지위가 더 높은 경우, 성폭력 피해 사실이 공론화되면 가해 남성보다 피해 여성이 더 불리하다. 따라서 감독은 옥순이 성폭력 피해 사실을 감추기 위해서, 혹은 '정조'를 잃어버린 상황에 체념하고 감독의 편에서 활동하리라고 믿었던 것이다. 옥순은 강간 피해를 입은 후, 감독에게 욕을 하고 돈을 집어 던지는 등 저항하지만, 감독은 그녀의 행

---

20   유진오, 「여직공(10)」, 『조선일보』, 1931.1.14, 4면.

동에 화를 내지 않는 여유를 보인다. 감독은 옥순의 개인적인 저항과 분노가 그의 권위와 공장의 권력 구조에 아무런 영향을 미치지 못한다는 것을 알기 때문이다.

1930년대 식민지 조선이라는 소설의 배경을 고려하면, 옥순이 외부로부터 비난받지 않으려면 감독의 의도에 순응하는 것이 최선이었을 것이다. 여성들의 공적인 활동범위는 점점 더 넓어졌지만, 공적 영역에서 발생하는 성폭력을 예방하고 처벌하는 대책은 거의 전무하였다. 강간은 강간 피해자인 여성들에게 인생이 바뀔 만큼 치명적이었으나, 가해 남성이 처벌받는 경우는 많지 않았다. 1936년에 들어서면, 법원은 대부분 위자료로 처리되는 강간 사건의 처벌이 너무 약하다는 항간의 요구를 받아들여 강간 가해자에게 체형을 내리는 법안을 마련한다. 한 기사는 이 같은 법원의 결정을 환영하고, 강간은 여성의 인생에 치명적인 범죄임에도 불구하고 그 처벌 수위가 낮았다고 그간의 강간 관련법을 비판하면서도, 결론적으로는 강간 예방을 위해서는 여성의 처신이 무엇보다 중요하다고 강조한다.[21] 총독부는 식민지 말기인 1936년이 되어서야 강간 사건 처벌 규정을 강화했을 만큼, 식민지 조선에는 여성들이 강간 피해를 호소할 만한 적절한 기관이 없었다. 오히려 강간 피해자의 행동이 강간을 유발했을 것이라는 편견에 시달리기 쉬웠다.

강간을 당한 옥순의 상황은 강간을 "각본화된 상호작용scripted inter-action"이라고 명명한 샤론 마커스의 이론으로 설명할 수 있다. 마커스는 강간이 "언어 안에서 발생하며 정통적인 남성성과 여성성, 그리고 강

---

21 「여성의 정조 옹호!」, 『동아일보』, 1936.5.30, 3면.

간의 개인적 사례들 이전에 명기된 다른 젠더 불평등의 용어들"[22]로 구성된다고 주장했다. 식민지 조선의 강간 각본[23]은 남성의 가해가 여성의 올바르지 못한 행실에서 비롯되었다고 간주했다. 앞서 살펴본 기사에서도 나타나듯이, 강간 피해의 책임은 여성들에게 전가되는 경우가 일반적이었기 때문에 피해자인 여성들이 오히려 피해 사실을 감춰야 했다. 만약 감독이 자신이 옥순과 '성관계' 했다는 사실을 퍼뜨리면, 옥순은 감독의 '애인'으로 취급당하기 쉽다. 앞서 살펴본 소설인 「교차선」 속 은순의 사례가 그러했다. 강간의 형태이든 합의하에 이루어졌든 사람들은 옥순을 단지 감독과 '성관계'를 한 사람으로만 인식한다. '성폭력'이 '성관계'로 둔갑한다면 옥순은 성폭력 2차 피해로부터 자유롭지 못하다. 반면, 감독은 한 공장을 관리하는 최고 지휘자이고, 일본인이며, 남성이기 때문에 '성관계'로 둔갑한 '성폭력'은 그에게 아무런 부담이 되지 않는다. 옥순은 하급 노동자이고, 조선인이며, 여성이다. 공장 안의 권력 위계에서도, 식민지 조선의 인종 위계에서도, 젠더 위계에서도 모두 감독이 옥순보다 우위에 있다. 감독은 이런 권력관계를 염두에 두고 옥순이 자신에게 의존할 것이라고 확신하였고, 그 때문에 옥순의 분노를 대수롭지 않게 치부했을 것이다.

옥순의 가정상황은 옥순이 감독의 지배를 벗어나기 어려운 또 다른 중요한 이유이다. 옥순은 신체장애가 있는 부친, 집에서 가사일과 삯일을 하는 모친과 함께 살면서 집안의 가장 노릇을 한다. 그녀의 임금은

---

22 Sharon Marcus, op. cit., p.390.
23 이 단어는 샤론 마커스Sharon Marcus가 강간의 성립조건과 사회적으로 형성된 강간의 과정에 대한 통념을 부르기 위해 사용하는 단어 '강간 각본rape script'에서 빌려왔다 (Ibid., pp.385~403).

가족 생계를 위해서 필수적이다. 감독은 "사람을 들이고 내보내고 하는 전권"[24]을 가졌으므로, 자신의 의도대로 옥순과 같은 직공을 조종할 수 있다고 자신했을 것이다. 그러나 강간 사건이 발생한 다음 날, 옥순은 감독의 강간 각본을 거부하고 동료이자 오랜 친구인 근주의 도움을 받아 노동자들의 편으로 '전향'한다.

근주는 옥순에게 노동자이자 친구로서 강한 신뢰를 표현하여 궁극적으로 옥순을 노동자의 편으로 끌어들인다. 근주는 옥순과 관리자들이 친밀한 관계라는 것을 알면서도 옥순을 노동자들의 쟁의를 모의하는 비밀 모임에 참석시킨다. 근주의 예상대로 옥순은 이 모임에 참석한 이후, 노동운동을 조직하는 이들을 신뢰하고 노동자의 노동에 감춰진 착취의 메커니즘을 이해한다. 옥순은 근주와 그녀의 동료들을 만난 후 사측의 스파이 역할에 죄책감을 느끼고, 감독에게 강간당한 후에는 감독과 절연하고 동료들을 전적으로 신뢰한다. 이 과정에서 근주의 노력은 결정적이었다. 옥순이가 강간 피해를 입은 다음 날 갑자기 근주를 찾아왔을 때, 근주는 옥순의 방문을 반기면서 자본가와 노동자의 적대에 대한 이야기를 들려주고 옥순에게 연락책의 임무를 맡긴다. 연락책은 공장 안과 밖의 소식을 정확하게 파악하고 전달하는 임무를 가지기 때문에, 조직원들 가운데에서도 신뢰할 만한 사람만이 담당할 수 있다. 근주는 이 업무를 옥순에게 맡기는 방식으로 그녀에 대한 신뢰를 표시한 것이다. 강간을 당한 뒤 옥순의 변화는 감독의 강간 각본을 완전히 뒤집는다. 감독의 강간 각본은 강간 피해를 입은 여성 노동자는 다른 노동자들로부

---

24 유진오, 「여직공(3)」, 『조선일보』, 1931.1.4, 2면.

터 고립되리라는 것을 전제한다. 그러나 옥순은 강간 피해를 입은 이후 감독과는 더 멀어지고 노동자들과는 더 가까워졌다. 노동운동에 참여하는 노동자들이 옥순에게 보내는 신뢰는 옥순이 공장 측의 스파이였다는 사실이 알려져도 굳건하게 이어진다.

이 소설 안에서 제사 공장의 여성 노동자들이 감독과 '폭력적인 성적 관계'가 있었던 여성 노동자를 바라보는 시각은 양가적이다. 「여직공」의 배경은 직원이 300명 이상인 대공장이다. 대규모의 공장은 소규모의 공장보다 위계질서가 강력하고 분업이 명확하여 같은 라인의 노동자가 아니면 만날 기회가 극히 적었다.[25] 노동자는 감독의 명령을 무조건 따라야 하는 뚜렷한 위계관계 안에서 '낭만적 사랑'과 '합의'에 의한 성 관계를 할 수 없다. 이 소설에서 감독의 애인으로 등장하는 순임이도 감독과 '합의하에' 애인이 되었다기보다 감독의 일방적인 구애와 성폭력으로 애인이 되었을 것이다. 둘 모두 공장의 권력관계가 야기한 폭력의 피해자이지만, 동료 여성 노동자들은 한쪽은 동지로 포섭하고 다른 쪽은 관리자의 애인이라고 비난한다. 이 차이는 감독의 성적 폭력에 대처하는 방식 및 성적 매력의 유무와 관련이 있다.

순임이는 옥순과 달리 공장에 입사했을 초기부터 지나치게 성적으로 매력적이라는 이유로 다른 여성 노동자들과 어울리지 못했다. 따라서 옥순과 다르게 그녀는 성폭력 피해를 입었을 당시에 누구에게도 보호나 지지를 받을 수 없었을 것이다. 이런 상황에서, 순임이는 감독의 성폭력에 항의하여 고용 안정을 위협받기보다, 감독의 애인이 되어 이득을 취

---

25 강이수, 앞의 글, 108~109쪽.

하는 길을 택했을 것이다. 이 소설은 성폭력 피해를 입은 여성 노동자들을 재현하면서 그녀들이 택할 수 있는 매우 한정된 선택지를 고려하지 않았다. 다만 "경솔한 매춘부같이 새새 웃으며"와 같은 성노동자를 비하하는 수사를 활용하여 순임의 비규범적 섹슈얼리티를 비하한다.

이 소설의 저자인 유진오는 카프 외부에서 1920년대 후반과 1930년대 초반에 프롤레타리아 소설을 창작하면서 '동반자 작가'라는 이름으로 불렸던 대표적인 작가였다.[26] 1930년대에 들어서면서부터 유진오의 프롤레타리아 소설에는 여성 인물들이 간혹 등장하는데, 공통적으로 성적 매력이 충만한 여성은 여성혐오적인 시선으로 재현된다. 유진오가 1930년에 일본을 배경으로 창작한 소설 「귀향」에서도 여성을 재현하는 그의 소설적 경향은 반복되어 나타난다. 이 소설은 노동운동에 참여하기 위해 시골 마을에서 도쿄로 상경한 사다코를 게으르고 여러 남성들과 성관계하는 인물로 재현하면서, 이러한 그녀의 성향을 그녀가 노동운동으로부터 멀어진 원인으로 제시한다. 결과적으로 사다코는 부르주아 남성과 사랑에 빠지면서 노동운동으로부터 완전히 이탈한다. 결말에서 노동운동가이자 사다코의 애인이었던 김金은 사다코의 행적을 '타락'으로 명명하면서 "모든 나라의 프롤레타리아의 딸들이 빠져들어 가는 길"[27]이라고 탄식한다. 그는 '모든 나라'의 노동계급 여성들은 모두

---

26 박영희는 1930년 「『캅프』작가와 수반자의 문학적 활동─신추新秋창작평」(『중외일보』, 1930.9.18~26)에서 "카프의 작가가 아니면서도 카프의 예술적 행동 강령에 추종하려는 경향을 가진 작가"(박영희, 「『캅프』작가와 수반자의 문학적 활동─신추창작평(1)」, 『중외일보』, 1930.9.18, 1면)들을 '카프의 수반자들'이라고 명명하여 동반자 작가 논의의 첫발을 내디딘다. 이때 박영희에 의해 언급된 '수반자 작가'는 유진오와 이효석이었다. 박영희는 '수반자 작가'들을 카프의 권내로 포섭해야 할 필요성을 제기하면서 프롤레타리아 문학을 창작하는 작가들을 카프의 지도하에 두어야 한다는 주장을 펼쳤다.
27 유진오, 「귀향(하)」, 『별건곤』, 1930.7, 166쪽.

부유한 삶을 동경하며, 노동운동에 집중하지 못한다고 단정하는 것이다. 이 소설은 노동운동가의 시각을 빌려 여성 일반은 물질욕과 성욕으로 인해 노동자 계급의식을 가지기 어렵고, 자신을 소부르주아와 쉽게 동일시한다는 여성혐오를 드러낸다.

　1931년 이후에 출판된 유진오의 소설은 비난해야 할 여성과 포섭해야 할 여성을 분리하는 방식으로 여성혐오를 드러낸다. 유진오는 고무공장 파업을 소재로 삼은 소설 「밤중에 거니는 자」(『동광』, 1931.3)에서도 남성 노동자들만이 아니라 여성 노동자들도 파업 지도부의 일원으로 그린다. 이러한 여성 역할의 변화는 시대적 변화와 관련이 있어 보인다. 1930년 8월부터 1933년 사이에 평양에서는 여성들이 주도한 고무공장 노동자들의 동맹파업이 연이어 발생한다.[28] 뿐만 아니라 1930년부터 여성 노동자의 비율이 높은 방직·제사 공장의 파업은 전체 파업 건수에서 상당히 높은 비중을 차지하기 시작한다.[29] 여성 노동자들이 노동 쟁의의 주역으로 등장하는 이러한 시대적 현상에 발맞추어, 유진오의 소설도 노동운동에서 입지를 넓혀나가던 여성 노동자들을 담아내지 않을 수 없었을 것이다. 여전히 여성혐오의 시각은 포함되어 있기는 하지만, 「여직공」은 바로 그 결과물이다.

28　김경일, 『한국노동운동사―일제하의 노동운동 1920~1945』 2, 지식마당, 2004, 327~ 338쪽. 이 시기에 평양에서 여성들이 주체가 된 동맹파업을 대표하는 인물로는 평원 고무공장의 강주룡이 있다. 강주룡이 파업에 참여한 경위와 그 소회에 관해서는 다음의 기사를 참고하라. 무호정인, 「을밀대 상의 체공(滯空)녀, 여류 투사 강주룡 회견기」, 『동광』, 1931.7, 40~42쪽.
29　김경일, 위의 책, 315~317쪽.

3) 계급질서에 저항하는 '운동가'

　강경애의 『인간문제』[30]는 지주 덕호의 집에서 가사사용인으로 일하다가 공장에서 일하게 된 선비와 그녀의 원소 마을 친구이자 공장의 동료인 간난이, 그리고 역시 동향 친구로서 건설현장 일용직 인부로 일하는 첫째의 관계를 통해 선비가 계급의식을 자각하는 과정을 제시한다. 선비는 같은 공동체에서 생활했던 사람들로부터 시작하여 노동현장에서 유사한 경험을 하는 사람들을 동질적 계급으로 인식해나간다는 특징을 가진다. 선비가 계급의식을 자각하는 과정은 그녀의 경험과 밀접한 관련을 가진다. 원소에 거주할 당시 선비는 그녀의 고용주인 덕호에게 강간당한 후, 덕호와 자신의 계급 차이를 깨닫고 그녀와 동질적인 계급성을 공유하는 마을 구성원은 누구인지 자각한다. 그녀는 인천으로 이주하여 대동방적공장에 입사하던 당시에 노동자와 자본가의 대립, 그리고 자본주의 사회구조를 일반화된 형식으로 인식하지 못했다. 선비에게 '경험'은 계급의식에서부터 지배와 착취구조를 인식하기 위해 필수적이었기 때문에, 아직 그녀가 경험하지 않은 자본주의적 지배관계에는 무지했던 것이다. 선비는 원소에서의 경험을 거울삼아 대동방적공장에서 이전과는 다른 고용관계와 계급갈등 구조를 인지해나간다. 가장 먼저 선비는 공장의 감독들이 그녀를 성적 대상화하는 시선을 통해 공장의 계급갈등을 인식한다.

30　강경애의 『인간문제』에 대한 분석은 배상미, 「1930년대 전반기 프롤레타리아 문학의 젠더와 한국문학사―이기영의 『고향』과 강경애의 『인간문제』를 중심으로」, 『현대소설연구』 68, 현대소설학회, 2017, 52~60쪽에 실린 부분을 수정하여 수록하였다.

의자를 가리켰다. 선비는 당황하였다. 그리고 그의 신변에 위기가 박두한 것을 느끼며 어떡해서라도 이 자리를 벗어나지 않으면 안 될 것 같았다. 그리고 숨이 가빠오며 방 안의 공기가 자기 하나를 둘러싸고 육박하는 듯하였다. 그때 선비는 덕호에게 유린 받던 경험을 미루어 감독이 어떻게 어떻게 할 것이 선뜻 떠오른다.

"저 난 일하던 것을 놓고 들어, 들어……왔세요."(…중략…)

선비는 어서 말이 끝나기를 기다리나 감독은 이런 부실한 말만 자꾸 늘어놓는다. 그리고 가만히 보니 별로 할 말도 없고 그를 세워놓고 저런 말이나 언제까지나 되풀이할 모양이다. 선비는 머리를 번쩍 들었다.

"저는 나가서 일 마저 하겠습니다."

"어 그런데 저……"

돌아서서 나오는 선비에게 이러한 말이 치근치근하게 뒤따른다. 선비는 못 들은 체하고 밖으로 나왔다.[31]

선비는 대동방적공장에 입사한 이후, 뛰어난 외모로 인해 여러 감독들의 관심을 받는다. 인용문도 관리자가 선비와 성적 접촉을 시도하는 상황이다. 선비는 감독의 방에 처음 들어갔을 때 덕호에게 강간당하던 장면을 떠올리며 불안해한다. 하지만 선비가 적극적으로 대응하자 관리자는 자신의 목적을 이루지 못한다. 감독의 발화 중간에 선비는 소극적으로 자신의 업무의 시급함을 언급하지만, 방을 빠져나올 즈음에는 작업장으로 돌아가겠다는 자신의 의사를 분명하게 밝힌다. 인용문의 초반

---

31 강경애, 「인간문제(105)」, 『동아일보』, 1934.12.6, 3면.

부와 후반부에 나타나는 선비의 변화는 그녀의 성장을 반영한다. 관리자는 선비를 부를 때 하급 노동자이자 묵묵히 일만 하는 선비가 관리자인 자신의 말을 따를 것이고, 쉽게 강간할 수 있으리라고 가정했을 것이다. 하지만 선비는 시간이 지날수록 더욱 당당하고 자신감 있는 태도를 보이면서 감독의 강간 각본을 배반한다. 이 과정에서 선비는 성폭력의 위험이 덕호의 집뿐만 아니라 공장에도 존재한다는 것을 자각하면서, 이 위협을 다른 여성 노동자들도 경험하는 일반적인 문제로 인식하는 시각에 가까워진다.

선비는 강간 각본을 거부한 후부터 성폭력 시도와 스파이 제안과 같은 관리자의 요구에 자신의 의사를 명확히 밝히게 된다. 간난이가 노동운동 조직의 지령으로 인해 공장 기숙사를 탈출한 후, 감독은 선비에게 간난이의 행적을 추궁하지만, 선비는 미소를 보이며 거짓말을 한다. 동료 노동자들이 선비가 관리자의 협력자로 특혜를 누린다고 험담해도, 선비는 미소로 응답하면서 노동운동 조력자라는 자신의 신상을 감춘다. 선비는 감독과 친분을 유지하면서 동료 노동자들과 거리를 유지하고, 또 다른 한편으로는 노동운동에 참여한다. 이는 같은 노동현장에서 노동하는 노동자들을 중심으로 연대를 형성하는 전형적인 노동운동가의 모습과는 매우 다르다.

선비의 비전형성은 그녀가 함께 계급의식을 공유할 동료를 발견하는 과정에서도 나타난다. 선비의 계급의식이 노동과정에서 성장했다면, 그녀는 누구보다도 그녀처럼 매일같이 같은 공정을 반복하는 동료 노동자들에게 연대감을 느꼈어야 했을 것이다. 그러나 선비는 고향 친구인 첫째를 계급의식을 성장시킬 대상으로 떠올린다. 이는 한편으로는 매우 어색해 보이지만, 선비가 공장에서 계급의식을 키워온 과정을 살펴보면 이해할만하다. 선비는 성폭력에 대응하는 방식을 바꾸면서 그녀의 계급 의식도 키워 나간다. 그리고 천여 명의 노동자들이 소속되어 있는 대공 장인 대동방적공장에서 나타나는 위계관계에 유비하여 원소 마을 사람들의 계급적 성격을 자각한다. 선비에게 원소 마을 사람들의 관계를 재 인식하는 과정은 계급의식을 키워나가고 자본주의적인 사회구조를 인 식하는 과정과 마찬가지였던 것이다.[32]

선비는 마을 사람들과의 관계를 재구성하면서 계급의식을 키워 나가 지만, 이 의식은 어디까지 인천의 대공장에서 천여 명의 노동자들과 함 께 일했기 때문에 가능한 것이었다. 선비는 마을 공동체에서 발견한 계 급관계를 보다 일반적인 상황에까지 적용시켜 나간다.

> 흙짐을 져서 괄해진 첫째의 등허리! 실을 켜기에 부르튼 자기의 손끝! 그 러고 수많은 그 등허리와 그 손들이 모여서 덕호와 같은 수없는 인간과 싸우 지 않으면 안 될 것이라… 하였다. 보다도 선비의 앞에 나타나는 길은 오직 그 길 뿐이다.[33]

선비는 일용직 노동자인 첫째와 공장 노동자인 자신을 서로 같은 계 급으로 느끼면서, 두 사람뿐만 아니라 "수많은 그 등허리와 그 손들"과 같이 불특정 다수의 노동자들을 모두 같은 계급으로 인식한다. 그리고

---

32 이를 선비의 계급의식 성장이 사적 영역으로부터 시작되었다고 해석할 수 있을 것이다. 배상미, 「식민지 시기 무산계급 여성들의 사적 영역과 사회 변혁―강경애 소설을 중심 으로」, 『상허학보』 44, 상허학회, 2015, 390쪽 참고.
33 강경애, 「인간문제(102)」, 『동아일보』, 1934.12.2, 3면.

고용관계 안에 있는 수많은 노동자들도 역시 선비처럼 덕호와 같은 지배계급과 필연적으로 갈등하게 된다고 생각한다. 위 인용문은 선비의 계급인식이 일반적인 수준으로 확장되는 방식을 보여준다. 선비는 노동현장에서 일반적으로 나타나는 계급구조와 계급갈등을 인정하지만, 다시 "보다도 선비의 앞에 나타나는 길은"이라며 자신의 문제로 돌아온다. 선비는 그녀의 경험을 일반화하는 대신, 개인의 문제로 돌아오는 것이다. 이러한 선비의 태도는 선비가 계급의식을 자각한 계기가 성폭력이었다는 사실과 연결시켜볼 수 있다. 선비는 이 소설에서 누구에게도 자신의 성폭력 피해 경험을 밝히지 않는다. 이것은 누구와도 나눌 수 없는 그녀만의 내밀한 경험이다. 노동자들은 모두 지배계급과 갈등하지만, 이들이 계급의식을 자각하고 지배계급과 갈등하는 계기는 동일하지 않을 수 있다. 선비는 이 가능성을 인정하고, 일반적인 수준에서만 계급투쟁을 논하지 않는다. 선비의 방식은 노동자들의 차이를 고려하는 계급투쟁 전선이 존재할 가능성을 보여준다.

2. 젠더 갈등과 계급 갈등의 교차

1) 젠더 관습과 얽혀있는 공장 노동과 노동운동

젠더는 노동현장에서 겪는 어려움과 노동자들이 노동시장에 들어오게 되는 맥락을 결정하는 중요한 요소이다. 여성 노동자들은 노동현장에서는 '노동자'이지만, 어떤 공간에서는 '어머니'나 '딸'이 되기도 하고, '생계부양자'가 되기도 한다. 여성 노동자들의 다양한 정체성들은 그녀들의 일상적인 관계에도 영향을 미친다. 송계월의 「공장소식」은 여성 노동자들이 노동현장에서 성폭력을 당하고, 그 성폭력에 소극적으로 대처할 수밖에 없는 상황을 공장 안팎에서 여성 노동자들이 처한 상황을 통해 제시한다. 이기영의 『고향』은 여성들의 공장 노동이 이 여성들과 가족들의 관계 변화에 미치는 영향을 보여준다.

송계월의 「공장소식」은 제사공장에서 일하는 여성 공장 노동자인 옥분이 기숙사 여성 노동자들의 노동 착취와 성 착취의 실태를 서간문의 형식을 빌려 고발하는 소설이다. 이 편지의 수신자는 'S언니'로, 노동운동의 수동적 지지자인 편지의 발신자와는 달리 노동운동에 꽤 오랫동안 종사한 여성 노동자이다. 발신자는 제사공장의 여성 노동자들의 참혹한 현실을 두 가지 측면에서 제시한다. 하나는 강도 높은 공정과 열악한 공장시설로 인한 노동자들의 질병이고, 다른 하나는 관리자들의 성폭력이다. 이 소설의 서술자이자 발신자인 옥분도 노동에 시달리다가 결핵에 걸렸지만, 여성 노동자들의 공정에 대해서 "이러한 공장 작업에 대한 이

야기는 언니도 다소 짐작하실 듯하여 그만두기로 하고"[34]라며 제대로 서술하지 않는다.[35] 대신, 옥분은 공장 안에서 관리자들이 성폭력으로 여성 노동자들을 탄압하는 방식을 "치가 떨리고 무서운 것"[36]으로 비난하고 자신이 목격한 네 가지 유형의 성폭력을 제시한다.

옥분이 일하는 공장은 모든 하급 직공이 여성이고 관리자들은 모두 남성이다. 옥분이 목격한 노동자에 대한 관리자의 성폭력과 그 폐해는 네 가지 양상으로 나타난다. 첫째, 여성 노동자들을 강간하고, 둘째, 관리자의 성관계 요구를 거절하는 여성 노동자는 해고시키고, 셋째, 산골에서 올라온 견습생들을 유혹하여 애인으로 삼으며, 넷째, 여성 노동자를 유혹한 후 그녀가 임신하면 외면한다. 이 같은 사례들은 당시 미디어에서 보도하던 여성 공장 노동자들의 성폭력 사건과 유사하다. 그러나 이 소설의 독특함은 성폭력 사건 자체가 아니라 이를 바라보는 옥분이의 시각이다.

옥분은 공장에서 발생하는 성폭력의 책임을 가해자인 관리자들에게 묻는다. 세 번째와 네 번째의 경우 여성 노동자는 처음에는 관리자에 의해 성폭력 피해를 입었지만, 결과적으로 노동자들도 감독의 지속적인 성적 접촉을 승인하여 마치 연애 관계가 아닌가 하는 착각을 불러일으킨다. 앞서「교차선」의 사례에서처럼, 아무리 관리자와 노동자 간에 권

---

34 송계월,「여직공편─공장소식」,『신여성』, 1931.12, 108쪽.
35 여성 노동자들이 수행하는 장시간 동안 위험한 환경에서 노동해야하는 상황은 호소이 와키조의 책『여공애사女工哀史』(개조사, 1925)에서도 주요한 문제로 제기되었다. 이 책은 식민지 조선에서도 인기를 얻으며 여공의 문제를 논하는 대표적인 책으로 알려졌다. 그러나「공장소식」은 식민지 조선에서 주로 여성 노동자들의 대표적인 문제로서 논의 대상이 된 과중한 노동이 아니라 공장 여성 노동자들이 겪는 성폭력 문제를 더 중요하게 논의했다는 특이점을 가진다.
36 송계월, 앞의 글, 109쪽.

력관계가 존재한다고 하더라도, 남성 관리자의 성적 접촉에 적극적으로 저항하지 못한 여성 노동자는 노동자들의 적이자 성적 접촉을 즐기는 여성이라는 낙인에 시달려야 했다. 그러나 옥분은 성폭력은 관리자의 책임이며, 여성 노동자들의 노동환경을 위해 우선적으로 개선되어야 한다고 주장한다.

세 번째와 네 번째 경우는 공장에서 실제 발생했던 구체적인 사례가 제시된다. 옥분은 이 사례들에서 남성 관리자와 여성 노동자 사이의 유사 연애 관계가 후자에게 미치는 해악을 분석한다. 세 번째 양상에 연루된 여성 노동자는 산골에서 공장에 취직한 제사 견습생이다. 1930년대 초반에 수백 명 이상의 직원들을 거느린 대규모의 제사공장은 대부분 일본 자본에 의해 기숙사 시스템으로 운영되었다. 이들은 공장에 항시 거주하는 여성 노동자들에게 낮은 임금, 장시간 노동을 강요하여 일본 본국에 있는 공장들보다 더 높은 수익을 올렸다.[37] 제사공장과 면방직 공장은 인용문에서 언급된 견습생 제도를 이용해 여성 노동력을 더욱 싼 값에 안정적으로 수급하였다.[38] 관리자들은 낯선 노동환경과 생활환경에서 고전하는 견습생들의 상황을 이용하여 그들을 쉽게 강간할 수 있었다.

옥분은 관리자의 애인이 되는 견습생들을 "감언이설에 속아서 타락하여간 동무들"[39]이라고 보고, 이상적인 여성 노동자들은 관리자의 성폭력을 강력하게 거부해야 한다고 생각한다. 그러나 다른 한편으로는 노동자

---

37 김혜수, 「일제하 식민지 공업화정책과 조선인 자본」, 『이대사원』 26, 이화여대 사학회, 1992, 233~235쪽.
38 강이수, 앞의 책, 33~45쪽.
39 송계월, 앞의 글.

들이 쉽게 저항하지 못하는 상황도 이해한다. 당시 여성 노동자들은 성별, 민족, 그리고 유년공의 경우 연령을 빌미로 삼은 저임금을 감내해야 했다.[40] 노동자들 간의 임금 격차는 공장 내 노동자들의 위계서열을 직접적으로 반영한다. 여성 견습생들은 공장 안에서 가장 적은 임금을 받고, 공장 내 권력관계에서 가장 취약하다. 그와 반대로 관리자들은 하급 노동자들보다 훨씬 많은 임금을 받으며 공장 내에서 높은 지위를 누린다. 감독은 하급 노동자들에게 업무를 지시하고 노동을 통제하는 권력을 가지고 있으므로, 노동자들과 평등하지 않다. 공장 내 위계관계로 인하여 여성 노동자는 관리자로부터 성폭력 피해를 입더라도 그에게 책임을 묻기 어렵다. 두 번째 성폭력 양상에서 나타나듯, 여성 노동자들은 감독의 성관계 요구를 거절할 경우 해고를 당할 수도 있다. 옥분은 감독과 성관계한 여성 노동자들을 비난하는 대신, 여성 노동자들이 성폭력의 굴레를 빠져나오지 못하는 공장 내의 구조적 권력관계에 문제를 제기하며 이것을 공장 시스템에 저항해야 할 주요한 이유로 꼽는다.

네 번째 양상에 해당하는 사례는 감독과 성관계한 여성 노동자가 출산 후 미래를 비관하며 자살을 시도한 것이다. 이 여성 노동자를 강간한 감독은 임신 사실을 들은 후, 그녀를 모함하고 다른 여성 노동자와 연애를 시작한다. 성폭력의 원인을 여성들에게서 찾는 시각에서 보면, 이것은 여성 노동자들의 문란한 성적 관계의 전형을 보여주는 듯하다. 하지만 여성 노동자의 시각에서 보면, 이것은 여성 노동자들이 공장의 권력

---

40 제사공장 노동자들의 임금이 민족, 성별, 연령에 따라 결정되었던 당시의 상황에 관해서는 윤정란의 「식민지시대 제사공장 여공들의 근대적인 자아의식 성장과 노동쟁의의 변화과정—1920년대~1930년대 전반기를 중심으로」(『담론 201』 9-2, 한국사회역사학회, 2006, 50~53쪽)를 참고하라.

관계에서 얼마나 취약한지 보여주는 사건이다. 옥분은 후자의 시각에서 임신과 출산 과정을 거친 여성 노동자의 상황을 통해 남성 관리자와 여성 노동자 사이의 구조적인 권력관계를 서사적으로 제시한다. 특히 이 사례의 여성 노동자는 자신의 임금으로 세 명의 가족을 부양하는 가장으로, 감독의 성적 요구를 거부했을 때 발생할 수 있는 고용 불안정성은 치명적일 만했다. 성폭력 피해를 입은 여성 노동자들의 상태는 마치 노동과정에서 폐병을 얻어 생명이 위험한 옥분의 상태와 유사하다. 질병과 성폭력은 모두 노동자들의 삶에 큰 영향을 미치고, 나아가 노동자들의 인생을 파멸로 이끈다.

옥분은 폐병에 걸려 죽어가는 상황이지만, 자신의 불행만큼 타인의 불행에도 깊은 관심을 가진다. 이 관심은 자신처럼 과도한 노동으로 질병을 얻은 노동자들뿐 아니라 성폭력 피해를 입은 노동자들에게도 확산된다. 소설의 마지막 부분에서 옥분은 S언니에게 "우리와 한 가지로 울고 있는 무수한 동무들을 위하여 언니 힘 있게 싸워 주소서"[41]라고 당부한다. 이 소설은 폐병 말기인 옥분의 건강상태에서 시작하여 다른 여성 노동자들의 성폭력 피해를 소개하고, 편지 수신자에게 이러한 피해에 맞서 투쟁해줄 것을 당부하면서 끝을 맺는다. 이 구성은 옥분이 지지하는 노동운동의 목적이 그녀의 억울함뿐만 아니라 다른 노동자들도 겪는 부당한 처우를 해소하는 것이라고 강조한다. 나아가 여성 노동자의 시각으로 성폭력의 문제를 제시하여 계급의식과 계급투쟁의 젠더를 드러낸다.

이 소설은 여성 노동자의 시각에서 공장에서 발생하는 여성 노동자의

---

41 송계월, 앞의 글, 110쪽.

성폭력 피해를 제시하고, 여성 노동자들의 노동환경 개선을 위해 이 피해를 개선할 필요성을 역설하였다. 송계월은 자전적 체험에 근거하여 젠더가 노동문제에 미치는 영향을 실감했던 것으로 보인다. 송계월은 잡지 『신여성』의 기자로 일하던 시절, 누구보다 여성 노동자들의 노동환경에 많은 관심을 가졌다. 송계월은 신여성과 가난한 농촌 여성의 계급적 차이를 부정하지는 않았지만, 계급과 관계없이 모든 여성들이 노동시장에서 성차별을 당한다고 생각했다. 송계월은 중등교육 이상의 교육을 받은 여성 노동자들과 함께 『매일신보』가 주관하는 '새해를 맞으며―직업여성의 좌담회'에 참여했다. 이 좌담회에서 송계월은 여성을 성적 대상화하는 노동현장과 노동시장을 강력하게 비판한다. 우선, 여성 노동자들에게 조언을 하라는 좌담회의 질문에 대해 "여성들에게 쓸데없는 호기심을 가지고 대하는 남성들이 많기 때문에 자기 자신에게 불리한 점이 많"[42]으니 조심하라고 충고한다. 또한 여성 노동자들이 임금의 젠더 격차와 고용시장의 젠더 분리로 인해 차별받는 현실을 비판한다.

그러나 「직업여성 좌담회」에서 나타나듯, 당시 지식인들은 송계월의 주장에 호의적이지 않았다. 이 좌담회의 몇몇 패널들은 송계월의 주장에 대해 "자겁自怯을 갖게 되면 모든 일해 가는데 지장支障이 많을 것"(정현익),[43] "여자를 상품시하는 것을 의식하면서 그러한 곳에 가는 것은 여자 자신에게 잘못이 있지 않습니까"(이최환)[44]라고 반박했다. 이들의 주장은 여성들의 성적 자기결정권 문제는 여성들의 근거 없는 두려움에서

---

42 「직업여성의 좌담회(1)」, 『매일신보』, 1933.1.1, 2면.
43 위의 글.
44 「직업여성의 좌담회(4)」, 『매일신보』, 1933.1.5, 4면.

기인한 개인적인 문제로 치부하는 것이다. 송계월은 이들의 응답에 분노하며, 정현익에게는 "그러기 때문에 우리는 용감히 싸워야 하지요",[45] 이최환에게는 "상품시하는 것은 저쪽 고주雇主의 의견이고 우리는 직업을 위한 직업이니까요 어디까지라도 그와 싸워나가야겠지요"[46]라고 반박한다. 이 좌담회에서 남성 지식인들이 보인 몰젠더한 시각은 송계월이 여성들의 연대가 여성 노동자들의 문제를 해결하는 방법이라고 주장한 이유를 잘 드러낸다.

송계월의 소설과 논설에서는 마르크스주의의 영향을 쉽게 찾아볼 수 있다. 그녀는 여성문제를 여성들의 독자적인 조직이 아니라 이미 존재하는 사회운동 조직을 통해 해결하고자 했다. 이 같은 그녀의 의견은 좌담회와 평론에서 드러난다. 송계월은 『매일신보』가 주관한 좌담회와 비슷한 시기에 『신여성』이 주최한 「명일을 약속하는 신시대의 처녀좌담회」에도 참석했다. 이 좌담회의 소주제 중 하나는 '여성의 해방'에 관한 것이었다. 다른 여성 지식인들은 여성 해방을 결혼 및 가정과 연결시켰지만, 송계월은 "진정한 여자 해방은 노동자 농민의 해방이 있는 데서 되어질 것"[47]이라고 주장했다. 다른 여성 지식인들과는 달리, 송계월은 여성 해방을 젠더의 문제가 아닌 계급의 문제로 간주한 것이다. 송계월은 여성 문인들의 독자 조직을 결성하자는 최정희의 제안에도 분명하게 반대한다. 송계월은 프롤레타리아 문제와는 다른 여성문제의 특수성을 인정하지만, 이 특수성은 독자적 조직이 아니라 기존의 운동 조직에 부

---

45 「직업여성의 좌담회(1)」, 『매일신보』, 1933.1.1, 2면.
46 「직업여성의 좌담회(4)」, 『매일신보』, 1933.1.5, 4면.
47 송계월·채만식, 「명일을 약속하는 신시대의 처녀좌담회」, 『신여성』 1933.1, 26쪽.

인부나 부인위원회를 설치하여 해결해야 한다고 주장한다.[48] 이상의 주장들에서 알 수 있듯이, 송계월은 여성문제의 독자성보다 여성문제를 사회주의 운동의 맥락 안에 편입시킬 방안을 고민했다. 이러한 그녀의 주장은 여성들의 문제를 중심에 내세우는 독자적인 여성운동 대신, 기존의 가부장적 관점을 지닌 운동 세력과 타협하는 것이라고 평가할 수도 있다. 그러나 다른 한편으로 그녀의 입장은 사회를 변혁하려는 운동은 젠더에 따라 사회 모순이 다를 수 있음을 인정하고, 특히 여성들의 사회적 차별을 타파하지 않는 한 해결할 수 없다는 것을 내세워 기존의 사회운동을 더욱 급진화하려는 시도라고 해석해볼 수 있다.

이기영의『고향』[49]은 농촌 마을 '원터'를 중심으로 이 동리 주변에 방적공장이 들어서면서 마을 사람들의 관계가 변화하는 양상을 그린다. 앞서 언급했던 대로, 방적공장은 주로 여성 노동자들, 특히 기숙사 생활을 할 수 있는 비혼의 여성 노동자를 선호하였다. 이 소설에서 원터의 농가들은 갈수록 증가하는 소작료로 인해 만성적인 빈곤상태였으므로 비혼 여성들은 가계에 조금이라도 더 기여하기 위해 공장에 취직하였다. 즉, 공장의 등장과 농촌의 빈곤은 여성들이 농촌 마을을 떠나 생활하고, 독자적인 경제력을 기르는 계기가 된다. 공장 취직의 기회는 여성들이 가족을 벗어나서 독자적인 경제력을 갖추고, 가족 안에서 발언권을 획득하는 변화를 가져온다. 이 소설에 등장하는 여성 노동자는 인순

48 송계월, 「여성평단 : 여인문예가 클럽 문제−최정희군의 「선언」과 관련하여」, 『신여성』, 1932.3, 40쪽.
49 이기영의『고향』에 대한 분석은 배상미, 「1930년대 전반기 프롤레타리아 문학의 젠더와 한국문학사−이기영의『고향』과 강경애의『인간문제』를 중심으로」, 『현대소설연구』 68, 현대소설학회, 2017, 42~52쪽에 실려 있는 내용을 수정하여 수록하였다.

과 방개, 그리고 갑숙으로, 이들은 부모와 절연하고 부부관계로부터 이탈하는 등 급진적인 방법으로 구습에 얽매인 가족으로부터 멀어진다. 반면, 농촌에서 농민들을 조직하려는 목적으로 귀향한 희준은 가족들과 갈등하면서도 여전히 가족관계 안에 있다. 희준은 일본 유학 시절에 사회주의 사상을 학습하였다. 그의 사상적 지향은 농민과 노동자가 사용자에게 저항하면서 계급의식을 성장시켜야 한다는 급진적인 것이지만, 그의 일상생활은 당대 가족질서가 지지하는 조혼과 시가 봉양과 같은 억압적인 관습을 어쩔 수 없는 것으로 승인한다.

인순은 농촌에서 태어났지만, 공장에서 일하면서 농촌의 가족 관습과 절연하고 새로운 가족관계를 만들어가는 입지전적 인물이다. 인순은 자신의 의사가 아닌 가족의 요구 및 가족의 경제 상황으로 인해 공장에 입사하였고, 그녀의 임금은 가족경제의 일부이지만, 공장에서의 노동은 그녀에게 농촌의 전형적인 여성상과는 다른 성격을 부여한다.[50] 이러한 인순의 변화는 인순의 모친인 박성녀의 시각에서 드러난다.

이 동리에는 들어앉은 계집애도 없지마는, 마름집 딸 갑숙이는, 제멋대로 쏘다니며 노는데도, 얼굴이 노랗지 않은가? 그런데 인순이는 뼈마디가 굵어지고 살이 억센 데다가, 말소리까지 힘이 있어서 사내같이 튼튼한 기상이 보

---

50 인순의 변화는 그녀가 가족이 아닌 동료 노동자들과 공장에서 더 많은 시간을 보내기 때문에 나타나는 것이기도 하다. 루이스 A. 틸리와 조앤 W. 스콧은 농촌 가정 자녀들이 임금노동을 위해 도시로 이주한 후, 도시의 문화를 누리고 동료들과 친밀한 관계를 맺으며 가족들과는 다른 생활양식을 향유하게 되었다고 분석했다. 이렇듯 노동자들 간의 친밀한 관계는 때로는 노동자들의 연대를 형성하는 기반이 되기도 했다. 루이스 A. 틸리·조앤 W. 스콧, 김영·박기남·장경선 역, 『여성, 노동, 가족』, 후마니타스, 2008, 267~270쪽.

인다. 어린 것이 부모를 떠났다가 오래간만에 집이라고 찾아왔으니 저간 고생스런 하소연과 집을 그리는 애달픔이 있으련만 그는 조금도 그런 눈치를 보이기커녕 도리어 집안사람을 위로한다. 상글상글 웃는 표정이 천하만사를 낙관하는 것 같은데 그것은 쓸데없는 비관을 단념한 까닭인지 또는 저의 앞길을 환하게 내다보는 굳은 신념이 있어 그럼인지? 입은 꼭 맺히고 눈은 매섭게 날카로웠다.[51]

공장에 들어간 인순이의 변화는 신체적인 측면과 성격적인 측면으로 나타난다. 우선, 인순이의 신체는 "뼈마디가 굵어지고 살이 억센데다가 말소리까지 힘이 있어서 사내같이 튼튼"해졌다. 인순이가 공장에서 담당하는 업무는 같은 자리에서 같은 공정을 반복하는 업무이므로, 인용문처럼 근육과 뼈가 발달하는 공정은 아니다. 인순이의 몸의 변화는 공장에서 그녀가 담당한 노동의 결과가 아니라, 박성녀가 인순이의 신체적이고 정신적인 변화를 인식하는 상징으로 보아야 한다. 공장 노동자는 농촌 출신이라고 해도 농민들과 전혀 다른 생산 공정하에서 노동한다. 공장은 노동자의 신체를 농촌에서와는 다른 방식으로 규율하므로, 노동자의 신체는 농민들의 것과 차이를 보인다. 그로 인한 결과는 위의 인용문과 같이 나타난다. 그리고 이 신체의 변화는 정신적인 측면의 변화와도 관련을 가진다.

인순이는 보통학교를 갓 졸업한 상태에서 공장에 입사했으므로, 나이도 10대 중반에 지나지 않았고 노동경험도 전무했다. 이로 인해 박성녀

---

51 이기영, 「그들의 남매(2)」 · 「고향(121)」, 『조선일보』, 1934.4.13, 3면.

는 인순이의 공장 생활이 매우 고통스러울 것이라고 생각했다. 그러나 박성녀의 우려와는 달리, 인순이는 공장 생활을 불평하는 대신 가족들을 걱정한다. 이러한 인순이의 태도는 그녀가 공장과 농촌을 불문하고 발생하는 노동착취와 빈곤의 문제를 자각했기 때문에 가능했다. 인순이는 한 번도 마르크스주의나 사회비판적인 사상을 공부하지 않았지만, 공장 노동의 경험은 그녀에게 노동자의 노동을 중심으로 사회를 바라보는 시각을 키우도록 독려했다. 나아가 이 시각은 비록 농촌과 도시는 각각 다른 생산양식과 생산관계로 구성되어 있지만, 두 곳의 노동자들은 모두 과잉 착취당하고 빈곤에 시달린다는 유사성을 인식하도록 돕는다.

　여기서 하나 더 주목할 것은 생산관계의 변화와 이에 따른 사회변화를 비판적인 시각으로 파악하는 인물이 모두 여성이라는 점이다. 박성녀는 농민들의 노동력을 재생산하는 방식으로 농촌의 농산물 생산과정에 참여한다.[52] 재생산 노동자들은 농업 노동자이지만 농업을 전담하지는 않는 경계인의 시각에서 농촌 및 농민과, 도시로 이주한 농민의 변화를 관찰할 수 있다. 또한 재생산 노동자는 그들이 돌보는 가족 구성원들의 육체적·성격적 변화에 민감하다. 한편, 인순이는 '여성'이라는 그녀의 젠더로 인해 그녀의 남자 형제들보다 더 먼저 근대적 생산 양식과 생산관계를 체험하는 기회를 얻었다. 실제로 1929년을 기준으로 전체 공장 노동자 구성에서는 남성이 여성보다 3배 정도 더 많았으나, 16세

52　마르크스주의 페미니스트들은 교환가치를 생산하는 노동현장에서의 직접 노동이 아닌 임금노동자의 노동력을 재생산하기 위한 노동, 예를 들면 가사노동과 양육노동, 그리고 성노동 등을 재생산 노동이라고 명명했다. 나아가 재생산 노동이 교환가치를 생산하는 노동력을 재생산하기 위해서 필수적이라는 점을 강조하여 재생산 노동의 '생산성'을 논했다. 레오뽈디나 포르뚜나띠, 윤수종 역, 『재생산의 비밀』, 박종철출판사, 1997.

이하의 노동자는 여성이 남성보다 2.5배 이상 많았다.[53] 1931년에 간행된 『숫자조선연구』 2집의 '조선 노동자 현황'은 유년공 부분에서 여성이 압도적으로 높은 비율을 차지하는 이유를 "비교적 근력을 많이 필요치 않는 방직공업에서 가장 저렴한 최저 노동력을"[54] 고용하기 때문이라고 분석하였다. 이 시기의 여성들은 가족 구성원을 위한 재생산 노동을 담당하며, 가족 경제를 위해 어린 나이에 임노동을 해야 했지만, 가족 안에서는 남성 가족 구성원보다 지위가 낮았다. 하지만 여성들의 이러한 위치는 사회 변화에 더욱 민감하게 반응하고 대응하는 조건이 되기도 했다.

갑숙은 원터의 토지를 지주 대신 관리하는 마름의 딸이다. 서울에서 공부할 때부터 사회주의 사상에 관심을 보였던 갑숙은 희준과의 인연으로 인순이와 같은 공장에 입사하고, 아버지에게 긴 편지를 남긴 후 부모와 연을 끊는다. 갑숙의 생활은 매우 유여하고 안정적이었지만, 그녀 스스로 그 생활을 거부한다. 그 이유는 그녀의 가족이 "새 시대에 발맞춰 나가지 못"[55]하기 때문이다. 안승학은 원터의 가난한 이주민이었지만, 원터에서 그 누구보다 근대 문물에 빨리 적응하여 마름의 지위에까지 올랐다. 안승학의 가족이 누리는 유여한 생활의 기저에는 근대 문물에 빠르게 적응하여 부를 모은 그의 선진적인 감각이 있었다. 그러나 갑숙은 그의 가족이 '전제'와 '묵은 습관'에 젖어 시대 변화를 따라가지 못한

---

53 1929년 전체 공장 노동자는 83,328명이었고, 이 중 여성은 26,739명이었다. 이 중에서 16세 이하 유년공의 남녀 수는 각각 2,326명과 6,241명이었다. 이계형・전병무 편저, 『숫자로 본 식민지 조선』, 역사공간, 2014, 346쪽.

54 위의 책.

55 이기영, 「출가(6)」・「고향(150)」, 『조선일보』, 1934.5.9, 3면.

다고 비난한다. 안승학의 '근대화'는 부를 좇기 위한 것일 뿐 기존의 지배관계와 관습에 문제를 제기하지 않았다. 갑숙이의 가출은 부의 증식만을 목적으로 한 근대화에 반대하고, '진정한 자유'와 '새 시대'를 추구하려는 목적을 가진다. 갑숙이 추구하는 가치들이 무엇인지 정확하게 알기는 어렵지만, 안승학이 추구한 근대의 한계를 넘어서서 아직 도래하지 않은 새로운 관계를 중시한다는 것은 알 수 있다.

갑숙이는 공장의 노동과 노동자에게서 '자유'와 '새 시대'를 발견하고자 하고, 그녀의 존재를 노동자로 전이한다. 또한 그녀가 성장한 환경으로 인해 노동자와 동화되기 어려운 한계를 인정하고, 노동자들로부터 "불과 같은 맹렬한 열정과 동무를 사랑하는 믿음 불의를 미워하는 정의감"[56]과 같은 성품을 배우고자 한다. 동무를 사랑하고, 불의를 미워하는 마음은 개인적 이익에 안주하는 안승학에게서는 찾아보기 어려운 가치이다. 노동자들이 동료와 사회의 문제를 자신의 행동을 결정하는 계기로 포함한다면, 안승학은 자신의 문제만을 그 계기로 포함한다. 이 차이는 마름과 달리 노동자들은 모두 노동현장에서 자신의 노동과 그 산물 사이의 소외를 경험하기 때문에 발생한다. 갑숙은 생산과정에서 소외된 노동을 직접 체감하고 여기서 "앞날의 원대한 포부"[57]를 찾는다. 표면적으로 노동 소외는 노동자들을 좌절시키지만, 갑숙은 노동자들이 소외를 체감하기 때문에 역설적으로 이 소외를 바꿀 수도 있다고 생각한다. 모든 노동자들이 경험하는 소외는 그들을 공통적으로 연결하며, 그들의 생활을 개선하기 위한 연대의 필요성을 일깨운다.[58] 노동자들이 소외

---

56 이기영, 「그 뒤의 갑숙이(4)」·「고향(173)」, 『조선일보』, 1934.6.17, 3면
57 위의 글.

상태를 벗어나 행복을 찾기 위해서는 다른 이들과 협력해야만 하므로, 이들은 자연히 자신의 문제를 사회적인 문제로 인식하는 폭넓은 시야를 갖게 된다.

노동자들의 존재 조건은 갑숙이가 노동자들에게 접근하는 방식에도 영향을 미친다. 갑숙이는 자신이 노동하면서 직접 실감한 이론을 언어화하여 다른 노동자들과 공유한다. 갑숙의 언어화 능력은 그녀가 받은 교육의 성과이며, 이 교육은 안승학이 소작인들의 노동력을 착취했기 때문에 받을 수 있었다. 따라서 갑숙의 능력은 그녀 개인의 우수성만이 아니라 여러 노동자들의 노동 산물이기도 하다. 갑숙도 이것을 알고 있으므로 자신의 능력을 뽐내는 대신, 다른 노동자들과 공유하려는 태도를 보인다. 이것은 지식인이 노동자들과 동화되어가는 하나의 방식이자, 지식인이 공장에 입사한 목표를 점차 달성해나가는 과정이다. 과거의 갑숙이 낡은 가족제도에 속해있었다면, 공장에 입사한 이후 갑숙은 새롭게 등장한 자본주의적 생산관계에 속하게 된다. 갑숙은 자신에게 일어난 관계의 변화를 존재의 변화로 이어가면서 '앞날의 원대한 포부'를 가진 노동자의 일원으로 거듭난다.[59]

---

58 이것은 칼 마르크스와 프리드리히 엥겔스가 그들의 저서 「독일 이데올로기」에서 설명한 소외론과 일치한다. 칼 맑스·프리드리히 엥겔스, 최인호 역, 「독일 이데올로기」, 최인호 외역, 김세균 감수, 『칼 맑스/프리드리히 엥겔스 저작 선집』 1, 박종철출판사, 1991, 210~217쪽.

59 『고향』은 갑숙이 공장에 입사한 후부터 그녀가 공장에서 사용하는 가명인 '옥희'로 그녀를 지칭한다. 이것은 공장 입사를 전후하여 달라진 갑숙의 존재 조건을 직접적으로 드러내기 위한 소설적 장치로 이해할 수 있다. 공장 입사 후 갑숙의 변화는 경호의 눈을 통해서도 나타난다. 경호는 공장에서 일하는 갑숙을 "그전처럼 온화한 맛이 없고, 어디인지, 억세고, 맺히고, 날카롭고, 굳세인 틀이 잡혀진 것 같다"(이기영, 「재봉춘(6)」, 「고향(210)」, 『조선일보』, 1934.7.31, 3면)고 묘사하고, 이렇게 바뀐 원인을 "힘찬 노동과, 규율적 생활과, 육체적 고통에서, 몸과 마음이, 강철처럼 단련되어가기 때문"(이기영,

이 소설에서는 갑숙뿐만 아니라 희준도 이념적 지향과 가족 사이에서 갈등한다. 그러나 가족에 대한 둘의 대응방식은 상반된다. 희준은 가족의 강요로 조혼하였고, 사랑하지 않는 부인과 살면서 지속적으로 소외감을 느끼지만, 자신의 지향과 맞지 않는 가족과 절연하거나 그 관계를 바꿀 시도를 하지 않는다. 희준은 음전이 어머니의 요청을 받아들여 서로 잘 알지도 못하고 사회를 바라보는 시각도 다른 인동이와 음전이의 결혼을 중매한다. 중매결혼은 결혼 당사자의 의사보다 부모 간의 의사가 결정적인데도 불구하고, 희준은 선뜻 중매에 나설 정도로 관습적인 가족관계에 무비판적이다. 결과적으로 인동이는 애정과 소통이 부재한 결혼 관계로 고통을 받으며 그의 결혼을 중매한 희준을 원망한다. 그러나 희준은 인동이를 이해하지 못하고, 오히려 외모는 아름답고 성격은 온순한 음전이와 결혼한 인동이를 부러워한다. 이는 갑숙과 동지적 사랑을 꿈꾸는 그의 정치적 입장과 모순된다. 이 모순은 희준이 노동자들의 결혼과 '지식인'인 자신의 결혼을 구별했기 때문에 발생한다. 희준은 지식인들의 연애는 유사한 정치적 지향을 바탕으로 정신적인 사랑을 통해서 동지적 관계를 맺을 수 있지만, 노동자들의 사랑은 이러한 수준에 도달할 수 없다고 본다. 그렇기 때문에 희준은 음전이의 외모만을 염두에 두고 인동이와 잘 어울린다고 생각했던 것이다.

인동이의 애인인 방개는 희준과 달리 급진적으로 형식적인 결혼에 저항한다. 방개는 인동이가 음전이와 결혼한 후에 그녀를 예전부터 사모해온 막동이와 결혼하지만, 이 관계에 만족하지 못한다. 하지만 방개

위의 글)이라고 파악한다.

는 불만족스러운 결혼생활에 헌신하는 대신, 공장에 취직하여 새로운 삶을 개척하고자 한다. 결혼생활이 방개를 억압하는 것이었다면, 공장 생활은 방개를 자유롭게 해 주는 것으로 나타난다.

> "나도 너처럼 시집가지 말고 공장에나 들어갔으면 좋겠다."
>
> "왜? ─"
>
> "시집이라고 가보니, 그전 생각 같지 않어서…… 아주 한 말로 말하면, 왼
> 몸을 잔뜩 결박진 것 같애서 도무지 못 살겠다. 내 자유대로 혼자 사는 것이
> 제일 좋겠어……"[60]

방개는 공장에서 막동이의 아내가 아닌 개인 '방개'로서 살아가면서, 자유롭게 자신의 개인성을 발견하고 계발해나간다. 당시 공장에서 노동하던 기혼 여성들의 일반적 상황은 방개의 상황과 상당히 달랐다. 식민지 조선에서 기혼 여성들은 가정에서도 가족들을 돌보고 그들의 노동력 등을 재생산하는 역할을 해왔고, 공장 등에서도 가족들을 부양하기 위한 목적에서 노동했다.[61] 그러나 방개는 가족으로부터 벗어나기 위해 임금노동을 선택한다. 방개의 비전형성은 공장이 여성들에게 일탈적 공간일 수 있다는 것을 보여준다. 방개의 관심사는 공장에 취직한 이후부

---

60 이기영, 「신생활(6)」·「고향(185)」, 『조선일보』, 1934.7.1, 3면.
61 문소정은 식민지 조선에서 빈곤 가정의 기혼 여성이 가족의 재생산 노동은 물론, 가족 경제를 위한 임노동을 담당하기도 했으며, 가족 구성원이 다른 지역으로 이주한 경우 이주한 가족 구성원이 맡았던 노동을 대리 수행하였다고 분석했다. 즉, 식민지 조선의 빈곤 가정에서 기혼 여성은 가장 주변적인 지위에서 결손 노동력을 항시적으로 대체하며 과중 노동에 시달렸던 것이다. 문소정, 「식민지적 빈곤화와 가족·여성의 생활 변화」, 서울대 여성연구소 편, 『경계의 여성들─한국 근대 여성사』, 한울, 2013, 33~36쪽.

터 확장된다. 파업에 가담하는 것은 그 하나의 예이다. 방개는 적극적으로 노동운동에 참여하지 않지만, 파업의 이유에 공감하며 노동운동에 호의적인 태도를 보인다. 이후 원터의 농민들이 안승학에 맞서 소작료 인하 투쟁을 벌일 때, 방개는 자신의 결혼반지를 팔아 투쟁자금을 제공한다. 이것은 방개가 애정 없는 형식적인 결혼보다 계급투쟁을 더 중시한다는 것을 상징적으로 보여준다.

이상으로 살펴본 것과 같이, 여성 노동자들은 가족관계나 결혼관계를 떠나 다른 삶의 가능성을 발견하고, 생산관계에서 자신들의 새로운 지위를 찾는다. 그러나 희준은 이 여성들과는 달리 불편한 가족관계를 계속 유지하고, 중매결혼과 관습적인 가족제도를 옹호하기도 한다. 여성 노동자들과 희준의 차이는 가족 내 젠더 역할과 관련이 있다. 사회적 통념을 그대로 따른다면, 가정은 여성의 존재를 결정하는 공간이다.[62] 반면, 남성들에게는 공적 공간이 그들의 존재를 실현하는 곳이고, 가정은 부차적일 뿐이다. 따라서 남성들은 여성들에 비해 상대적으로 가족 구조 안의 모순에 둔감할 수 있다. 그러나 여성들은 가정과 밀접하게 관련되어 있으므로, 가족과 자신의 욕망이 충돌할 경우 자신의 욕망을 위해 가족에 전면적으로 맞서야 한다.[63] 가족과 가정의 중요도는 젠더에 따라 결정되고, 이것은 여성 노동자들이 남성 지식인보다 가족 문제에 관해 더 진보적으로 대응한 배경이 된다.

---

[62] 캐롤 페이트만, 이충훈·유영근 역, 『남과 여, 은폐된 성적 계약』, 이후, 2001, 201쪽.
[63] 알렉산드라 콜론타이의 저서 『붉은사랑』은 러시아 혁명기를 배경으로 혁명기에 사회적 진출을 하려는 여성들의 욕망과 여성들에게 가정 안의 업무를 전담할 것을 요구하는 관습의 충돌을 그렸다. 이 소설은 혁명기의 러시아에서조차 여성을 사적 영역의 존재로 취급하는 가부장적 관습이 여성들의 행동반경을 심각하게 제약했다는 것을 보여준다. 알렉산드라 콜론타이, 김제헌 역, 『붉은 사랑』, 공동체, 1988.

2) 사회의 권력관계와 여성 억압의 중층구조

최정희의 「니나의 세 토막 기록」은 니나라는 여성이 학생에서 노동 자로 그 존재를 전이하면서 나타나는 변화를 그린 소설이다. 니나는 취 직한 이후 남성들의 성적인 관심을 받고 성폭력의 위협을 겪으면서 이 를 해결할 방법을 모색해나간다. 학생 시절의 니나는 자신을 부모의 자 녀라고만 생각하고, 성sexual적인 존재라고 생각하지 않았다. 독서는 니 나가 자신을 무성적인 존재로 포장하는 수단이었다.

> 그리고 尼奈는 소설보담도 오히려 시를 사랑하였으므로 하이네나 바이론 의 시는 모조리 외우다시피 하였으며 거기다가 더구나 얼굴이 예쁘기 때문 에 그라운드에 한번 출전하였다하면 여러 젊은 사나이들 사이에 이야깃거 리가 되는 동시에 러브레터를 받기도 한두 번이 아니었다.
>
> 연담! 그것은 尼奈가 제일 듣기 싫어하는 것이었다. 그렇다고 자기에게 호 의를 가지는 남성들을 불량한 남자들이라고 생각하지는 않았다.
>
> 다만 막연하게 독신생활을 하며 언제까지든지 부모님의 사랑만 받는 것이 훨씬 낫겠다는 생각에 지나지 못했다.[64]

니나는 학창시절 운동선수로 활동하면서 많은 사람들을 만났고, 사 람들도 그녀의 출중한 외모를 보고 많은 관심을 보였지만, 그녀는 연애 에 소극적이었고 섹슈얼리티에 관한 이야기를 혐오했다. 니나가 선호하

---

64 최정희, 「특집문예 : 직업여성 주제의 문예단편집―여점원 편 : 尼奈의 세토막 紀錄」, 『신여성』, 1931.12, 100쪽.

는 여가 활용방안은 집 안에서 혼자 독서하거나 가족들과 대화하는 것이었다. 니나의 독서목록은 이 시기의 그녀의 정서를 반영한다. 니나는 시를 좋아하는 문학소녀였고, 그녀가 좋아했던 시인은 서유럽의 대표적인 낭만주의 시인인 하이네와 바이런이었다. 니나의 독서목록은 그녀가 사회문제에 관심이 없고 자신의 내면에 침잠해 있었다는 것을 보여준다. 그러나 문학을 즐기던 학창시절과는 달리, 니나는 백화점에서 일하기 시작하면서부터 성폭력과 그녀를 성적 대상화하는 남성들의 시선에 무차별적으로 노출되기 시작한다.

같은 여성이라도 '학생'은 어느 정도는 자신의 의지에 따라 인간관계를 조절하면서 그녀를 성적 대상화하는 사람들을 피할 수 있다. 그러나 '노동자'는 담당 업무를 수행할 의무가 있기 때문에 행동반경을 조정할 수 있는 범위가 한정되어 있다. 특히 대인 서비스업은 서비스를 제공하는 노동자들도 상품의 일부로 간주하여 노동자의 외모와 성적 매력을 중시했다. 니나도 서비스업 노동자를 성적 대상화하는 시선에서 예외일 수 없었다. 성적 대상화는 그녀가 소비자들에게 제공하는 서비스에 개입되어있을 뿐만 아니라 동료직원들 및 상사와의 관계에서도 나타난다. 니나는 백화점과 보험회사에서 각각 점원과 사무직원으로 일하면서 여성 노동자를 성적 대상화하는 동료직원 혹은 상사들을 체험한다.

세월은 흐른다. 하루 이틀 한 달 두 달 이렇게 날이 가고 달이 감에 따라서 尼奈의 생각도 변하였었다. 성가시게 생각되었든 주위의 남성들의 친절함을 기뻐하였으며 따라서 거기에 많은 흥미를 느끼게 되었다. 그래서 그는 회사에 다니는 것에 한층 더 호감을 가지게 되었으며 점점 자기의 미모에 자만심을 가졌고 좀 더 예쁘게 아름답게 꾸미려고 애쓸 뿐 아니라 지금까지와는 전혀 다른 현재적 붕자적[sic][65] 생활을 재미있게 생각하였던 것이다.

(…중략…)

그래서 사장은 尼奈를 음침한 방에 끌고 가서 지폐뭉치와 번쩍이는 보석반지를 보여주면서 — 어린애에게 사탕을 주면서 속이듯이 — 갓은 수단을 다 부려본 때도 한 번이나 두 번이 아니었다.

그러나 한동안 자기의 경솔한 태도를 깨닫게 된 尼奈는 늙은 사장의 유혹에 넘어가지 않았다. 그러므로 그는 데파트에서 나오게 되었다.[66]

니나는 백화점 여점원으로 일하면서 그녀를 성적 대상화하는 시선에 익숙해진다. 백화점에서 그녀가 만나는 사람들은 그녀의 성적 매력을 상찬하는 방식으로 그녀를 대상화하였다. 처음에 니나는 성적 대상화에 큰 거부감을 느끼지 않는다. 그러나 백화점 사장이 성관계를 요구한 것처럼, 성적 대상화는 니나가 허용할 수 없는 범위에서 이루어지기도 한다. 니나는 사장의 요구를 거절하고, 이 때문에 더 이상 백화점에서 일할 수 없는 상황에 직면한다. 여성 노동자는 자신의 섹슈얼리티에 대해 권리를 주장하지 않고 성적 대상으로 남아있을 때에만 고용을 유지할 수 있는 것이다. 고용과 성적 자기결정권의 충돌은 니나가 이직한 직장에서도 문제가 된다.

며칠 안 되어서 尼奈는 ×생명보험회사에 들어가게 되었다. 여기에도 尼奈

---

65 '방자적'의 오기로 보인다.
66 최정희, 앞의 글, 101~102쪽.

를 가만히 버려두려는 사내들은 하나도 없었다. 놈들도 역시 돈이면 만사를 해결할 줄 아는 인간들이었다.

　尼奈는 오히려 그들의 어리석은 수단을 우습게 생각할 뿐이었고 그들과 상대해서 이야기하는 것조차 싫어했던 까닭으로 오랫동안 자기들의 이욕을 채우려고 애쓰던 도야지같은 놈들의 말은 일변해서 尼奈를 미워하기 시작하였으니 교만하다는 등 건방지다는 등 별별 험담을 다 하게 되었다. 尼奈는 끝끝내 퇴직하라는 사장의 명령까지 받았다.[67]

니나는 두 번째 직장인 생명보험회사에서 그녀를 성적 대상화하는 남성 노동자들의 시선을 거부하고 자신의 섹슈얼리티에 대한 권리를 지켰다. 그 결과 남성 노동자들은 니나에 관한 부정적인 루머를 퍼뜨리는 등 그녀를 적대시하고, 결국 이 루머로 인해 니나는 해고된다. 루머는 노동자를 해고하기 위한 객관적인 근거라고 할 수 없다. 그러나 다수 '남성 노동자'들의 집합적 의견은 소문의 주관성을 상쇄하기에 충분했다.

이 사례는 노동현장에서 발생하는 여성 노동자와 남성 노동자 사이의 불평등한 권력관계를 반영한다. 남성 노동자들은 여성 노동자들보다 직급 면에서나 발언권 면에서 우위를 점하므로, 이들의 의견은 여성 노동자들의 고용에 결정적인 영향을 미친다. 니나의 사례는 업무과정에서 성노동을 하지 않는 여성 노동자들도 섹슈얼리티를 노동력의 일부로서 판매하도록 강요당한다는 것을 보여준다. 니나는 두 곳에서의 노동 경험을 통해 사측이 여성 노동자에게 암묵적으로 성적 서비스를 요구한다

---

67 위의 글, 102쪽.

는 것을 알게 되었고, 섹슈얼리티에 대한 권리를 지키기 위해서 불평등한 고용구조의 젠더와 이것을 승인하는 사회에 맞서야 할 필요성을 느낀다. 그리하여 니나는 제사공장으로 이직한 후 노동운동에 적극적으로 참여하기 시작한다.

> 실직의 몸이 된 尼奈는 며칠 동안 생각한 후 어떠한 결심을 가지고 동대문 밖 ×제사공장 여직공으로 하로하로를 지내게 되었었다.
> 이때에 니나는 이미 ×회에 회원으로서 많은 일을 하였다. ××××× 도 하고 유치장에 ×× 했던 일도 있게 되었었다. 尼奈는 단발과 양장-실크 양말 등은 꿈에나 보았던가 하는 듯이 본질적으로 변하여졌다.
> 전과 같이 틈을 타서는 열심히 독서를 하였다. 사적 유물론·경제학·부 인문제·여공애사·로자약전·콜론타이의 저술한 책 등을 읽게 되었다. 그 러나 그 전과 같이 따뜻한 방 안에서 읽을 수는 없었다.[68]

생명보험회사를 퇴사한 후 니나는 그녀의 학력에 걸맞은 곳이 아닌 제사공장에 재취업하는 동시에 '×회'에 가입한다. 제사공장은 니나가 일했던 백화점과 생명보험회사보다 노동환경도 열악하고 급료도 더 적 다. 제사공장의 노동조건을 보면 니나가 돈을 벌기 위한 목적이 아니라 ×회의 가입을 위해 제사공장으로 이직했다고 해석해볼 수 있다. 복자 로 인해 ×회가 무슨 단체인지 정확히 알 수 없지만, 역설적으로 복자로 인해 ×회가 치안방해의 혐의로 검열당할 만하다는 것을 알 수 있다. 니

---

68 위의 글, 102쪽.

나는 X회에 가입하기 전, 두 직장에서 노사갈등의 일환인 성폭력으로 인해 해고당했으므로 X회는 노동운동 조직으로 추정된다. 젠더와 계급이 중층적으로 얽혀있는 노동현장의 성폭력은 대표적으로 노동현장의 젠더를 드러낸다. 니나는 성폭력을 통해 계급갈등을 경험했고, X회는 니나가 경험한 어려움을 해결해줄 곳으로 제시되므로, X회는 노동운동 과정에서 노동현장의 젠더도 고려하는 조직으로 보인다.

성폭력은 1930년대 노동운동계에서 중요한 의제는 아니었지만,[69] 당시 여성 노동자들의 노동현장에서는 중요한 문제였다.[70] 계급투쟁의 주체를 남성으로 상정해놓은 프레임 안에서 성폭력은 노동현장에서 발생하는 '일반적인' 착취와 계급갈등의 문제로 보이지 않는다. 그러나 니나는 노동현장에서 그녀의 섹슈얼리티를 착취하려는 남성들로 인해 사장과 계급갈등을 빚기도 했기 때문에 그녀는 노동현장의 문제가 노동자의 '젠더'에 따라 다르다는 것을 알고 있다. 니나의 독서목록은 노동자의 젠더가 니나의 노동운동에서 차지하는 중요한 위상을 나타낸다.

니나가 이직한 후에 읽는 서적들은 『경제학』, 『사적 유물론』과 같은 마르크스주의 서적에서부터, 여성문제나 여성 마르크스주의자에 관한 서적인 『부인문제』, 『로자 약전』, 『여공애사』, 그리고 알렉산드라 콜론타이가 쓴 책들을 포함한다. 아우구스트 베벨의 『부인론』의 오기로 추정되는 『부인문제』는 여성이 억압당해온 역사를 언급하며 여성 해방을

---

69 김경일, 『일제하 노동운동사』, 창작과비평사, 1992, 307~366쪽.
70 경인버스회사 사장은 버스회사에 고용된 차장, 속칭 '버스 걸'로 일하던 한 차장을 상습적으로 강간하였다. 이를 알게 된 동료 여성 차장들은 이 강간 사건을 해결하려는 목적을 뒤에 감추고 다른 요구 사안들을 앞세워 동맹파업을 한 후, 사장을 강제로 경찰서로 연행하여 강간 사건의 전모를 밝히려고 했다. 「직업의 여탈을 호이好餌로—여차장의 정조를 유린」, 『동아일보』, 1933.2.2, 3면.

위해서는 여성들이 사회주의 운동에 참여해야 할 필요성을 논한 책이다. 로자 룩셈부르크는 이 시기에도 선도적 마르크스주의의 이론가이자 혁명가로 그 명성이 알려져 있었으므로, 그녀의 전기傳記는 여성이라는 성별이 혁명의 참여에 장애가 되지 않는다는 것을 보여줄 만하다. 호소이 와키조의 『여공애사』는 1920년대 전반기 일본의 열악한 노동환경에서 일했던 여성 직공들의 상황을 비판적인 시각에서 분석하고 보도한 책이다. 알렉산드라 콜론타이는 다양한 저술을 남겼지만, 식민지 조선에 주로 소개된 저술은 『붉은 사랑』이나 「삼대의 사랑」이라는 점을 고려하면 이 소설에서 언급한 그녀의 저술은 두 소설을 염두에 둔 것으로 보인다. 이 두 저술은 가족 및 애정관계가 바뀌고 여성의 사회적 위상이 달라져야 사회주의 혁명을 달성할 수 있다는 의견을 포함한다. 니나가 학창시절에 읽던 책의 목록과 노동운동에 참여한 이후에 니나가 읽은 책의 목록을 비교해보면, 지금의 니나의 독서는 흥미 위주의 독서가 아니라 노동운동에 도움이 되는 책들을 중심으로 독서한다는 것을 알 수 있다.

　식민지 조선에서 여성 노동자의 문제는 계급위계만으로 설명되지 않는 젠더 차이를 가지고 있었다. 중등 혹은 고등교육 이상의 학력을 요하지 않는 직종의 여성 노동자들은 16세 이하의 유년공에 집중되어있으며, 학력 수준도 남성에 비해 더 낮았다.[71] 고학력을 요하는 직종에서도 여성들은 결혼과 출산 이후 은퇴하는 경우가 많았기 때문에 직장 내에서 여성들은 남성들에 비해 어리고 직급이 낮은 경우가 대부분이었다.

71　강이수, 「1930년대 면방대기업 여성노동자 상태」, 『한국 근현대 여성노동─변화와 정체성』, 문화과학, 2011, 28쪽.

이러한 상황으로 인해 노동현장에서는 물론 노동운동 현장에서도 여성들의 목소리는 남성들에 비해 가시화되기 어려웠다. 이 소설은 니나가 노동운동에 기여하기 위해 노동자와 젠더의 관계를 논한 서적을 읽는 모습을 재현하여 여성 노동자들의 경험이 언어화되어 노동운동의 의제로 부상할 가능성을 제시하였다.

최정희의 소설은 노동시장과 사회운동 진영에서 나타나는 젠더를 1930년대 초반에 창작한 여러 소설에서 재현해낸다. 그녀의 작품 「정당한 스파이」(『삼천리』, 1931.10), 「명일의 식대」(『시대공론』, 1932.1), 「푸른 지평의 쌍곡」(『삼천리』, 1932.5), 「다난보」(『매일신보』, 1933.10.10~11.23) 등은 바로 그 사례이다. 이 소설들은 모두 여성이 주동인물로 등장한다. 이 여성들은 자신의 성적 매력을 활용하여 스파이로 활동하거나, 여성들이 주로 취직하는 직종인 백화점 혹은 사무직원으로 등장하는 등 사회주의 운동과 노동시장의 젠더를 드러낸다. 이러한 최정희 소설의 특징은 최정희가 사회 구성에 젠더가 미치는 영향을 민감하게 파악하고 있던 것과 관련이 있다. 최정희의 젠더의식이 구체적으로 나타난 글은 1932년 1월호 『동광』에 게재한 「신흥 여성의 기관지 발행」이라는 글이다.

이 글에서 최정희는 1920년대에 활동했던 김명순과 김일엽 등과 같은 여성 문인들이 높은 문학적 성취를 달성하지 못한 것을 아쉬워하며 여성 문인들의 문학적 활동을 독려하기 위해 여성 문인들의 단체를 만들고, 기관지를 발행해야 한다고 주장한다.[72] 다른 여성 문인들도 그녀의 주장에 상당 부분 호응하였다.[73] 젠더가 사회구성에 미치는 영향에

---

72 최정희, 「신흥 여성의 기관지 발행」, 「신여성의 신년 신신호新信號」, 『동광』, 1932.1, 72쪽.
73 송계월, 「여성평단 : 여인문예가 크룹 문제-최정희 군의 「선언」과 관련하야」, 『신여

민감했던 최정희는 당시 잡지『삼천리』의 기자로 일하고 있었던 만큼, 저자의 젠더가 언론사의 지면 확보에 미치는 영향과, 여성을 폄하하는 남성 지식인들의 시선을 누구보다 더 절실하게 실감했을 것이다. 이러한 최정희의 경험은 그녀가 사회주의에 찬동했음에도 불구하고 계급적 기치 아래 무성적으로 통합하는 조직을 상상하기보다, 여성 문인들의 조직을 제안하고, 나아가「니나의 세 토막 기록」을 비롯하여 앞서 언급한 것과 같은 소설을 창작하도록 이끈 원동력이었을 것이다.

노동현장의 젠더는 채만식의『인형의 집을 나와서』에서도 중요한 문제이다. 이 소설에 대한 연구는 이 소설의 모티프가 된 헨릭 입센의 희곡인「인형의 집」과 비교하는 것이 제일 많지만, 중산층의 가부장적 부부관계를 거부하는 노라의 저항적인 모습으로 인해 노라는 시대의 질서를 거스르는 문제적인 인물인가,[74] 혹은 그렇지 않은가[75]를 논한 연구들도 적지 않다. 그러나 이러한 연구들은 이 소설이 '여성해방'을 형상화한 소설인가 그렇지 않은가를 규명하는 과제에 너무 매달린 나머지, 노라가 겪는 구직의 어려움과 소설 안에서 재현된 여성들의 직종에는 크게 주의를 기울이지 않았다.[76] 하지만 노라가 이직하는 1930년대 여성

성』, 1932.3, 39쪽.
74 윤수미,「노라를 통해서 본 채만식 소설의 윤리성」,『한국언어문화』59, 한국언어문화학회, 2016, 59~79쪽; 김양선,「사회주의 여성해방론의 소설화와 그 한계—채만식의『인형의 집을 나와서』를 중심으로」,『우리말글』36, 우리말글학회, 2006, 181~202쪽; 한지현,「'여성'의 시각에서 본 한국문학—채만식의『인형의 집을 나와서』에 나타난 여성문제 인식」,『민족문학사연구』9, 민족문학사학회, 1996, 92~117쪽.
75 공종구,「채만식 소설의 기원—『인형의 집을 나와서』를 중심으로」,『현대문학이론연구』42, 현대문학이론학회, 2010, 165~189쪽; 심진경,「채만식 문학과 여성—『인형의 집을 나와서』와『여인전기』를 중심으로」,『한국근대문학연구』3-2, 한국근대문학회, 2002, 54~75쪽.
76 노라가 거주 혹은 노동하는 공간이 당대에 가지던 의미를 중심으로 노라의 노동의 의미

노동자들의 고용 불안정과 한정된 일자리, 그리고 여성 노동자들이 노동현장에서 겪는 갈등을 재현하는 하나의 방식으로 읽을 수 있다.

『인형의 집을 나와서』는 전업 주부였던 노라가 가출한 후 발생한 사건들을 소재로 삼는다. 노라는 남편 석준이 그녀를 진심으로 사랑한다고 믿었지만, 실상 그는 자신의 명예에 도움이 될 때에만 그녀를 사랑했다. 노라는 석준이 자신을 물건처럼 여긴다는 것을 깨닫자 엄청난 수치심을 느끼고, 주체적으로 살기 위해 석준의 집을 떠난다. 집을 나선 노라는 경제적 자립을 위해 야학교사, 가정교사, 방문판매원, 카페 여급, 인쇄소 공원 등 여러 직업을 전전한다. 노라는 집을 나올 당시에는 불평등한 부부관계가 여성문제의 원인이라고 생각하지만, 여러 직업을 전전하면서 여성문제의 또 다른 원인을 깨닫는다. 노라가 집을 나와 처음으로 얻은 직업은 야학교사였다. 이 야학은 노라의 어머니가 거주하는 군산의 농촌 마을에 있었다. 노라는 야학당 학생들에게 여성문제가 발생하는 근원은 가정이며, 여성들은 가정을 탈출하여 여성 해방을 달성해야 한다고 주장한다.

그리하건만 여자는 아무런 반항도 하지를 못한다. 남편이 죽으라고 하면 죽는 시늉이라도 해야 한다. 그러나 이것은 여자를 남자의 한 부속물로 여기고 모든 것을 남자 본위로 한 옛날 도덕과 습관과 법률이 그대로 남아 있는 때문이다.

를 분석한 연구로는 배상미, 「여성의 시각으로 재현한 식민지 조선 사회의 시공간성─채만식의 『인형의 집을 나와서』, 『탁류』를 중심으로」, 『여성문학연구』 37, 한국여성문학학회, 2016, 93~128쪽을 참고하라.

지금은 세상이 바뀌었다. 여자도 당당하게 한 사람이다. 그러니까 여자도 한 사람이다. 그러니까 여자도 한 사람으로서 살아가자면 마땅히 그러한 남편과 그러한 가정을 버리고 뛰어나서야 할 것이다.

노라는 흥분이 되어 말을 뱉고 야학생들을 내려다보았다.

이것은 야학생들에게는 너무도 대담하고 상스러운 말이었었다. 그중에는 얼굴빛이 붉으락푸르락하는 이도 있었다.[77]

노라는 주로 기혼인 여성 야학생들에게 현재의 조혼제도와 가정의 젠더 불평등을 역설하면서, 가정으로부터 탈출하라고 종용한다. 노라가 결혼 제도를 비판하는 이유는 크게 두 가지이다. 첫째, 결혼은 부모 간의 합의에 의해 이루어지므로 혼인 후에도 부모로부터 자유롭지 못하다. 둘째, 결혼은 여성에게만 노동과 출산 및 일부일처의 의무를 부여하는 불평등한 제도이다. 노라는 여성들이 결혼 제도로부터 벗어나야 남성의 종속으로부터 벗어날 수 있으며, 그때에야 인간의 권리를 누릴 수 있게 된다고 주장한다. 그러나 마을의 남성들뿐만 아니라 야학의 여성 수강생들도 노라의 의견에 동조하지 않는다. 그 이유는 노라와 동네 사람들이 서로를 인식하는 방식 때문이었다. 군산의 마을 사람들은 노라를 "학교공부를 하였기 때문에 사회출세을 하여 훌륭한 남편을 얻고 팔자 좋게 살아가며 호강을"[78] 한다고 가정하고 호기심을 보인다. 교회의 선교사로 일하는 '전도 부인'도 도시의 신여성 같은 노라의 외모를 보고

---

77 채만식, 「첫경험(6~7)」·「인형의 집을 나와서 "일명 노라의 후일담"(35~36)」, 『조선일보』, 1933.7.2~3, 4면.

78 채만식, 「고향에서(5)」·「인형의 집을 나와서 "일명 노라의 후일담"(24)」, 『조선일보』, 1933.6.20, 3면.

야학교사로 일해달라고 제안했다. 마을 사람들이 노라에 대해 잘 알지 못하듯이, 노라도 마을 사람들의 생활이나 가치관에 대해 잘 알지 못했다. 그럼에도 불구하고 그녀는 자신이 야학생들보다 여러 면에서 더 우월하며 그들을 지도할만한 능력을 갖추었다고 생각한다. "야학생들을 내려다보는" 노라의 포즈는 그녀가 농촌 여성들을 바라보는 태도를 나타낸다. 또한 노라는 농촌 여성들을 "자식을 낳아주는 기계요 종노릇"[79]과 같은 모욕적인 표현으로 명명했다. 노라의 거만한 태도는 농촌 여성들이 그녀에게 반발하는 원인이었다.

노라는 부부관계에 대한 자신의 생각과 경험이 조선의 모든 부부관계에 적용될 수 있는 일반적 모델이라고 생각한다. 그러나 여기에는 세 가지 문제점이 있다. 첫째, 여성들이 위계적인 부부관계를 승인하는 이유를 고려하지 않았다. 둘째, 가정을 나온 여성들이 남성의 도움 없이 경제적 및 사회적으로 자립할 방안에 대해서는 함구하였다. 셋째, 가부장적 부부관계는 성차별을 낳는 원천이고, 그 관계를 벗어나기만 한다면 여성은 성차별의 압제로부터 해방된다고 주장하였다.

결국 노라의 강연은 차별받는 대상이 차별의 원인을 해소해야 한다고 주장하고, 무작정 기혼여성들에게 이혼을 독려하였으며, 뚜렷한 근거 없이 가정을 성차별의 원천으로 확신하였다. 이러한 노라의 강연은 농촌 여성들의 입장을 고려하지 않은 것이었으므로 농촌 여성들의 공감을 얻기 어려웠다. 성차별의 원인과 해결방법을 구체적으로 알지 못하던 노라는 가정교사, 외판원, 카페 여급, 직공 등의 다양한 직종을 경험

---

79 채만식, 「첫경험(6)」·「인형의 집을 나와서 "일명 노라의 후일담"(35)」, 『조선일보』, 1933.7.2, 4면.

하면서 여성 종속의 원인을 더 심층적으로 탐구하기 시작한다. 노라의 성폭력 피해는 여성 종속에 관한 그녀의 입장이 바뀌는 결정적인 계기이다.

> 그렇다. 남자의 기반에서 벗어났다는 것 의미에서는 옥순이나 자기나 다 같이 자유로운 몸이었었다.
> 그러나 옥순이의 자유도 역시 이 자살을 하는 자유밖에는 아니었었다.
> 성희도 자유로운 사람이었었다. 그러나 그의 자유는 밥 대신 정조를 제공하는 자유였었다.
> 정원이는 결혼도 아니한, 더구나 자유로운 몸이나 역시 돈에 몸을 팔리는 자유밖에는 가지지 못하였다.
> 노라는 그들을 웃은 적이 있었다. 그러나 지금은 노라 자신이 그들의 밟은 자국을 밟고 있는 것이었다.[80]

노라는 여러 직종을 전전하고, 비혼 혹은 남편과 별거하는 여성들과 교류하면서 성차별과 여성 억압의 현장이 가정만이 아니라는 것을 알게 된다. 노라가 만난 여성들인 옥순, 성희, 정원은 결혼관계 밖에 있지만 '자유'와 '사람'의 권리를 누리지 못하고 자살이나 성노동 중 하나를 택한다. 노라는 스스로를 이 여성들과 구별하지만, 결과적으로 그녀도 카페 여급으로 일하며 성폭력 피해를 입는 등 두 선택지를 벗어나지 못했다. 노라는 자신이 집을 나와 성취한 '자유'는 "노예가 되는 자유 웃음과

---

80 채만식, 「자유의 대상(12)」·「인형의 집을 나와서(135)」, 『조선일보』, 1933.10.26, 3면.

아양과 정조를 파는 자유 그렇지 아니하면 굶어죽는 자유 또 그렇지 아니하면 자살을 해버리는 자유!"[81]였다고 탄식한다. 노라는 집을 나온 이후 그녀가 바랐던 대로 스스로 판단하고 선택하며 살아왔지만, 그 선택지는 매우 한정적이었고 그녀의 판단은 당장의 생계를 해결하는 것에 초점이 맞춰져 있었다.

집을 나온 노라의 여정은 여성들의 '자유'를 위해 필요한 조건들을 알아가는 과정이었다. 그 조건이란, "조그마하나 생활의 보장이 있고, 남에게 굽히지 아니하고 당당히 행세할 존엄과 자존심이 있고, 여자로서 순결성이"[82] 보장되어야 한다는 것이다. 노라는 석준의 부인일 당시에는 가정 밖에서 다른 사람들과 거의 교류하지 않았기 때문에 가정에서 해방되면 자유롭게 살 수 있으리라고 믿었다. 그러나 노라가 석준의 아내이기를 그만두는 순간, 노라의 경제적 수준은 중산층에서 빈곤층으로 급락한다. 노라는 야학교사 및 가정교사에서 행상인, 카페 여급, 그리고 공장 노동자로 직업을 바꾸면서 점차 사회적 지위와 임금이 낮아진다. 노라는 남편의 전제專制로부터 벗어나기 위해 가정 밖으로 나왔으나, 가정 밖에는 더 강력한 성차별이 상존하고 있었던 것이다. 젠더화된 노동시장은 여성들에게 한정된 직업 선택지와 저임금을 강요하며, 그녀들의 성적 자기결정권은 보장하지 않는다. 노라도 이러한 노동시장의 영향력으로부터 예외는 아니어서, 가정교사와 카페 여급으로 일하던 때 각각 성폭력을 경험한다. 두 번 모두 가해자는 아무런 책임을 지지 않았으며 후자의 가해자는 노라에게 돈을 보내면서 강간을 성 구매로 포장

---

81 채만식, 「자유의 대상(9)」·「인형의 집을 나와서(132)」, 『조선일보』, 1933.10.24, 3면.
82 위의 글.

하고자 했다. 이렇듯 여성들은 가정뿐만 아니라 사회 곳곳에서 쉽게 권리를 침해당하며, 이 상황에서 진정한 자유를 누리려면 물질적이고 사회적인 조건의 보장이 필요하다.

노라는 여성의 자유가 보장되기 위해 필요한 사회적 조건을 자각하지만, 이 조건을 획득할 방도를 깨닫지 못한다. 노라의 자살 시도는 이 소설이 새로운 국면으로 접어드는 계기를 마련한다. 노라는 한강에서 투신자살에 실패한 후, 생의 소중함을 느끼면서 성노동과 자살의 양자택일을 벗어난다. 노라는 강물에 빠졌을 때, 이성의 영역을 넘어 필사적으로 솟아오르던 강력한 생의 의지, 즉 아감벤의 용어로 표현하자면 언어화의 의지와 사유의 범위를 초월한 영역인 "유아기"의 영역을 몸으로 경험한다. '새로운' 삶의 방향은 이제까지 언어화되지 않은 영역으로, "의미를 만들기 위해서 언어가 반드시 전제해야 하는 바로 그것"[83]이다. 이것은 한 권의 책을 매개로 언어의 영역으로 부상한다.

> 잠자리를 차리고 누웠던 노라는 문득 짐을 뒤지어 올봄에 병택이가 가져다준 베벨의 부인론을 찾아내었다. 그때 보려다가 어려워서 못 보고 내던져 둔 채 지금껏 손도 대지 아니하고 짐 속에서 굴러다닌 것이다.
>
> 노라는 서문을 위선 펴가지고 어려운 대로 애써애써 읽어내려가기 시작하였다. 그러다가 몇 줄째에서 눈이 번쩍 뜨이게 머리로 들어오는 한 구절을 발견하였다.[84]

---

83 조르조 아감벤, 조효원 역, 『유아기와 역사―경험의 파괴와 역사의 근원』, 새물결, 2010, 14쪽.
84 채만식, 「새로운 대립(12)」·「인형의 집을 나와서(148)」, 『조선일보』, 1933.11.11, 3면.

베벨이 저술한 『부인론』은 고대부터 거슬러 올라가서 중세, 그리고 근대 이행기를 거쳐 여성들의 지위가 남성보다 열악했던 맥락을 역사적으로 성찰한 후, 여성들이 사회주의 운동에 참여해야 젠더 위계를 해소할 수 있다고 주장한다. 노라가 군산에서 이 책을 처음 읽었을 때에는 그 내용을 이해하지 못한다. 그러나 그녀는 동료 직공 남수로부터 노동자들의 파업이 정당한 이유를 듣고 난 후, 갑자기 『부인론』의 내용을 이해한다.[85] 아감벤은 언어 이전에 존재한 순수한 '자연언어'를 "기호론적인 것"으로, "기호론적인 것"이 순간적으로 담화의 심급 속에 출현하는 순간을 "의미론적인 것"으로 명명했다.[86] 아감벤은 '발화'와 '담화'를 구분하는데, 발화의 근본이지만 발화로서 모두 표현될 수 없는 담화는 발

---

85 노라가 『부인론』에서 인상 깊게 읽은 부분은 다음과 같다. "즉 부인이 그 재능과 역량을 각 방면으로 전개시켜 모든 것에 평등한 권리를 누리면서 일류사회의 완전한 그리고 유용한 조직 성원이 되자면 그들은 현재 사회 조직에 있어서 어떠한 지위를 점령해야 되겠느냐는 것이 문제가 된다. 우리의 입장에서 말한다면 이 문제는 '여러가지 형태의 (⋯중략⋯) 빈곤과 궁핍 대신으로 개인과 사회와의 생리적 또는 사회적 진전이 현실되기 위해서는 인류사회는 마침내 어떠한 형태의 조직을 취하지 아니하면 안되느냐'하는 다른 문제와 합치된다. 여기서 우리에게는 '부인문제'는 지금 바야흐로 사고력을 갖춘 모든 사람의 두뇌를 점령하고 모든 (사람의) 정신을 동요시키고 있는 일반적 사회문제의 한 국면에 지나지 못한다". 방민호, 「희귀한 문학유산, 채만식 교정본 『인형의 집을 나온 연유』」, 채만식, 방민호 편, 『인형의 집을 나온 연유ー저자 교정본 채만식 장편소설』, 예옥, 2009, 526~527쪽. 이 부분은 가토 가즈오가 베벨의 책을 번역한 일본어판 『부인론』(アウグスト・ベール, 加藤一夫 譯, 「諸言」, 『婦人論』 世界大思想全集 33, 春秋社, 1927, 3쪽)의 내용과 일치한다. 이 인용문은 소설에 실제 서적의 일부를 삽입하여 베벨의 논지를 소개하는 한편, 베벨의 논지와 이 소설의 연관성을 직접적으로 드러내는 효과를 낳는다. 노라는 『부인론』을 읽기 직전에 남수를 통해 노동자들의 파업이 왜 정당한지 학습했다. 노라가 이 책을 이해하게 된 것은 그가 젠더 불평등과 계급 불평등의 밀접한 관계를 깨달았다는 하나의 상징이다. 『부인론』의 인용은 노라가 이 소설의 결말에서 계급투쟁과 젠더갈등을 등치시키며 남편에 대한 투쟁을 계급투쟁으로 승화시키는 장면에 개연성을 부여한다. 그러나 채만식이 이 소설의 연재본을 단행본으로 출간하기 위해 편집한 미간행 편집본을 보면, 『부인론』에 대한 인용 부분이 빠져있다. 이것은 검열을 의식한 흔적으로 보인다.

86 조르조 아감벤, 조효원 역, 앞의 책, 108~109쪽.

화되는 순간 다시 표현 불가능한 세계로 물러난다. 노라가 『부인론』을 읽으면서 놀란 그때는 노라조차 자각하지 못하고 있던 그녀의 '기호론적인 것'이 담화의 영역인 '의미론적인 것'으로 출현한 순간이다.

노라를 자극한 『부인론』의 내용은 소설 안에서 정확하게 드러나지 않는다. 하지만 인쇄소에서 노라가 석준을 우연히 만나고부터 노라의 "눈이 번쩍 뜨이게"한 것의 정체가 조금씩 드러난다. 노라는 고려인쇄소의 직공이지만, 석준은 고려인쇄소의 채권자인 동양은행의 대표로서 인쇄소의 운영을 감독하는 최고 관리자이다. 결국 노라는 석준과 동거했던 가정에서도, 노동현장에서도 석준보다 권력관계에서 취약하다.

> "옳소 그 말이 옳소…… 내가 당신의 가정에서 당신 한 사람의 노예질을 하다가 벗어져 나왔다가…… 인제 다시 또 당신한테 매인 몸이 되었소. 그걸 보고 당신은 승리나 헌 듯이 통쾌하게 여기겠지만 그러나 당신허구 나허구 싸움은 인제부터요. 내가 아직은 잘 알지 못허우만은 이 세상은 (…중략…) 싸움이라구 헙디다. 아마 그게 옳은 말인가 싶소. 그러니 지금부터 정말로 우리 싸워봅시다."
>
> 이렇게 말을 하고 노라는 회의실에서 나왔다.
>
> 기계실에서는 기계 도는 소리가 요란스럽게 쿵쿵거린다. 그 소리에 따라 노라의 혈관에서도 더운 피가 힘차게 뜀을 노라는 느끼었다.[87]

노라는 석준에게 예속되지 않겠다고 결심하고 석준의 집을 나왔지만,

---

87 채만식, 「새로운 대립(14)」・「인형의 집을 나와서(150)」, 『조선일보』, 1933.11.14, 3면.

부부관계가 아닌 고용 관계하에서 다시 석준의 지배를 받는다. 그러나 과거와 달리 현재의 노라는 도망치지 않고 석준과의 "싸움"을 선언한다. 그리고 이 "싸움"은 남편과 아내의 대립이 아니라 "이 세상" 차원의 대립이다. 소설 본문에서는 두 사람의 "싸움"이 무엇인지 정확하게 알 수는 없지만, 노라가 석준을 만나기 석 달 전에 남수가 들려준 파업의 당위성과 『부인론』에 크게 감화되었음을 떠올려보면, 이 "싸움"은 노동자와 자본가 계급 간의 싸움이라고 추론할 수 있다. 노라는 석준의 부인이었던 과거에도, 인쇄소 노동자로 일하는 현재에도 여전히 석준의 지배를 받지만, 지배의 장소가 다르므로 지배에 맞서는 방식 역시 다르다. 석준과 노라가 부부였을 당시에 두 사람은 타인들로부터 고립된 '사적 영역'에 유폐되어 있었다. 그러나 공장에서는 노라뿐 아니라 모든 직공이 석준의 지배하에서 노동을 착취당한다. 공장 노동자가 된 노라는 석준의 지배를 피해 집을 나가는 대신, 동료 노동자들과 연대하여 석준의 지배에 맞설 수 있다. 노동운동이 젠더 적대를 해결하는 최선의 길이라고 주장하는 이 소설의 결말은, 『부인론』의 논지와 상당히 유사하다.

　『부인론』은 성차별의 근원을 결혼관계에서 찾는다. 그는 부부가 함께 노동하는 노동계급 가정이 남편만 공적 영역에서 활동하는 부르주아의 가정보다 더 평등하고 화목하다는 것을 근거로 일신의 행복과 계급 상승을 노린 결혼이 부부관계의 왜곡과 이혼을 야기한다고 주장한다. 남녀가 모두 노동자로서 사회주의 운동에 참여하면 성차별이 사라진다고 믿는 베벨은 일자리와 업무를 둘러싼 남녀 적대를 해결하고, 여성들도 노동자로서 계급 해방 운동에 참여할 수 있는 환경을 조성해야 한다는 결론으로 나아간다.[88] 이 소설은 애정이 결여된 부르주아 가정을 재현하고, 성차별을 낳는 사회구조에 문제의식을 가진 노라가 노동운동에 참여하는 등 『부인론』에서 언급한 베벨의 주장을 어느 정도 수용하고 있다. 하지만 계급투쟁이 성차별을 해소하는 핵심이라고 주장한 베벨의 논지와는 달리 이 소설 속 노라와 석준의 관계는 젠더 적대와 계급 적대가 중첩된 방식으로 나타난다.

　노라와 석준은 가정에서는 젠더 적대의 관계였지만, 공장에서는 계급 적대의 관계로 마주친다. 이러한 재현은 가부장적 사회구조하에서 젠더 권력관계는 노동현장에서 계급 권력관계로 얼마든지 반복되어 나타날 수 있다는 것을 제시한다. 이 소설은 젠더 권력관계와 젠더 적대는 결혼 관계만이 아니라 노동현장에서도 나타난다는 것을 노라와 석준의 관계를 통해 재현하고, 가정과 공장에서 유사하게 반복되는 둘의 관계는 가정만이 아니라 사회 전체에 상존하는 가부장적 권력을 드러낸다. 이 소설에서 주요 등장인물인 하급 노동자들은 모두 여성이다. 남성 노동자들과 달리 여성 노동자들에게는 가부장권에 맞서는 투쟁이 곧 계급투쟁이고, 계급투쟁이 곧 가부장권에 맞서는 투쟁이다. 결과적으로 가부장권에 맞서는 투쟁과 계급투쟁은 어느 하나가 우위를 차지하지 않고 복잡하게 얽혀있는 억압구조로 나타난다. 즉, 이 소설은 『부인론』에서 한발 더 나아가, 젠더 적대와 계급 적대를 서로 교차하는 문제로 그린다.

　채만식은 이 소설을 『조선일보』에 연재했던 1933년에 이갑기 등 카프 소속 평론가들과 논전을 벌였다. 1934년에 쓴 몇 편의 평론(「문예비평가론 - 작가로서 평론을 평론(최근의 논문을 재료로)」(『조선일보』, 1934.2.15~

88　이상 요약한 내용의 저본은 아우구스트 베벨, 이순예 역, 『여성론』, 까치, 1990.

16), 「문예시감」(『조선중앙일보』, 1934.5.13~18))에서 그는 카프 맹원들이 식민지 조선 문단의 맥락과 식민지 조선의 역사적 맥락을 고려하지 않고 서구 및 일본의 사회주의 문예이론을 경전처럼 추종한다고 비판한다. 이 시기에 채만식은 「문예시감」의 네 번째 연재분인 「독자층의 수준」에서 『인형의 집을 나와서』가 성공적인 작품이라기보다 실패에 가까운 작품이라고 반성한다. 채만식이 자신의 작품을 '실패'라고 명명한 이유는 명확하게 알기 어렵다. 하지만 앞서 발표한 평론들에서 해외 이론을 무작정 추수하는 카프 논자들을 비판했던 것으로 보아, 그는 이 소설이 헨릭 입센의 「인형의 집」이나 베벨의 『부인론』의 구성과 내용에 상당 부분 기대어 여성문제와 노동문제를 재현했을 뿐, 식민지 조선의 사회적 맥락을 충분히 고려하지 못했다고 판단했었을 것이다.

『인형의 집을 나와서』는 「인형의 집」이나 베벨의 『부인론』과 구성이나 주요 모티프가 유사해 보인다. 하지만 이 소설에는 두 서적과의 유사점만으로 환원할 수 없는 부분이 분명히 존재한다. 이 소설은 여러 직장을 전전한 노라의 궤적과, 그 과정에서 두 번이나 성폭력을 당한 노라의 노동환경을 통해 식민지 조선의 여성 노동자들이 놓여 있던 문제적 상황, 즉 고용 불안정성과 성폭력 피해의 위협을 그려내었다. 이 부분에 좀 더 주목해볼 때, 채만식의 이 소설이 단순히 서구 서적을 모방한 것 이상의 성취를 달성했음을 확인할 수 있다.

3장에서는 공장이라는 근대적 생산 공간 안에서 노동하는 여성들을 분석하였다. 이 소설들에서 여성 노동자들은 적게는 40여 명에서 많게는 천여 명에 이르기까지 상당히 많은 수의 동료들과 함께 매일 같은 공간에서 유사한 공정을 반복한다. 「여직공」의 보배와 옥순이 바로 옆자리에서 일하지만 서로의 사정을 잘 몰랐던 것처럼 같은 공간에서 일한다는 것이 이들의 연대를 의미하지는 않는다. 즉, 같은 공동체의 구성원이라는 의식을 공유하는 농업 노동자들과는 달리 공장 노동자들은 서로에게 무관심하고 거의 소통하지 않는다. 그러나 공장 노동자들이 공유하는 동질성은 특정한 계기가 존재할 경우 강력한 연대를 형성하는 물질적 조건이 된다.

3장 2절의 「니나의 세 토막 기록」과 『인형의 집을 나와서』의 여성 노동자들은 다른 노동현장에서는 하지 않았던 계급투쟁을 공장에서 시작한다. 이것은 당시의 문학에서 공장이라는 공간이 집단성과 동류의식을 자극할만한 공간으로 인식되었다는 것을 보여준다. 특히 노동시장 및 사회구조의 젠더는 여성 노동자들이 계급의식을 자각하는 과정에 큰 영향을 미쳤고, 이들이 계급투쟁을 시작하는 공장 역시 여성들이 집중되어있는 직종이거나 성별에 따라 업무가 분리되어 노동시장 구조의 젠더를 체감할 수 있는 공간이었다.

공장 노동자들이 공유하는 동질성은 그들과 조금이라도 다른 행동을 하는 노동자들을 그들의 대오 밖으로 밀어내는 빌미가 되기도 한다. 3장 1절의 「교차선」과 「여직공」의 노동자들은 성폭력 피해를 입은 것으로 추정되는 여성 노동자가 계급투쟁에 참여하기보다 가해자와 타협하면 그녀를 따돌린다. 반면, 「여공」처럼 여성 노동자가 성폭력을 시도하는 감독에게 강력하게 저항하면 다른 여성 노동자들의 전폭적인 지지를 받으며 노동운동의 지도자가 된다. 이 사례들은 공장을 여성 노동자들의 연대가 이루어지는 동시에 노동자들의 분할이 발생하는 공간으로, 그리고 성폭력을 노동자들의 연대와 분할을 결정하는 사건으로 제시했다.

이 소설들에서 주목할 점은 여성 노동자들의 강간 가해자들이 모두 일본인이라는 점이다. 성폭력 피해자와 가해자의 민족 격차를 고려해보면, 여성의 몸은 식민지 조선으로, 성폭력은 식민 지배의 은유로 해석할 수 있다. 또한, 둘의 계급 격차로 인해 성폭력 사건은 계급갈등의 은유로도 볼 수 있다. 파르타 채터지는『국가와 그 파편들−식민주의와 탈식민주의 역사들*The Nation and Its Fragments : Colonial and Postcolonial Histories*』에서 여성의 몸이 식민지배자들에 의해서는 인도의 '전통'을 야만적인 것으로 비난하는 수단으로, 민족주의자들에 의해서는 서구 근대의 물질적 우수성에 맞서서 인도의 전통적 우수성을 재현하는 수단으로 타자화되었다고 지적했다.[89] 이상의 소설들도 여성의 몸을 민족갈등과 계급갈등을 표상하기 위한 수단으로서 이용했다는 혐의로부터 자유롭지 않다.

그러나 이 소설들과는 달리 3장 1절의『인간문제』와 2절의「공장소식」은 공장의 성폭력을 바라보는 새로운 시각을 제시한다. 프롤레타리아 소설에서 노동운동 운동가는 노동자들의 신뢰를 받는 인물로 재현된다. 그러나『인간문제』에서 노동운동에 가담하는 선비는 동료들로부터 감독을 성적 매력으로 유혹하여 편안한 환경에서 노동한다는 오해를 받아 따돌림 당한다. 동료들에게 신뢰받지 못하지만 계급의식과 노동운동의 필요성에 공감하는 선비라는 인물형은 저항적 여성 노동자들이 살아가는 다양한 모습을 재현하였다고 볼 수 있다.

「공장소식」은 폐병으로 고생하는 여성 노동자의 시각으로 감독으로부터 성폭력 피해를 입은 여성 노동자들이 감독과 타협하는 비극이 발

---

89 Partha Chatterjee, *The Nation and Its Fragments : Colonial and Postcolonial Histories*, Princeton University Press, 1993, pp.116~157.

생하는 원인을 살핀다. 이 시각은 성폭력 사건이 빈발하는 상황을 '문제'로 인식하고, 감독과 노동자 사이의 권력관계를 그 원인으로 제시한다. 남성 감독의 지시에 따라 공정을 수행하는 규율에 익숙해진 여성 노동자들은 공정과 관계없는 사안에서도 감독의 요구를 거절하지 못한다. 하지만 이 소설은 여성 노동자의 몸을 규율에 따르기만 하는 수동적인 것이 아닌, 노동 규율과 성폭력 피해로 인한 비참함에 낙담하지 않고, 노동운동과 접속하여 이를 타개할 가능성을 내포하는 것으로 제시한다. 위 두 소설은 '피해'와 '타락'의 이분법을 벗어난 여성 노동자상을 제시했다는 점에서 주목할 만하다.

공장은 대표적인 근대적 생산양식으로서, 1930년대 소설 안에서는 자본주의를 지양하려는 노동자들의 계급의식이 성장하는 공간으로 제시되었다. 3장에서는 이 같은 공장의 특수한 성격이 젠더와 만났을 때 어떤 결과를 낳는지 분석하였다. 공장은 여성 노동자들이 계급적 사회구조에 비판적인 의식을 키워나가는 공간이자, 여성 노동자들의 섹슈얼리티가 침범당하는 공간이다. 1930년대 프롤레타리아트 소설에서 공장과 여성 노동자의 관계는 단일하게 설명되기 어려운 교차적 성격을 가진 것이다.

제4장

여성 서비스업 노동자와 미래의 전망

1. 억압적 섹슈얼리티 비판과 성적 자기결정권의 주장

1) 공통성에 근거한 결속과 취약한 노동자상의 거부

식민지 시기 프롤레타리아 소설에서 서비스업에 종사하는 여성들은 1930년대 전반기부터 후반기에 이르기까지 꾸준히 등장한다. 이는 1930년대 전반기에 많이 재현되었던 공장 여성 노동자들이 1930년대 후반기의 카프 해소 및 검열의 강화와 더불어 사라진 것과 대조적이다. 두 여성 노동자가 등장하는 시기의 차이는 마르크스주의에서 혁명적 노동자로 언급된 노동자군이 공장 노동자였다는 것, 서비스업 여성 노동자들이 식민지 조선에서 지배계급을 위협하는 존재가 아니었다는 것과 관련이 있을 것이다.[1] 5장에서 다루는 소설들은 1930년대 전반기와

1930년대 후반기, 그리고 1940년대 초반기에 창작된 소설들이다. 이 소설들은 모두 약 10년의 기간 내에서 창작되었지만, 각각의 소설이 창작된 시대적 배경에는 큰 차이가 존재한다. 이 장에서는 창작 시기를 고려하여 이들 소설을 분석해보도록 하겠다.

한설야의 『황혼』은 이미 많은 선행연구들에 의해 논의된 바 있는 대표적인 프롤레타리아 소설이다. 그러나 이 소설은 주로 '프롤레타리아 소설로서 가치는 있으나 소설의 미학적 구성이 조악하다'거나 '소설의 주제의식을 위해 이러한 구성이 필요했다'는 등 구성적인 측면에서 평가받아왔다.[2] 이러한 논의들에서는 이 소설의 주제의식이 노동현장의 젠더에 의해 구현된다는 사실은 거의 언급되지 않았다. 한편, 이 소설의 젠더에 주목한 연구들은 소설의 여성 노동자가 소설의 주제의식을 위해 타자화된다거나,[3] 혹은 사회주의의 중요 의제 중의 하나인 여성을 사회주의 운동의 주요 행위자로 자리매김하는 과제를 수행하였다고 해석[4]

---

1   1933년 11월 10일에 『동아일보』에 실린 「직업전선에서는 어떤 여자를 요구하나」라는 글에는 고용주들이 회계·계산·통계, 그리고 사무 업무에서 여성 노동자를 선호하는 이유가 제시되어 있다. 그 이유는 "단조한 기계적인 사무에는 남자에게 비하야 견딜성이 많고 능률적이며 또 박봉도 달게 여기는 점이 좋다. 여자는 정리에 대한 특성이 있다", "남자와 같이 승진근속 등에 대하야 뒷일까지 고려할 필요가 없고 손님 응접에도 나긋나긋한 까닭이다"(「직업전선에서는 어떤 여자를 요구하나」, 『동아일보』, 1933.11.10, 6면)와 같은 것들이었다. '순종적인 여성'들을 고용하려 했던 당시 서비스업 고용주들의 경향은 일반적으로 서비스업에 종사하는 여성들은 고용주 말을 잘 따를 것이라는 인식을 조장했을 것이다. 따라서 소설에 재현된 서비스업 여성 노동자들은 독자들에게 지배질서에 위협적인 인물군으로 인식되지 않았을 가능성이 높다.
2   후자의 시각에서 지금까지 주로 전자의 시각에서 진행되어 온 『황혼』 연구를 정리한 논문으로는 박상준, 「재현과 전망의 역설—한설야의 『황혼』 재론」, 『겨레어문학』 54, 겨레어문학회, 2015, 87~122쪽이 있다.
3   서영인, 「프로문학의 자기반성과 여성의 타자화」, 『민족문학사연구』 45, 민족문학사학회, 2011, 137~165쪽.
4   김진석, 「프롤레타리아 문학의 여성지식인 연구—한설야의 『황혼』의 려순을 중심으로」, 『한국언어문학』 78, 한국언어문학학회, 2011, 307~334쪽.

하였다. 이처럼 『황혼』은 상반된 평가가 경합하고 있을 만큼 상당히 논쟁적인 작품이다. 여기에서는 그간 이 소설의 젠더에 주목하는 연구를 이어받아, 이 소설에 나타난 노동현장 및 계급갈등의 젠더에 주목해보고자 한다. 이를 통해 프롤레타리아 문학의 주제의식을 구현하는 과정에서 젠더가 개입하는 양상을 더욱 구체적으로 확인할 수 있을 것이다.

『황혼』은 가정교사에서 방직회사 사무직, 마지막으로 방적공장 하급 직공으로 직업을 옮기는 여순이라는 여성 인물을 중심으로 Y방적회사의 직공 감축 계획을 둘러싼 노사갈등, 그리고 노동자들 사이의 갈등을 그린다. 이 소설은 노동자와 관리자 사이의 갈등보다 노동자 간의 갈등을 주요한 서사의 축으로 삼는다. 이 소설에서 나타나는 노동자들 간의 연대의식과 연대방식은 노동자의 젠더에 따라 다른 양상으로 나타난다. 우선, 성폭력을 매개로 계급의식을 자각하고 이를 토대로 다른 노동자들과 연대하는 여순과 정님을 살펴보겠다. 정님은 소설의 전반부에서는 사장을 비롯한 관리자들과 친밀하게 지내지만, 다른 하급 노동자들과는 갈등한다. Y방적회사에서 노동운동을 이끄는 준식이를 비롯한 여러 노동자들은 정님을 경멸하고, 괴롭히기도 한다.[5] 그러나 여순은 정님이에게 친근감과 호기심을 느낀다.

    이런 이야기를 하며 주인집 가까이 왔을 때에 그들은 어디로 놀러 나가는 정님이와 마주쳤다.
    길이 어두워서 얼굴은 똑똑히 보이지 않으나, 분과 기름과 크림 냄새가 뒤

5　서술자가 정님을 재현하는 방식은 동일한 작가의 작품 「교차선」에 은순을 재현하는 방식과 상당히 유사하다.

섞여 코를 쿡 찌른다.

"어디 갔다 오셔요?"

하고 그는 준식에게 인사하고 지나가며, 여순을 어둠 속에서 픽 한 번 훑어

보는 상이다.

준식은 뭔지 모르게 불쾌한 생각이 났으나, 여순은 아까의 광경과 관련하

여, 한 번 그 얼굴이나 보았으면 하는 호기심이 생겼다.[6]

"그렇지요…… 그러나 워낙 가두에서 룸펜풍이 들어놔서 지금도 말썽이

어요. 모양이나 내고 연앤지 나발인지 한 거나 재잘그렸지, 어디 쓸모라고

있어야죠."

그러자 여순은 까닭 없이 무언지 가슴에 따끔 마치는 것이 있어서 검정 양

사 치맛자락을 발끝으로 밟으며 방바닥에 시선을 떨궜다. 나를 경계하는 말

이 아닐까?…… 하는 반성과 동시에, 제 가슴속의 한 모퉁이가 발아래 밟혀

지는 것 같았다.[7]

정님은 다른 남성들의 성적性的인 관심에 개의치 않고, 마음이 내키면

노래도 하는 등 자유롭게 행동한다. 이런 정님의 모습에서 성폭력의 위

협에 위축되기보다 자신의 의지대로 행동하기를 선호하는 그녀의 자의

식이 드러난다. 이 점은 여순에게 강한 인상을 남긴다. 이 시기에 여순

은 가정교사와 방직회사 사장실의 사무원으로 일하면서 그녀를 성적 대

상화하는 사람들을 만났고, 이런 사람들에게 수동적으로 대응하고 있었

6　한설야, 「그들의 문답(4)」·「황혼(38)」, 『조선일보』, 1936.3.18, 5면.
7　한설야, 「그들의 문답(5)」·「황혼(39)」, 『조선일보』, 1936.3.19, 5면.

다. 이러한 여순에게 정님의 행동들은 성적 대상화에 위축되지 않는 것으로 보였을 것이다. 여순의 시각에서 정님의 몸치장은 외부의 시선에 굴하지 않고 자신의 주관성을 추구하는 능동적인 여성 노동자의 행동으로 해석된다.

그러나 준식이 정님을 바라보는 시각은 여순과 다르다. 준식은 노동운동에 적극적으로 참여하면서, 계급투쟁이나 사회혁명 같은 노동운동의 대의가 자신의 개인적인 욕망보다 더 중요하다고 간주한다. 준식의 시선에서 정님은 노동자들의 대의에 무관심하고 자신의 섹슈얼리티에 몰두하는 반동적인 인물이다. 그러나 여순도 당시 경재에게 연애감정을 느끼고 있었고, 사장으로부터 성적인 관심을 받고 있었던 만큼 준식이 사소한 것으로 치부하는 성적인 것에 관심이 많았다. 또한 '개인적인 것'으로 취급되는 섹슈얼리티는 그녀가 노동현장에서 겪는 갈등의 핵심이었다. 하지만 준식은 공적인 것과 사적인 것을 나누고, 섹슈얼리티를 후자의 문제로 취급하여 계급갈등의 젠더를 인식하지 못한다.

노동현장의 젠더차이에 무관심한 준식은 여성 노동자들의 상황을 제대로 이해하지 못한다. 여순은 준식에게 사장이 그녀를 강간하려 했다는 것을 알리지만, 그는 강간에 대처하지 않고 대신 여순에게 노동운동에 유리한 방향으로 행동하라고 종용한다. 결국 강간 미수 피해에 아무런 대응을 하지 못한 여순은 사장과 경재 부친에게 휴직을 강요당한다. 이때에도 준식은 노동운동에 유리한 방향을 고려하여 퇴사를 희망하는 여순의 의사를 무시하고 재직을 독려하고, 퇴사하려는 여순의 의도를 왜곡하는 등 여순에게 수치심을 불러일으킬 만한 발언을 한다. 준식의 독선적인 노동운동가로서의 모습은 노동자 개개인들의 입장보다 노동운동의 대의부터 앞세우는 그의 태도에서 발견할 수 있다.

　준식을 비롯하여 『황혼』의 남성 노동운동가들은 여성 노동자들의 노동환경에 젠더와 섹슈얼리티가 미치는 영향을 이해하지 못한다. 정님과 여순은 성폭력과 관련된 문제로 사측과 갈등하고 노동운동에도 참여하지만, 두 사람은 그들이 겪은 성폭력적 상황을 직접적으로 언급하지 않기 때문에 성폭력은 노사갈등의 직접적 원인으로 드러나지 않는다. 대신, 두 사람은 사측의 해고계획과 열악한 노동환경을 감추려는 시도를 노동자들에게도 알리는 핵심적인 역할을 수행한다. 두 인물이 노동운동에 참여하는 과정은 섹슈얼리티가 이 투쟁에 미치는 영향을 보여준다. 이 소설은 계급갈등의 범주 안에 성폭력을 포함시킴으로써, 노동운동이 무성적인 노동자들의 운동이 아닌, 젠더 권력관계와 얽혀있는 운동이라는 것을 보여준다. 우선, 여순은 성폭력 미수 피해를 입은 후 경재와의 유사 연인 관계도 정리하고 독립적으로 살아가겠다고 결심한다.

　　비록 보잘것없는 내 '삶'이라 하더라도 내 자신의 계획 아래에 세워 보자!…… 여순은 이렇게 생각하였다.

　　그러면, 지금의 형편으로는 자기들의 사이를 일단 해소해버리는 외에 타도가 없으리라 생각하였다. 경재를 위하여서도 자기를 위하여서도…….

　　이것은 결코 고난에 대한 도피逃避가 아니다. 밀려가는 자기들을 한 번 다시 스스로 움직이고 걸어가는 자기들로 만들어 보고 싶었던 까닭이다. 그리하는 곳에서만 새로운 결합도 올 수 있을 것 같았다.[8]

8　한설야, 「사랑을 넘어서(4)」·「황혼(108)」, 『조선일보』, 1936.6.11, 4면.

경재는 사회주의를 공부하기는 했으나 소부르주아인 자신의 계급적 위치를 버릴 의향은 없다. 그는 여순을 사랑하기는 하지만 여순과 연인이 되면 그의 계급적 지위는 하락하므로 여순과 연인관계로 발전하기를 주저하고, 약혼자인 현옥을 경멸하지만 그의 계급적 지위를 물질적으로 뒷받침해주는 그녀와 파혼하지 못한다. 경재는 정치적 지향과 세속적 욕망 사이에서 계속 갈등하는 인물로, 자본가와 갈등을 빚는 여순의 상황을 공감할 수 있는 동지가 아니다. 물론 준식을 중심으로 한 Y방적회사의 노동운동 세력도 성폭력의 형식으로 나타난 여순이 겪은 계급갈등을 노동운동의 의제로 보지 않는다. 이로 인해 여순은 경재와 결별하고 준식의 무리에 일방적으로 편입하는 대신, 스스로의 판단과 욕망을 기초로 자율적인 삶을 기획해보고자 한다. "내 자신의 계획 아래에 세워보자!"라는 여순의 결심은 경재와의 이별이 그녀에게 고통이 아닌 새로운 삶의 기회를 제공한다는 것을 의미한다.

여순은 처음에는 자율적 삶을 위해서 성폭력의 가해자와 피해자의 범주를 넘어선 무성적인 젠더를 지향한다. 이것은 '기술'에 대한 관심으로 나타난다. 여순은 사장에게 성폭력 미수 피해를 당한 직후 경재에게 "이렇게 될 줄 알았더면 차라리 애초에, 공장으로나 들어갔을 걸 그랬어요. 그랬으면 벌써 기술자가 되지 않았겠어요"[9]라고 말하며 사무직이 아닌 기술직에 대한 동경을 보인다. 고도의 기술을 요하는 직군의 노동자는 젠더와 관계없이 업무과정에 요청되는 '기술'로만 평가받는다고 생각하는 것이다.

---

9   한설야, 「오해(5)」·「황혼(83)」, 『조선일보』, 1936.5.12, 4면.

식민지 조선에서 기술자와 기술에 대한 문학적 재현은 1937년과 1940년대 초반 사이에 집중되어있다. 일반적으로 기술자와 기술은 가치중립성과 합리성을 표상한다고 이해되어왔다.[10] 그러나 『황혼』은 기술에 대한 동경과 비판을 동시에 드러낸다. 전자의 시각은 여순이 공장 생산 라인 노동자로 취직하기 이전에 나타난다. 여순은 기술의 가치중립성이 그 기술을 소유하는 사람의 젠더도 비가시화할 것이라고 기대한다. 후자의 시각은 공장이 새로운 기계를 도입하여 노동자들을 대량으로 해고할 계획에서 드러난다. 이 소설은 공장의 대량해고 계획에 맞서 싸우는 노동자들의 움직임을 긍정적으로 그림으로써 사측의 계획을 간접적으로 비판한다. 기술은 노동현장의 젠더로 인해 발생하는 문제의 해결책으로, 혹은 또 다른 계급갈등의 원인으로 재현되면서 양가적인 속성을 가지게 된다.

정님은 자신의 섹슈얼리티를 활용하여 여성 노동자로서 회사에서 도달할 수 있는 제일 높은 직군까지 올라가고자 했다. 동료 노동자들은 섹슈얼리티를 활용하여 승진 가도를 달리는 정님의 처세술을 비난하고,[11] 그녀가 공장의 사장이나 관리자에게 당하는 성폭력을 간과하거나 경시한다. 하지만 정님의 처세술은 생산 공정의 과정에서도, 그 외부에서도 노동자들이 착취당하는 사례를 보여준다. 섹슈얼리티를 통해 승진하는

---

10 황지영, 「식민지 말기 소설의 권력담론 연구―이기영·한설야·김남천 소설을 중심으로」, 이화여대 박사논문, 2014, 113~123쪽; 송효정, 「식민지 후반기 문학의 근대 기획 양상」, 고려대 박사논문, 2010, 169~181쪽.
11 Y방적공장의 남성 노동자들은 쉬는 시간에 캐치볼을 하다가 그곳을 지나가는 정님을 우연히 발견하고, 공으로 정님의 몸을 맞춘다. 이것과 비슷한 장면은 동일 작가의 작품인 「교차선」에도 등장한다. 다만, 「교차선」에서 노동자들은 합심하여 감독의 애인인 은순을 성희롱하고 조롱하는 반면, 『황혼』에서는 정님의 몸에 공을 맞히는 장면만이 등장한다.

방식은 하급 노동자가 고위직에 올라갈 수 있는 가능성을 보여주기도 하지만, 이것은 예외적일 뿐 공장의 정식 시스템에는 포함되지 않는다. 따라서 정님의 방식은 실패할 수도 있고, 이를 수행해나가는 과정에서 성폭력을 당할 위험성도 높다. 정님이 사장에게 성폭력을 당한 사건은 이 처세술의 위험성을 보여준다.

정님은 사장에게 성폭력을 당한 후, 자신의 처세술도 일종의 노동력 착취라는 것을 깨닫고 노동자들의 투쟁에 합류한다. 섹슈얼리티에 대한 착취인 성폭력은 정님이 노동자로서 계급의식을 자각하도록 이끈 주요 요인이다.

> 정님은 이렇게 말하는 동안 어느새 다시 흥분되어갔다. 자기를 반성하려 든 조그만 자제自制조차 잃어버렸다.
>
> 그는 지금 서류 문제를 생각하고 있는 것이 아니라 자기에게 대한 사장의 몰인정한 행동을 무엇보다 분하게 생각하는 것이었다. 그는 어떻게 해서든지 분풀이를 해주려고 생각하였다. 자기의 얼굴을 깎아내는 한이 있더라도, 자기의 몸을 가루를 내는 한이 있더라도 사장의 추행을 들어 그 낯짝 지울 수 없는 치욕을 새겨 주랴 하였다.[12]

이 '서류문제'란 사장이 공원들의 건강검진에 관한 서류를 분실하고 그 책임을 정님에게 뒤집어씌운 사건이다. 정님은 사장의 비겁한 행동보다 그의 "몰인정한 행동"인 성폭력에 더 분노한다. 그리고 이는 정님

---

12 한설야, 「그 전후(2)」·「황혼(190)」, 『조선일보』, 1936.9.29, 8면.

이 사측에 맞선 투쟁을 결심하게 된 원인이다. 여기서 정님이가 누명보다 성폭력에 더 흥분하는 이유를 생각해볼 필요가 있다. 정님이는 성적 자기결정권을 침해받지 않으면서 자신의 섹슈얼리티를 승진을 위한 자원으로 이용해왔다고 자임하였다. 정님이는 열등함의 지표인 자신의 젠더를 승진의 자원으로 전유하였고, 이것은 그녀의 자부심이자 개성이었다. 하지만 사장의 성폭력은 정님이의 젠더 자원을 활용한 전략이 젠더와 고용 관계의 권력구조를 뛰어넘을 수 없다는 것을 노골적으로 보여주었다. 정님이는 성폭력 피해를 입은 후 노동운동에 관심을 보이며 성폭력을 계급갈등으로 인식한다. 사장의 성폭력 사건은 노동자가 특별한 성적 매력을 가졌더라도 결국은 노동자라는 계급적 위치를 벗어나지 못하며, 생산관계에서나 성관계에서 자본가에게 노동력을 착취당하는 노동자일 뿐이라는 것을 폭로하였다.

『황혼』에서 여순은 정님에게 동질감을 느끼지만, 두 사람은 소설 안에서 한 번도 제대로 소통하지 못한다. 그러나 이 소설에서 두 사람은 모두 사장에게 성폭력 피해를 입었고, 성폭력 피해 이후에 본격적으로 계급성을 자각한다는 공통점을 가진다. 두 사람은 성폭력 피해를 입은 후 각각 다른 이유로 사장에게 잘못을 추궁당하고, 사측은 두 사람이 그 이유로 인해 퇴사하는 것처럼 꾸민다. 노동자들의 리더인 준식마저도 성폭력을 심각하게 생각하지 않고 있으므로, 이들은 동료 노동자들에게도 퇴사하는 진짜 사유를 밝히지 못한다. 결과적으로 사장은 공장 내에서 두 명의 노동자를 강간했음에도 불구하고 아무 책임도 지지 않고, 오히려 노동자들이 자발적으로 퇴사하면서 자연스럽게 사장의 성폭력 가해는 심연으로 빠져든다. 이는 성폭력 가해자 중심의 강간 각본이 승리한 결과로 보이기도 한다. 그러나 이때 성폭력은 두 사람이 본격적으로 자신의 계급성을 자각하고 회사 측에 저항하는 계기가 된다.

성폭력 사건 이후, 정님과 여순은 과거 하급 노동자들과 자신들을 구별하던 태도를 버리고, 자신들의 이해관계가 하급 노동자들과 다르지 않다고 느끼기 시작한다. 특히 강간 미수 사건 이후에 퇴사한 여순은 경재에게 "제게 적당한 자리를 가지는 게, 즉 그 사람이 그 자리를 가지는 게 떳떳"하다고 말하면서 "역시 안전한 곳은 땅바닥인 것 같"[13]다고 말한다. 공장에 두 번째로 취직하기 전까지 여순은 가정교사, 사장실 비서로 일하면서 고학력 여성만을 모집하는 직종에만 종사했다. 그러나 성폭력 미수 피해를 입고 난 후, 여순은 하급 생산직 노동자로 취직하기를 희망한다. 이는 여순이 성폭력 피해를 당했던 상황과도 관련지어 볼 수 있다.

여순과 정님이 사장실에서 일하기 때문에 다른 노동자들과 적극적으로 교류하기 어려웠던 상황은 이들이 성폭력에 쉽게 노출된 원인이었다. 노동자들의 연대는 노동현장에서 겪는 어려움을 나눌 수 있는 교류의 장을 필요로 한다. 그러나 사장실에서 고위 관리자들과 함께 일하는 사무직 노동자는 '동료'라고 부를만한 사람들을 만나기 어렵다. 여순이 생산 노동직을 그녀에게 "적당한 자리"이자 "안전한 곳"으로 생각한 것도 생산직은 '동료'와 함께 일할 수 있기 때문이다. 실제로 여순은 생산직으로 옮겨온 이후부터 준식과 같은 남성 노동자뿐만 아니라 계급적, 젠더적 이해를 공유하는 여성 노동자들과 연대한다. 이것은 유사한 젠더 이해관계를 바탕으로 공장 안의 젠더 권력관계에 저항할 기초가 될 만하다.

---

13 한설야, 「재회再會(7)」·「황혼(148)」, 『조선일보』, 1936.8.4, 4면.

노동자의 젠더는 노동자들이 연대하는 방식에도 영향을 미친다. 『황혼』에서는 Y방적회사의 사장과 임원들이 노동자들을 해고할 빌미를 만들기 위해 실시하는 신체검사와 새로운 기계 도입을 둘러싸고 공장 측과 노동자, 그리고 노동자들 사이에서 갈등이 벌어진다. 후자의 사례는 과거 노동운동 투사였으나 지금은 회사에 포섭된 동필과, 현재 노동운동을 이끄는 준식의 무리 사이에서 나타난다. 동필의 직급은 감독이지만, 그는 노동자를 해고하려는 회사 측에 저항한다. 그러나 준식의 무리는 동필을 회사 측의 허수아비로 비난하고, 그에게 회사 측과 절연하고 준식의 노선을 따르라고 종용한다. 준식과는 달리 여순은 동필, 정님 등 회사 측에 협력하는 노동자들도 '노동자'의 일부로 보고, 다양한 상황에 있는 노동자들을 이해하고자 애쓴다.

아닙니다. 직공의 심리는 회사 사무원과는 다를 줄 압니다. 웃사람에게 붙어살려는 것보다는 차라리 제 몸과 동료를 더 믿지 않는가 생각합니다. 그러니까 지가 웃사무실에 있었다는 것은 하등 유리한 조건이 되지 못합니다. 도리어 지가 그런 티를 내면 의심과 미움을 받게 될 겁니다. 그래서 직공들이 혹시 오해나 하지 않나 하고 오히려 저는 필요 이상으로 근신하고 있는 터입니다. 그리고 또 대체로 저 자신이 남의 지도를 받아야 할 자리에 있는 사람인데 남을 지도하다니요? 뿐만 아니라 직공들은 모다 성실히 일하고 있으니까 뭐 동정을 살필 필요도 없고, 또 따로 파당을 만들 이유도 없습니다. 그것은 첫째 남의 의심을 사는 장본이 될 것이고 따라서 이편에 의혹을 가지는 사람으로 하여금 별개의 파당을 형성하게 할는지도 모르는 일입니다. 그러면 공연히 평지에 파란을 일구게 될는지도 모르는 것이 아닙니까.[14]

위 인용문은 사장이 여순에게 노동자들을 감시하는 업무를 맡기려 하자, 여순이 자신의 자질이 부족하다고 설명하는 부분이다. 여순은 여자고등보통학교를 졸업한 자신의 학력과, 사장실에서 사무직 노동자로 일했던 자신의 이력이 생산직 노동자의 상황을 충분히 이해하지 못하도록 가로막는 것이라고 생각한다. 여순은 노동자들의 입장에서 자신의 조건을 객관화하고, 이것으로 사측에 저항적인 노동자들을 감시하려는 사장의 야욕을 무력화한다. 또한, 여순은 노동자들의 동질성을 강조하면서 파당이 불필요하다고 강조한다. 여순이 생산 공정에서 일하던 시기에도 몇몇 사람들은 동필을 언급하며 노동자들이 모두 동질적이지는 않다고 강조한다. 그러나 여순은 노동자들 사이의 갈등보다 연대 가능성에 더욱 주목하면서 노동자들을 분할하려는 공장 측의 시도에 저항하며, 노동자들이 서로에 대한 믿음을 바탕으로 공장 측의 해고 계획에 맞서 공고하게 단결하는 이상을 지향한다. 여성 노동자들은 겸손한 태도로 동료 노동자들을 신뢰하는 여순을 매력적이라고 생각하고 자랑스러워한다. 또한 이것은 여순에 대한 강한 신뢰로 이어진다.

> "그뿐인가. 남자는 그만두고라도 여순이만 보지…… 그리고 복술이 분이
> 도 진서 섞인 편지를 쓰고 보고 한다는데."
> "우리가 제일 무식하지, 그담 젊은 여자들은 죄다 글자깨나 읽었대오……
> 참 정님이는 웃사무실 사무까지 본대지 않어?"
> "그러면 정님이가 여순이보다 글이 더 나은가?"

---

14 한설야, 「대책(10)」·「황혼(177)」, 『조선일보』, 1936.9.12, 4면.

"아니야. 남녀공을 물론하고 이 공장에선 여순이가 제일 유식허대."[15]

"물론이지요. 여순 씨는 여러 사람의 모범이 될 만한 사람이니깐……"
하고 주임이 더욱 가까이 오며 껄껄 웃는 바람에 여순은 그만 입은 꼭 닫아
물었다.

그때 분이가 여순이 편을 힐금 건너다보며

"애 저것 좀 봐"

하고 복술이를 불렀다.

"흥! 정님이한테 채이드니 요새는…… 그러나 어림도 없다."[16]

인용문에서 나타나듯이 직공들은 여순을 박식하다고 인정하지만, 그
녀는 오히려 다른 노동자들로부터 많이 배우려는 겸손한 태도를 보인
다. 여순의 태도는 다른 노동자들에게 그녀가 노동자의 동지라는 믿음
을 준다. 여성 노동자들은 정님의 높은 학식을 언급하면서 여순뿐만 아
니라 정님도 그들과 다름없는 '여성 노동자'로 인식한다. 이는 남성 노
동자들이 동필과 준식을 필두로 파벌 갈등을 벌이는 것과 대조된다. 남
성 노동자들의 파벌은 노동자들 사이에 존재하는 '권력'을 보여준다. 소
수의 계급 문제를 선도적으로 자각한 노동자들은 우두머리의 역할을 담
당하고, 다수의 노동자들은 그를 따른다. 그러나 여성 노동자들은 항상
우두머리를 따르는 위치에 있었을 뿐 지도자 자리를 두고 갈등하지 않
았다. 여성 노동자들의 관계는 남성 노동자들에 비해 서로를 '평등'하다

---

15 한설야, 「전경前景(1)」·「황혼(165)」, 『조선일보』, 1936.8.25, 4면.
16 한설야, 「전경前景(2)」·「황혼(166)」, 『조선일보』, 1936.8.26, 4면.

고 느끼기 쉬웠다.

이러한 맥락에서, 여성 노동자들은 다수의 여성 노동자들과 조금 다른 여순과 정님에게 이질감을 느끼는 대신, 그들을 같은 그룹 안에서 좀 더 뛰어난 능력을 가진 동료로 인정한다. 여성 노동자들이 공유하는 동질성은 공장 안에서 젠더가 사용자들의 노무관리만이 아니라 노동자들의 결속력 강화에도 이용된다는 것을 보여준다. 결과적으로 여성 노동자들의 젠더에 기초한 연대는 공장 측과의 친밀도를 기준으로 서로를 분리하는 남성 노동자들의 경향과 대조된다.

노동자들의 젠더는 공장 측에 협력하는 노동자들을 바라보는 시선에도 영향을 미친다. 준식을 중심으로 노동운동에 참여하는 남성 노동자들은 동필을 공장 협력자로 비난하고, 교화 대상으로 취급한다. 그러나 여성 노동자들은 다른 방식으로 정님을 대한다. 여순은 정님을 처음 만났을 때부터 그녀에게 호감을 보이고, 하급 생산직 노동자로 입사했을 때도 여전히 정님을 동료로서 존중한다. 정님은 여성 노동자들 사이에서 완전히 배척당하거나 교화되어야 할 대상으로 취급당하지 않았기 때문에, 성폭력 피해를 입은 후 동료 노동자들의 집단에 수용될 수 있었다. 정님은 퇴사한 후에 공장 측의 신체검사 자료를 들고 노동운동에 관여하는 복술을 찾아간다. 이때, 복술은 정님의 안부를 묻고, 정님이 복술을 찾아온 이유를 듣는다. 두 사람은 정치적 입장이 다르지만, 동료로서 서로를 존중한다. 이것은 Y방적회사의 노동자들이 요구 사안을 뒷받침할 만한 객관적인 자료를 얻을 수 있었던 결정적인 요인이었다.

이 소설에서 여순과 정님은 Y방적회사의 노동운동에 중요한 전환점이 된다. 여순은 자신의 의사로 사장실 사무직원에서 생산직 노동자로 직책을 바꾸고, 다른 노동자들로부터 노동자의 자질을 배우려고 하면서 '학습'의 개념에 도전한다. 학습은 한 사람이 그보다 학식이 높은 사람으로부터 배우는 활동을 의미한다. 그러나 여순은 학력 수준과 상관없이 노동현장의 경력을 기준으로 자신에게 배움이 필요하다고 규정한다. 이러한 여순의 태도는 다른 노동자들이 그녀를 존경하는 동시에 믿고 따르는 원인이 된다. 여순은 준식처럼 다른 노동자들을 지도하는 리더의 상이 아니라 노동자들과 서로 가르치고 배우는 지도자의 탄생을 예고한다.

정님은 성적 권리를 지키려는 여성 노동자라면 자본가에게 포섭될 수 없다는 것을 보여주었다. 정님과 달리 공장 측에 포섭된 동필은 자신의 성적 권리를 침해당하지 않고 공장이 제공한 이권을 누린다. 그러나 정님은 이권을 누리기 위해서 그녀의 섹슈얼리티를 감독 등에게 제공해야 했다. 정님의 섹슈얼리티는 보다 나은 노동조건을 위해 노동력 대신으로 착취당해야 했고, 성폭력의 위험에 놓여 있었다. 주임이 정님을 승진시킨 뒤, 정님의 의사와 상관없이 성적 접촉을 시도한 사건에서 알 수 있듯이 사측은 그와 협력한 여성 노동자의 성적 자기결정권을 위협한다. 그리고 여성들이 스스로 사용자나 관리자에게 섹슈얼리티를 제공하여 대가를 얻으려고 해도, 이것은 공식적인 생산관계와 고용관계 외부에서 이루어지는 거래이기 때문에 승진 등의 대가가 항상 보장되지 않는다. 정님은 사장에게 성폭력 피해를 입은 후에 그녀의 처세술이 가진 한계를 인정하고, 공장의 신체검사 자료를 유출하여 계급투쟁을 통해 노동현장의 성차별에 대항한다.

정님이 유출한 자료는 Y방적회사의 노동운동가들이 본격적으로 노동자들을 대거 조직할 수 있었던 계기가 된다. 이들은 사측에게 노동자들의 건강상태를 치료할 비용을 부담하라고 요구한다. 이 요구사항은 노동환경이 노동자들의 신체에 미치는 영향과 직접적으로 연결되어있다. 노동현장의 성폭력 역시 신체에 새겨지는 폭력이기 때문에 노동과정에서 닳아버리는 노동자들의 살과 유사한 맥락을 공유한다. 성폭력은 질병과는 달리 신체검사로 검증할 수 없는 노동착취로 인한 피해이다. 동시에 성폭력의 피해는 상품 생산과정의 바깥에서 발생한다. 노동운동이 성폭력을 중요한 의제로 삼는다면, 노동현장에서 비가시화된 섹슈얼리티의 문제와, 계급갈등과 얽혀있는 젠더 갈등도 가시화할 수 있다.

그런 점에서 성폭력처럼 육체와 관련된 노동자들의 신체검사 결과가 노동운동의 주요 의제로 부상하는 과정은 주목할 만하다. 신체는 숫자와 도표로 쉽게 추상화되기 어려운 영역이며, 개인마다 차이를 가진다. 다층적인 모순이 중첩되어 있는 노동자의 신체가 노동운동의 의제로 부상하는 현상은 앞으로 섹슈얼리티의 문제 역시 노동운동의 의제가 될 가능성을 남긴다. 섹슈얼리티는 노동운동이 투쟁하는 영역의 확장과 노동현장의 권력관계를 보다 급진적으로 재편할 필요성을 요구한다.

『황혼』은 카프가 해산한 후인 1936년에 신문에 연재되었다. 이 소설은 한편으로는 노동자들이 단결하여 사측의 정리해고 방침에 맞서 싸운다는 서사로 읽히지만, 그 구성을 자세히 들여다보면 1930년대 전반기의 프롤레타리아 문학과 다른 점이 드러난다. 일례로, 관리자에 협력하는 소수의 노동자들을 제외하고는 노동자들의 단결만을 강조하던 1930년대 전반기의 프롤레타리아 소설 경향과는 달리, 『황혼』의 노동자들은 모두 사측의 결정에 동의하지 않지만, 이들은 단결하는 대신 분열되어 있다. 그럼에도 불구하고 이 소설이 프롤레타리아 소설로 읽힐 수 있는 것은 이 소설에 재현된 여성 노동자들 덕분이다. 이들은 노동운동에서 주동자의 지위가 아닌 주변적인 지위에 있다. 그럼에도 불구하고 여성들은 남성 노동자들보다 더 굳게 단결하는 모습을 보여준다. 그리고 노동운동의 중심이 아니라 주변에 있는 이들에게서 프롤레타리아 문학의 주제의식을 발견하는 경향은 이 소설만이 아니라 1930년대 후반의 프롤레타리아 소설에서 종종 나타난다.

2) 지배관계를 생산하는 사회구조 비판

장덕조의 「저회」는 여성 백화점 노동자들의 파업을 그린다. 이 파업의 궁극적인 목적은 여성들의 섹슈얼리티에 대한 권리를 노동현장에서만이 아니라 사회적으로도 요구하는 것이다. 이 파업은 지배인이 여성 백화점 노동자인 지화를 질책한 사건이 발단이 되어 일어난다. 백화점 지배인은 몇 차례에 걸쳐 여러 직원들이 모인 자리에서 항상 같은 옷을 입고 다닌다는 이유로 지화를 꾸짖는다. 지화는 자신의 옷차림으로 인해 해고당할 것을 우려하여 성노동을 한 돈으로 새 옷을 구매한다. 이 사실을 알게 된 지화의 동료인 영애는 두 가지 이유로 분노한다. 첫째, 지배인이 노동자를 모욕한 것, 둘째, 지배인이 지화를 성노동을 하도록 몰고 간 것이다. 영애는 성노동을 다른 노동보다 열등하다고 보는 것 같지만, 다른 한편으로는 성차별적인 노동시장에서 여성들이 어쩔 수 없이 선택하는 직종으로 인정하기도 한다. 즉, 사회가 공유하는 성노동에 대한 낙인에 동의하지만, 성노동을 할 수밖에 없는 여성들의 상황도 이해하는 모순적인 태도를 보인다.

이 소설에서 영애의 모순적인 태도는 반복적으로 나타난다. 영애는 개인의 의지가 아닌 '사회구조'가 개인의 행동에 막대한 영향력을 미친다고 인정하지만, 항상 사회 구조가 개인의 의지를 압도한다고 생각하지는 않는다. 영애는 파업 도중에 대부분의 동료들이 투쟁 대오를 이탈하여 업무에 복귀하자, 동료들의 미약한 의지를 비난한다. 또한 영애는 쟁의에서 이탈한 여성 노동자들을 비자립적이라고 폄하하지만, 역설적으로 영애의 투쟁 계획도 다른 남성들로부터의 도움을 전제한 것이었다. 이러한 모순적인 태도는 영애가 전향한 옛 동지이자 애인인 형철과 재회하는 장면에서 두드러진다. 영애는 자신과 성관계를 원하는 형철에게 성 서비스를 제공하고, 돈을 요구한다. 그녀는 여성 노동자들이 성노동을 해야만 하는 상황, 나아가 여성들이 성적 자기결정권을 갖기 어려운 상황에 반대하며 쟁의를 시작했지만, 역설적으로 그녀 스스로가 성을 판매한 것이다.

"형철 씨 돈을 좀 빌려주시오" 영애는 흐트러진 머리카락을 '히스테릭'하게 두 손으로 추켜올리면서 명분한 말로 형철에게 원했다. 그 순간 '개'라고 욕하던 지배인의 앞에 머리를 숙이고 있는 동료들의 모양과 그의 가족들의 모양이 악몽과 같이도 그의 예민한 신경을 자극하고 사라진다.

"돈을?" 비뚤어진 넥타이를 바로잡고 있던 형철이가 날카로운 말로 반문하였다.

"이쪽을 보지 말아요. 그리고 내 손에 돈을 쥐어주세요……" 창백한 그의 얼굴이 억지로 경련된 웃음을 띄우고 형철이를 바라보고 있었다.

(…중략…)

나는 아무 부끄러워 할 필요가 없다. 물론 없고말고. 나의 눈은 아직도 맑지 않나?

그리고 — 나는 내 얼굴을 아무 부끄러움 없이 정시할 수 있지 않나!

그리고 그의 두 손이 언뜻 포켓 위로 빳빳한 소절수의 촉감을 느끼자 다시 밝게 웃었다.

형철이를 구원하자. 그리하여 그의 정열과 힘을 다시 부활시켜주자. 이것이야말로 내 책임이오 내 희망일 것이다.[17]

영애의 성노동은 지화의 성노동과 유사하다. 지화가 고용을 유지하기 위해 성노동을 했다면, 영애는 파업자금을 마련하기 위해 성노동을 했다. '고용'과 '파업'은 상극이지만, 이 둘을 유지하기 위한 수단은 동일하다는 아이러니가 나타난다. 영애 역시 이 아이러니를 알고 있다. 영애는 처음에 성을 판매한 후, 투쟁을 위해 투쟁의 목표를 스스로 배반했다는 사실에 좌절했다. 그러나 형철이를 구원하겠다고 결심한 이후, 영애의 투쟁 의지는 다시 상승한다. 영애의 심경변화는 한편으로 개연성을 결여한 것처럼 보인다. 형철은 성관계 전에 "나에게 사는 방향을 가르쳐 줄 사람은 영애뿐이야"[18]라고 말하지만, 정작 소설에는 영애가 형철을 지도하는 장면이 등장하지 않는다. 이 소설의 서사를 유기적으로 이해하기 위해서는 영애가 형철에게 가르친 것은 무엇인지, "형철이를

---

17 장덕조, 「저회」, 『제일선』, 1932.8, 125쪽.
18 위의 글, 124쪽.

구원"하겠다는 영애의 결심의 의미는 무엇인지 소설에 제시된 파편적인 정보들을 종합해 볼 필요가 있다.

「저회」는 크게 전반부와 후반부로 나뉜다. 전반부에서는 영애를 비롯하여 K백화점 여점원들이 조직한 파업 대오가 사측의 방해 공작으로 인해 와해되고, 후반부에서는 실의에 빠진 영애가 파업자금을 마련하기 위해 도심을 배회하다가 형철에게 성을 판매하고 돈을 받는다. 파업투쟁은 후반부에서는 거의 언급되지 않기 때문에 두 서사는 서로 관련이 없어 보이지만, 후반부의 서사는 전반부에서 와해된 파업 대오를 다시 세우기 위한 과정으로 등장하는 만큼, 두 서사를 연결해 읽을 수 있다. 후반부 서사에서 등장하는 형철은 사회운동에 참여했던 이력으로 인해 수감생활을 하지만, 출옥 후에는 전향하고 무기력해진다.

형철은 그의 하숙집에 영애를 데려온 뒤, 영애에게 현재 삶의 방향을 상실한 자신을 지도해달라고 호소한다. 이 '지도'가 무엇인지는 알 수 없으나 형철은 궁극적으로 영애와의 성관계를 원했기 때문에 이 장면은 성관계를 목적으로 영애를 유혹하는 것처럼 보인다. 그러나 다른 한편으로 영애는 현재 파업 대오를 이끌고 있으므로, 그녀에게 '지도'를 요구하는 형철은 K백화점의 파업을 비유한다고 읽을 수도 있다. 영애가 형철을 구원하기로 결심한 것은 쟁의 대오를 '구원'하겠다는 영애의 의지로도 볼 수 있다. 그러나 영애는 성관계 후에 자신이 투쟁자금 마련을 목적으로 형철과 성관계를 했다는 사실, 즉 성노동을 했다는 사실 때문에 부끄러움과 자괴감을 느낀다. 이 감정은 백화점의 투쟁이 와해된 후에 영애가 느꼈던 절망감과 비교될 만하다. 그러나 영애는 곧 형철을 "정열과 힘을 다시 부활시켜주"겠다고 결심하고, 이것을 "내 책임이오

내 희망"으로 명명한다. 형철은 K백화점의 파업에 대한 상징으로 독해한다면, 형철을 부활시켜주겠다는 영애의 말은 K백화점 파업투쟁을 부활시키겠다는 의미와 등치된다. 그리고 영애에게 파업을 부활시키는 것은 투쟁 조직자이자 사회의 변화를 염원하는 영애의 '책임'이자 '희망'인 것이다. 이 소설을 위와 같이 독해한다면, 영애가 수령한 형철의 자금資金은 그녀의 '책임'을 수행하고 '희망'을 달성하는 활동에 유용하게 쓰일 것이다.

영애는 성노동이 여성 억압을 대표한다고 보았지만, 정작 그녀의 성노동은 억압된 여성들을 해방시키는 투쟁을 위한 자원이 되기도 한다.[19] 이 소설은 후반부에 성노동을 여성 억압의 재생산이 아닌 여성 억압에 맞서 싸울 자원으로 제시하여, 영애가 소설의 전반부에 성노동에 부여했던 낙인을 뒤집는다. 또한 지화와 달리, 영애는 자신의 성노동을 부끄러워하지 않고 파업을 지속시킬 수 있는 자원을 공급하는 수단으로서 받아들인다. K백화점의 파업은 여성들이 성노동을 선택할 수밖에 없게 만드는 노동시장의 모순을 비판하는 동시에, 성노동이 항상 여성을 종속시키지만은 않고 여성 해방을 위한 자원이 될 가능성을 제시하였다. 이것은 노동시장의 젠더를 비판함과 동시에 노동시장의 젠더를 전유할 가능성을 보여준 것이다. 또한 이때 영애는 남성 전향 지식인의 자원을 투쟁자금으로 전유하여, 전향자를 다시 투쟁 전선으로 끌어들이고자 한

---

19 미국의 샌프란시스코에서도 성노동자 권리운동 활동가들은 운동자금을 벌기 위해 성노동을 했다. 영애의 경우와는 다르지만, 미국의 사례는 성노동의 산물이 사회운동을 촉진시키고 여성들의 권리 신장을 위한 물질적 토대로 이용되기도 한다는 것을 보여주는 사례이다. 멜리사 지라 그랜트, 박이은실 역, 『Sex work－성노동의 정치경제학』, 여문책, 2017, 99쪽.

다. 이것은 남성이 여성을 지도하는 구도 대신,[20] 여성이 남성을 지도하는 새로운 구도를 제시하는 것이기도 하다.

「저회」는 백화점 여성 노동자들의 파업투쟁을 그린 흔치 않은 소설이다. 앞서 언급한 최정희의 소설처럼, 프롤레타리아 소설에서 백화점 여성 노동자는 저항적으로 그려지기도 하지만, 이들이 쟁의를 벌이는 모습은 찾아보기 어렵다. 백화점 점원은 여성들이 종사할 수 있는 도시의 여러 직종 중 대표적으로 성적 대상화에 노골적으로 노출되어 있는 직종이었다.[21] 백화점 점원이 되기 위해서는 뛰어난 외모와 높은 학력을 모두 갖춰야 했지만, 다른 서비스업 여성 노동자들에 비해 긴 노동시간과 낮은 임금에 시달리는[22] 등 백화점 여성 노동자들의 노동환경은 열악했다. 또한, 이들을 바라보는 사회의 시선은 연민[23] 혹은 일탈적 섹슈얼리티를 향유할 가능성을 우려하는 것[24] 이상을 벗어나지 못했다.

---

[20] 이러한 구도를 가지는 프롤레타리아 소설로는 김말봉의 「망명녀」(1932), 송영의 「오수향」(1931), 이기영의 「시대의 진보」(1931)가 있다. 이경재는 한설야가 식민지 시기에 창작한 『황혼』과 『탑』을 분석하여 여성이 남성으로부터 사상 등을 배우는 도제구조가 일반적으로 나타난다는 것을 증명하였다. 이경재, 「한설야 소설에 나타난 여성 표상 연구―도제구조에 나타난 여성 표상을 중심으로」, 『현대소설연구』 38, 한국현대소설학회, 2008, 245~267쪽.

[21] 1930년대의 한 기사에서는 화신백화점의 사례를 들어 백화점 여점원으로 일하기 위해서는 여자상업학교나 고등여고보 졸업 이상의 학력 수준을 갖춰야 하고, 고객의 소비 욕구를 자극할 만큼 외모가 수려해야 한다고 전한다.(「여성의 일터를 찾어―어떤 자격자를 쓰며 어찌하면 뽑힐까 "공부"에 앞서는 "얼굴"과 "맘" 다섯 가지 대표 직업」, 『동아일보』, 1936.2.20, 3면) 또한 화신 백화점 인사담당자를 직접 인터뷰한 기사에서 인사담당자는 여점원은 고객들을 직접 상대하는 만큼 외모가 중요하다고 언급했다. 박주섭, 「여직장의 이상형 타진(4)―여성 직업 전선에 소집령의 종은 운다, 일터는 이런 여성을 부른다, 자존심이 적고 첫인상 좋은 미혼녀」, 『조선중앙일보』, 1936.2.23.

[22] 강이수, 『한국 근현대 여성노동―변화와 정체성』, 문화과학, 2011, 219쪽.

[23] 배상미, 「제국과 식민지의 백화점과 여성 노동자―미야모토 유리코의 「다루마야 백화점」과 장덕조의 「저회」를 중심으로」, 『비교문학』 68, 한국비교문학회, 2016, 83쪽.

[24] 강이수, 앞의 책, 220쪽.

그러나 여성 노동자들은 그녀들이 처한 노동환경과 사회적 시선에 순응하지만은 않았고, 쟁의를 통해 자신들의 의견을 표출하고 노동조건을 바꾸려고 시도했다.[25] 장덕조는 백화점 여성 노동자들이 성적 대상화되는 현실과 그에 맞서는 저항적 움직임을 동시에 읽어내어, 백화점 여성 노동자들의 파업투쟁을 모든 여성들의 '성적 자기결정권'을 쟁취하는 투쟁으로 재현해낸다.

채만식의 『탁류』에도 성적 자기결정권은 여성들이 주체적으로 살아가기 위해 중요한 요인으로 등장한다. 이 소설에 등장하는 여성인물인 계봉 역시 당시 사회가 백화점 여성 노동자를 바라보는 시각이 문제적이라고 생각한다. 계봉 외에 이 소설의 또 다른 주요 여성인물은 초봉이다. 초봉은 결혼하기 이전에는 제약사가 되겠다는 소망이 있었지만, 결혼에 실패한 이후에는 여러 남성들과 차례로 동거하면서 그들에게 전적으로 의지하는 삶을 살아간다. 이 소설에서 초봉의 서사를 그녀가 경험한 비규범적인 섹슈얼리티를 중심으로 구성하면, 남편이었던 태수가 사망한 후 제호, 형보와 유사 결혼관계를 맺지만, 원치 않는 관계로 인한 피로감으로 형보를 살해한다는 비극이 된다. 그러나 초봉이의 서사를 그녀의 욕망을 따라 읽어보면, 그 욕망의 일부는 실현되었다고 할 수 있다. 초봉은 그녀가 매력적이라고 생각했던 태수와 결혼했고, 제호와 동거를 결심하면서 염원하던 서울행을 실현하며, 그녀의 소망이기도 했던 부모와 동생들이 안정적으로 살 경제적 기반을 제공했다.[26]

---

25 대표적으로 평양에서 1933년과 1934년에 각각 발생한 백화점 점원들이 벌인 쟁의를 그 사례로 들 수 있다. 전자의 사건에서는 조선인과 일본인 여점원들이 연대하여 노동시간 단축을 요구하였고, 후자의 사건에서는 기존의 점원들을 해고하고 새로 점원을 고용하려는 일방적인 회사의 방침에 항의하였다. 배상미, 앞의 글, 84쪽.

그러나 지금까지 초봉의 서사는 주로 그녀의 원치 않은 성관계와 이로 인한 그녀의 수난 경험을 중심으로 독해되어왔다. 초봉은 여러 남성과 성관계를 한 것을 자신의 큰 약점으로 여기고 스스로 비극적인 운명으로부터 벗어날 수 없다고 단정한다. 이러한 초봉의 극단적 태도는 당시의 정조 관념과 관련이 있다. 이 당시 '정조'는 여성이 지켜야만 하는 것으로 강제되었고, '정조'를 상실한 여성은 사회적으로 지탄을 받았다.[27] 초봉의 성관계들은 한 번은 사기 결혼으로, 한 번은 강간으로, 다른 한 번은 고향을 탈출하기 위한 수단으로 나타났다. 또한 초봉은 성관계 파트너의 경제력으로 가족을 부양하려고 했기 때문에 그녀의 성관계는 '거래'의 성격을 가진다. 성차별적인 조선의 섹슈얼리티 규범하에서, 초봉의 성관계 경험은 그녀를 사회 규범의 울타리 밖으로 밀어내는 가장 주요한 요소였다. 초봉을 사랑했었던 승재도 '정조'에 대한 통념을 따라 초봉을 '몰락한 여성'으로 인식한다.

---

26 『탁류』를 구성하는 서로 다른 서사 축을 중심으로 읽으면 초봉에 대한 상반되는 독해가 가능하다는 것은 서사소를 중심으로 이 소설을 분석한 강헌국의 연구를 참고하면 보다 구조적으로 이해할 수 있다. 강헌국은 『탁류』의 단락소들을 통합관계와 결합관계에 따라 각각 네 층위로 나누고, 이 단락소들을 어떤 축을 기준으로 읽느냐에 따라 초봉이 운명에 굴복하는 수동적 인물로 읽히기도 하지만, 반대로 운명을 적극적으로 극복하는 능동적인 인물로 읽히기도 한다고 분석한다. 강헌국, 「채만식 소설의 서사구조」, 고려대 석사논문, 1986, 52~59쪽.

27 식민지 조선에서 1920년대 유행한 자유연애 담론은 여성만이 아니라 남성에게도 정조가 중요하다는 인식을 확산시켰다. 또한 '정조'는 이혼 법정에서 유책배우자를 판단하는 주요 원인이었다. 그러나 식민지 조선에서는 남성만을 소비자로 가정하는 공창제도가 성행했고, 남녀의 혼외성관계는 동일한 비중으로 다뤄지지 않았다. 나혜석과 최린은 두 사람이 부부이던 시절에 모두 다른 사람과 성관계를 했지만, 나혜석에게만 비난이 집중되었던 당시 상황은 '정조'의 젠더를 보여주는 대표적인 사례이다. 소현숙, 「식민지 시기 근대적 이혼제도와 여성의 대응」, 한양대 박사논문, 2013, 262~278쪽.

승재는 초봉이에게 대한 첫사랑의 기억을 완전히 씻어버리지는 못한 자다.

물론 그것은 욕망도 없고 미련도 아닌 한낱 가슴에 찍혀져 있는 영상映像일 따름이기는 하다.

하지만 소위 첫사랑의 자취라면 마치 어려서 치른 마마자국 같아 좀처럼 가시질 않는 흠집이다. (…중략…)

승재는 전에도 시방도 그리고 앞으로도 초봉이에게 대한 동정은 잃지 않을 생각이다.

그러나 이미 뭇 남자의 손에 치어, 정조적으로 순결성을 잃어버린 여자, 초봉이를 갖다가 결혼의 상대로 삼을 의사는 꿈에도 없을 소리다.[28]

승재는 초봉을 여전히 사랑하지만, 초봉은 "정조적으로 순결성을 잃어버린 여자"로 '몰락'했으므로 그의 아내로는 부적합하다고 본다. 사회계약론은 출산과 양육을 담당하는 여성은 남성보다 자연의 흐름에 민감하고, 이성적인 판단 능력이 낮기 때문에 남성의 이성과 판단 아래에서 통제되어야 한다고 보았다.[29] 이러한 전제를 근간으로 한 근대 사회에서, 결혼관계 밖에서 성관계를 하는 여성은 성노동자와 유사하게 취급되었다. 성노동자들은 규범적 섹슈얼리티에서 벗어나 있을뿐더러 어느 남성이든 그녀의 섹슈얼리티에 쉽게 접근할 수 있다는 편견에 시달렸다. 이 편견에서 자유롭지 못했던 초봉은 자신의 섹슈얼리티를 다른 남성으로부터 보호하기 위해 그녀가 싫어하는 형보와 유사 부부관계를

28 채만식, 「노동老童 "훈련일기訓戀日記"(6)」·「탁류(179)」, 『조선일보』, 1937.4.17, 4면.
29 캐럴 페이트만, 이충훈·유영근 역, 『남과 여, 은폐된 성적 계약』, 이후, 2001, 81~82·150~151쪽.

이어나간다.

이때, 초봉의 여동생인 계봉은 누구보다 초봉의 상황을 잘 이해한다. 계봉은 여성에게 강요되는 '정조'가 초봉뿐만 아니라 많은 여성들이 남성들의 압제하에 살아가는 근본적인 원인이라고 생각한다. 남성에게 의존하지 않고 자율적인 삶을 살아가려는 계봉은 "정조"를 사회적 통념과는 다른 방식으로 정의한다.

> 언젠가도 아우형제가 앉아서 여자의 정조라는 것을 놓고 서로 우기는데, 초봉이는 요컨대 여자란 것은 정조가 생명과 같이 소중하고 그러니까 한번 정조를 더럽히기 시작하면 그 여자는 버려진 인생이라고 쓰디쓴 제 체험으로부터 우러난 소리를 하던 것이나 계봉이는 그와 정반대의 의견이었다.
>
> 즉 정조는 생리의 한 수단이지 결단코 생명의 주재자主宰者가 아니요 그러니까 정조의 순결성이란 건 상대적인 것이어서 한 여자가 가령 열 번을 결혼했다고 하더라도 그 열 번이 번번이 다 '정조적'일 수가 있는 것이요, 그리고 설사 어떠한 여자가 생활의 과정상 불가항력이나 또는 본의 아닌 기회에 정조를 온전히 하지 못한 적이 있다 하더라도 그것만으로 '인생의 실권人生의 失權'을 선고할 아무런 근거도 없는 것이다.[30]

초봉은 태수와 결혼한 이후 여러 남성들이 그녀의 섹슈얼리티에 거리낌 없이 접근하는 사건들을 겪으면서, 남편의 보호를 받지 못하는 기혼 여성의 섹슈얼리티를 비하하는 사회 분위기에 순응한다. 그러나 계

---

30 채만식, 「탄력彈力있는 "아침"(2)」, 「탁류(163)」, 『조선일보』, 1938.3.30., 4면.

봉은 초봉을 지켜보면서 한 여성의 섹슈얼리티를 그 사람의 인생을 판단하는 기준으로 삼는 '정조' 관념에 의문을 던진다. '정조'의 사전적인 의미는 섹슈얼리티에 대한 신념 혹은 신의를 의미한다. 섹슈얼리티는 다양한 성적 실천들을 포괄하는 개념이지만, '정조'는 성관계 여부만으로 그것에 대한 신의 여부를 판별하였다. 하지만 사회 곳곳에서 발생하는 성폭력에서도 알 수 있듯이, 여성이 경험하는 '성관계'가 항상 여성의 동의를 수반하는 것은 아니다.

인용문에서 계봉은 성적 대상화에 쉽게 노출되는 서비스업 노동자로서, 여성의 성적 자기결정권을 존중하지 않는 사회적 분위기에 익숙하다. 계봉은 이러한 사회적 상황을 인식하고 '정조'를 새롭게 정의하여 여성의 섹슈얼리티를 억압하는 사회적 구도를 바꾸고자 한다. 계봉은 성관계 대상의 수나 성폭력 피해 여부와 상관없이 섹슈얼리티에 대한 자신의 신념을 저버리지 않으면 누구나 충분히 '정조'적이라고 주장한다. 이것은 '정조'를 관념적으로 정의하여 육체적 성관계와 분리하려는 시도이다.

1930년대 식민지 조선에서 여성 서비스업 노동자들은 채용 기준, 재현방식, 고객접대 과정 등 모든 방면에서 성적 대상화를 피할 수 없었다.[31] 특히 고객은 여성 노동자들에게 가장 위협적인 존재였다. 어떤 제도적 장치도 여성 노동자들을 고객의 성희롱으로부터 보호하지 않았다. 계봉은 여성 노동자들이 성폭력에 노출되어 있음에도 불구하고, '정조'를 상실한 여성을 사회적 보호로부터 축출하는 사회구조가 문제라고 인

---

31 김경일, 『여성의 근대, 근대의 여성』, 푸른역사, 2004, 339~375쪽.

식하고, 자기 자신만이라도 성차별적인 '정조' 관념으로부터 자유로워
지려 한다. 계봉이 새롭게 정의한 '정조' 개념은 섹슈얼리티에 대한 '나
의 권리'로 해석할 수 있을 것이다. 이 맥락에서 한 사람의 정조 상실이
란 개인의 섹슈얼리티에 대한 권리의 포기이므로 이는 개인의 삶을 버
리는 것이나 마찬가지이다. 계봉의 정조론은 성폭력 피해를 입은 여성
이나 다양한 사람들과 성관계를 경험한 여성을 '비정상'으로 낙인찍는
사회의 통념에 도전한다. '연애파'라는 별명에 대한 계봉의 반응은 그녀
의 '정조'관을 보여주는 한 예이다.

> 땅 진 날 밖엘 나오지 않았니?…… 자동차가 옆으루 지나가질 않았
> 니?…… 흙탕물을 끼얹질 않았니?…… 옷에 흙탕물이 묻었겠지?……. 그와
> 마찬가지루 여드름 바가지나 변호사 나리나 '하꾸라이' 귀공자나 그 축들이
> 어쩌구 어쩌구 해서 내가 제군들한테 연애파라구 중상을 받는 것두 즉 말하
> 자면 그런 피해란 말이야……. 나는 아무 상관두 없는데 자동차가 흙탕물을
> 끼얹어서 옷을 버리듯이……. 그게 모두 여드름 바가지니 변호사니 '하꾸라
> 이 귀공자'니 하는 것들이 무어냐 하면은, 땅 진 날 남의 새 옷에다가 흙탕물
> 을 끼얹고 달아나는 '처벌할 수 없는' 깽들이란 말이야. 그러니깐 제군들두
> 조심을 해! 잘못하면 약간 흙탕물이 아니라, 바루 바퀴에 치여서 죽거나 병
> 신이 되거나 하기 쉬우니깐……. 알아들어? 아는 사람 손 들엇![32]

 계봉은 자동차가 끼얹은 흙탕물과 백화점 고객들이 계봉에게 던지는

---

32 채만식, 「탄력彈力있는 "아침"(9)」・「탁류(170)」, 『조선일보』, 1938.4.7, 4면.

추파를 비교한다. 행인이 '흙탕물'을 의도적으로 피할 수 없는 것처럼, 백화점 점원도 고객들이 일상적으로 던지는 추파를 피할 수 없다. 그러므로 계봉은 고객이 여성 노동자를 성적 대상화하는 행동은 노동자의 '책임'이 아니라고 주장한다. 계봉이의 별명인 '연애파'도 이와 같은 맥락을 공유한다. 동료들은 계봉을 연모하는 고객들이 많으므로 그녀도 연애에 관심이 많으리라고 간주한다. 이렇듯 여성들은 남성들이 그녀에게 연애감정 혹은 성욕을 느꼈다면 그것을 유발한 '책임'을 져야 하는 것이다. 계봉은 자신의 상황을 "흙탕물을 끼얹어서 옷을 버리듯이", "바퀴에 치여서 죽거나 병신이" 되는 사고에 비유한다. 이 비유는 고객의 성적 대상화가 노동자의 품행을 문제 삼는 상황이나 성폭력 사건으로 번질 가능성을 암시하는 것이다. 이성애 관계에 내재한 젠더 불평등과, 고객과 점원 사이의 권력관계는 이 불평등을 더욱 심화시키기 때문에 계봉은 백화점 매장에서 '자유연애'를 할 수 없다. 따라서 계봉은 '정조'가 성관계 여부로 결정되지 않는다고 생각하지만, 여성이 성관계에 연루되는 순간 '정조'를 상실했다고 보는 사회적 통념을 고려하여 자신의 섹슈얼리티를 타인의 접촉으로부터 차단한다.

『탁류』의 플롯은 알레고리적으로 해석할 여지가 풍부하다. 최유찬은 『탁류』의 인물들이 보여주는 알레고리를 활용하여 이 소설을 항일소설로 읽어낼 수 있다고 분석하였다.[33] 『탁류』 전반에 걸쳐 등장하는 '빈곤'의 문제에 대한 해결책도 알레고리적으로 재현되어 있다. 승재는 군산

---

33 최유찬, 『채만식의 항일문학』, 서정시학, 2013. 이 책은 채만식 소설의 알레고리 구조를 분석하여 채만식 소설의 항일의식을 독해하였다. 그러나 이 항일의식을 유추해낼 수 있는 구체적인 근거를 소설 내부나 당시 채만식을 둘러싼 자료를 바탕으로 규명하지는 못했다는 한계가 있다.

에서 일할 때부터 돈과 의료기술을 활용하여 빈곤한 사람들을 도와주었다. 그는 수많은 가난한 사람들을 만나면서 개인의 품성이 빈곤과 상관관계가 없다는 것을 알게 되지만, 빈곤의 궁극적인 원인은 알지 못한다. 그는 대다수의 사람들이 가난에 시달릴 수밖에 없는 원인이 현재의 사회구조와 관련되어 있다는 것을 기생집 개명옥의 주인여자 및 계봉과 대화하면서 깨닫는다.

명님이는 승재가 군산에 정착한 초기부터 떠나기 전까지 지속적으로 후원했던 여자아이이다. 명님이의 부모는 가난을 이기지 못하고 명님이를 기생집 개명옥에 팔아넘긴다. 승재는 명님이의 몸값을 지불하고 그녀를 기생집에서 구출해오려고 한다. 그러나 개명옥의 '주인 여자'는 약간의 돈으로 명님이에게 다른 기회를 주려는 승재의 시도에 회의적이다. 승재는 명님이가 기생이 되지 않으면 농촌에서 민며느리로 결혼하여 더 나은 삶을 살 것이라고 생각하지만, '주인 여자'는 승재의 의견에 반대한다.

그러니 자 생각해보시우. 그렇게두 못 얻어먹구 헐벗구 뼈가 휘게 일을 하구 그러구두 밤낮 방망이 찜이나 받구, 응? …… 그러면서 그 숭악한 농투산이한테, 계집루 한 사내 셈긴다는 꼭 고것 한 가지 그까짓 것이 무슨 그리 큰 자랑이라구……. 그까짓 것이 무슨 그리 대단한 영광이라구 그 노릇을 한단 말씀이요? 대체 춘향이는 이 도령이 다 잘나구 또 제 정두 있구 해서 절개를 지켰다지만 시방 여니 계집들이야 그까짓 일부종사가 하상 그리 대단하다구 촌 농투산이한테 매달려서 그 고생을 할 게 무어란 말씀이요?…[34]

'주인 여자'는 민며느리의 삶이 결혼 제도 안에 있다는 것을 제외하면 민며느리의 삶이 기생의 삶보다 더 빈곤하고 비참하다고 주장한다. 그리고 '결혼 제도'마저도 여성에게 아무런 물질적인 혜택이나 정신적인 만족을 주지 못한다고 본다. 정조는 승재가 정님이를 필사적으로 기생집으로부터 구출하려는 이유이자 초봉이를 더 이상 결혼 상대로 생각하지 않는 결정적인 이유이다. 실상 정조는 관념에 불과하므로 아무런 물질적인 효용 가치도 가지지 않는다. 남성과 접촉하지 않은 여성의 몸이 결혼이나 연애의 대상으로 '상품 가치'가 더 높다는 가부장적이고 여성혐오적인 전제가 있을 때 '정조'는 효용가치를 가질 수 있다.[35] 승재는 '정조'를 한 인간이 수호해야 할 절대적인 가치로 승인하면서 그의 가부장적 입장을 강화한다. 이것은 승재가 선량한 심정으로 빈곤에 시달리는 사람들을 동정하고 후원하는 것처럼 보이지만, 실상 지배관계를 야기하는 사회구조에 무지하고 그 자신도 사람들을 억압하는 문화적 기제를 승인한다는 것을 보여준다.

기생의 삶이 민며느리의 삶보다 더 낫다는 주인 여자의 말은 식민지 조선의 심각한 빈곤을 보여준다. 식민지 조선에서는 승재와 같이 '정조' 관념을 중시하는 사람들로 인해 기생처럼 성적 서비스를 판매하는 사람들에게 강력한 낙인이 부여되어 있었다. 기생집에서 일하는 주인 여자는 그 낙인을 누구보다도 더 가까이에서 경험하고 목격했을 것이다. 그

---

34 채만식, 「식욕의 방법론(20)」·「탁류(160)」, 『조선일보』, 1938.3.27, 4면.
35 1910년대과 1920년대에 걸쳐 일본에서는 여성의 몸을 통해 성관계 여부를 판별할 수 있다는 성과학의 루머들이 유행했었다. 이 논의들은 여성의 몸을 소유하고 지배하려는 남성의 욕망이 여성의 '정조'를 강조하는 논의 안에 어떤 방식으로 스며들어있는지 보여준다. 가와무라 구니미쓰, 손지연 역, 『섹슈얼리티의 근대―일본 근대 성가족의 탄생』, 논형, 2013, 120~125쪽.

럼에도 불구하고 기생이 더 윤택하게 산다는 주인 여자의 주장은 식민지 조선에서 빈곤이 얼마나 심각했는지 역설적으로 실감하게 만든다. 또한, 빈곤한 상황에서 여성들은 인신매매와 유사한 방식으로 고용이 이뤄지는 성산업에 종사하게 될 수밖에 없고, 빈곤한 여성들은 '정조'를 지키지 못한다는 것도 드러난다. 이 소설은 초봉과 계봉의 사례와, 명님이의 사례를 통해 정조를 강요하는 식민지 조선 사회의 역설을 드러내며, 이것이 여성 억압 이상이 되지 못한다는 것을 보여준다.

빈곤을 사회의 문제가 아닌 개인의 문제로 간주하던 승재는 계봉이와 대화하면서 점차 빈곤의 원인을 사회구조에서 찾기 시작한다. 이 과정은 소설 안에서 알레고리의 형태로 제시된다.

"부자루 사는 건 몰라두 시방 가난한 사람네가 그닥지 가난하든 않을건데 분배가 공평을 않어서 그렇다우."

"분배? 분배가 공평을 않다구?…"

승재는 그 말의 촉감이 선뜻 그럴싸하니 감칠맛이 있어서 연신 고개를 갸웃갸웃 입으로 거푸 뇐다. 그러나 지금의 승재로는 책을 표제만 보는 것 같이 그놈이 가진 매력에 잔뜩 구미는 당겨도 읽지 않은 책인지라 그 표제에 알맞은 내용을 오붓이 한입에 삼키기 좋도록 알아내는 수는 없었다.

사전에서 떨어져 나온 몇 장의 책장처럼 두서도 없고 빈약한 계봉이의 '분배론'은 승재를 입맛이나 나게 했지 머리로 들어간 것은 없고 혼란만 했다.

"선생님이 있어야겠수!"

계봉이는 그 이상 깊이 들어가서 완전히 설명을 할 자신이 없었던 것이다.[36]

"그래두 육법전서가 다 보호를 해 주잖우? 생명을 보호 해주구……. 또 재산두 보호 해주지 … 수형법手形法?이라더냐 그런 게 있어서, 고리대금을 해먹두룩 마련이게 ……. 머 당당한 시민인걸요… 천하 악당일 값이 ……"[37]

승재는 두 팔을 탁자 위에 세워 턱을 고이고 앉아서 앞을 끄윽 바라다본다. 얼굴은 홍분이 가라앉고 차라리 골똘똘한 생각에 잠겨 양미간으로 주름살이 세 개 굵다랗게 패인다.

육법전서가 보호를 해준다고 한 계봉이의 그 말이 방금 승재한테 신선한 자극을 주었던 것이다. 그것이 비록 '라, 마르세유―'처럼 분명하던 못해도 마치 박하薄荷를 들이켠 것 같이 아프리만큼 시원했다. (…중략…)

"머 별것 아니야……. 헌데 자아 언니를 위선 일러루라두 데려 내오는 게 좋겠군?……"

누가 만만히 놓아준댔었고마는 그런 건 상관없고 승재의 말소리며 얼굴은 자못 강경타.

가슴에 묻은 불은 가상하나 아직 그를 바르게 어거해나갈 '의사'가 트이지 않아 종이짜박 투구에 동강난 나무칼을 휘두르면서 빌어먹은 당나귀를 몰아풍차風車로 돌격하는 체세고 말았다. 초봉이를 뺏어내어 괴물 장형보를 퇴치시킴으로써 육법전서에게 분풀이를 할 요량― 기껏 그 요량이니 말이다.[38]

첫 번째 인용문에서 계봉은 가난을 '분배'의 문제, 즉 사회구조적인 문제로 접근하지만, 그 이유를 충분히 설명하지 못한다. 계봉은 합리적

---

36   채만식, 「노동老童 "훈련일기訓戀日記"(3)」・「탁류(176)」, 『조선일보』, 1937.4.14, 4면.
37   채만식, 「노동老童 "훈련일기訓戀日記"(6)」・「탁류(179)」, 『조선일보』, 1937.4.17, 4면.
38   채만식, 「노동老童 "훈련일기訓戀日記"(7)」・「탁류(180)」, 『조선일보』, 1937.4.19, 4면.

인 근거를 들어 정조에 대한 자신의 의견이나 "연애파"라는 별명의 부당성을 비판했었던 사람이었다. 그런 그녀가 확실한 근거 없이 '분배' 론을 막연하게 제시하는 부분은 계봉의 성격과 일치하지 않는다. 대신 계봉이의 '분배' 론은 이후에 승재를 통해 더 자세히 드러난다. '분배' 라는 단어를 들은 승재는 "촉감이 선뜻 그럴싸하니 감칠맛이 있어서", "그놈이 가진 매력에 구미는 잔뜩 당겨도"라고 반응하며 큰 매력을 느낀다. '분배'는 지금까지 승재가 '가난'과 싸워온 방식, 즉 주변 사람들에게 재화를 나눠주고 무상으로 진료하고 야학 강사로 나서는 방식보다 더 효과적으로 가난 문제를 해결할 수 있음을 암시한다.

계봉과 승재의 대화에서 '분배' 논의는 첫 번째 인용문 이후에 더 구체적으로 제시되지 않지만, 장형보로부터 초봉을 구출할 두 사람의 계획은 여전히 '분배' 논의의 맥락에 있다. 형보의 고리대금업은 노동을 하지 않고서도 높은 수익을 올리는 사업으로, '분배'를 가로막는 대표적인 이윤축적 수단이다. 승재는 계봉으로부터 법이 고리대금을 보호한다는 말을 듣고 "신선한 자극"을 받는데, 이 자극은 하층계급으로 구성된 프랑스 혁명군이 루이 16세가 기거하는 튈르리 궁을 점령했을 당시에 불렀던 노래 "라 마르세유"에 비유된다. 튈르리 궁 점령은 '분배'가 잘 이루어지지 않아 가난에 허덕였던 하층계급 프랑스인들이 지배계급에 저항한 대표적인 사건이다. 이들은 사회구조를 바꿔 가난을 해결하려는 강한 의지를 보였다. 저자는 "라 마르세유"와 고리대금에 대한 법의 보호를 매개로 두 사람의 화제였던 '분배'를 다시 불러온다. 승재에게 초봉을 형보로부터 구출하는 방법은 분배를 가로막는 "장형보를 퇴치시킴으로써 육법전서에게 분풀이"하는 것이다. 법은 사회구조를 떠받치는 근간이기도 하므로, 법에 대한 저항은 곧 사회구조에 맞선 저항으로 등치될 수 있다. 저자는 계봉을 통해 분배론과 초봉을 구출할 계획을 불완전하게 발화하게 한 후, 이에 대한 승재의 반응을 통해 공평한 분배를 달성하기 위해서 사회구조에 맞서야 한다는 메시지를 전달한다.

이 소설은 식민지 조선의 빈곤한 현실을 여성들이 '정조'를 지킬 수 없는 물질적 조건으로 재현한다. 농촌을 중심으로 빈곤한 가구들은 증가해가고, 여성들은 가정경제에 기여하기 위해 임금노동 시장에 나선다. 하지만 성차별적인 노동시장은 임금과 노동조건, 그리고 직군의 영역에서 여성들을 차별하고, 성적 대상화를 통해 한 번 더 차별한다. '정조'는 이 같은 차별을 정당화하고 재생산하는 주요 기제이다. 이 소설은 식민지 조선의 빈곤한 상황을 비판적으로 재현하는 동시에 젠더에 따라 고통의 경중이 다르게 나타나는 원인을 '정조'에서 찾는다. 나아가, '정조' 관념이 억압하는 대상인 여성 노동자들은 이 상황에 단순히 순응하지 않고, 시대의 변화와 '정조'의 모순을 비판한다. 특히 계봉이 '정조'와 '빈곤'을 모두 사회 구조적인 문제로 인식하는 것에 주목할 필요가 있다. 계봉은 이 소설에서 승재가 빈곤의 원인을 사회구조에서 찾도록 유도하는 결정적인 인물이다. 이 소설에서 계봉은 '정조'를 구조적인 문제로 사고한 바 있으므로, 사회문제의 원인을 추상적인 수준에서 성찰할 만한 능력을 갖추었다고 할 수 있다. 계봉을 매개로 삼아, 이 소설은 정조와 빈곤을 식민지 조선에서 중요한 위상을 차지하는 문제로 제시한다.

2. 지배질서에 포섭되지 않는 도전적 실천

1) 부패한 구시대적 가치의 지양과 미지의 가치 개척

1937년 중일전쟁 이후, 일본은 예상과는 달리 중국 침략 전쟁이 장기전으로 흐르자, 중국을 중심으로 아시아 지역에서 일본의 패권을 확장시키기 위한 정책적이고 사상적인 선동을 감행한다. 아시아 국가들의 제휴와 연대를 강조하는 다양한 입장의 '동양론'들은 이러한 정책들의 사상적 배경이었다.[39] 동양론은 '동양'이라는 지역적 유사성을 바탕으로 국경과 민족 등을 초월하여 아시아 연대를 기획하고자 했다. 동양론은 근대 식민지 지식인들이 추종하던 서구 근대의 사상과 맥락이 매우 다르다. 정종현은 식민지 조선의 지식인들을 마르크스주의 계열과 모더니즘 계열로 나누고, 이들이 1930년대 말 전까지 모두 "자신들이 추구하는 삶의 정당성을 새로운 현재 속에서 찾"[40]았다고 보았다. 그러나 서구 유럽의 근대 사상은 1939년에 발발한 2차 세계대전으로 인해 발전적 미래를 담보하며 세계사적 보편을 대표한다는 위상을 위협받게 되었고, 식민지 조선의 지식인들도 서구 근대에 대한 믿음을 버리고 점차 동양론의 논리에 설득되어갔다.

김남천이 1940년과 1941년에 사이에 창작한 소설 「바다로 간다」와

---

39 이 논의들이 나오게 된 일본과 조선의 배경에 관해서는 정종현, 『동양론과 식민지 조선 문학―제국적 주체를 향한 욕망과 분열』, 창비, 2011, 13~158쪽 참고.

40 위의 책, 84쪽.

연작소설인 「경영」, 「낭비」, 「맥」은 당대 지식인들의 방황과 변화를 반영하는 대표적인 소설로 언급되어왔다.[41] 그리고 이 소설에서 남성들은 좌절하고 제국주의에 협력하는 데 반하여, 여성들은 미래에 대한 희망을 지킨다는 분석이 주조를 이루었다.[42] 혹은, 김남천의 소설들이 여성들을 퇴폐의 전형으로 상정하여 당대의 모든 불순과 오염들의 상징으로 그렸다고 비판받기도 했다.[43] 2장에서는 앞서 언급한 김남천의 세 연작소설과 1939년에 창작한 「바다로 간다」를 포함하여 분석한다. 이 소설들에서 여성 노동자들이 사랑하던 남성과의 이별을 극복하는 방식을 분석하고, 이별 이후 새로운 미래를 살아가겠다는 그녀들의 의지를 전체주의 사상과의 관련성 속에서 해석해보겠다.

김남천의 「바다로 간다」에 등장하는 영자와 「경영」, 「낭비」, 「맥」에 등장하는 무경과 난주는 모두 여성 노동자라는 특징을 가진다. 이들은 각각 카페 여급, 아파트 사무원, 양장점 주인으로, 대인 업무를 수행하며 사람들에게 일정한 서비스를 제공한다는 공통점을 가진다. 또한 이

---

41 채호석은 후기 식민지 조선에서 발표된 다양한 전향소설 중 김남천의 「경영」과 「맥」을 생활적인 수준이 아니라 사상적인 수준에서 전향을 논한 매우 중요한 작품이라고 평가한다. 채호석, 「김남천 문학 연구」, 서울대 박사논문, 1999, 141쪽.

42 채호석은 「경영」, 「맥」의 최무경에게 주목하면서, 최무경이 어머니와의 관계, 그리고 시형과의 관계가 약해지는 것을 받아들일 뿐만 아니라, 관계 약화의 근본적 원인을 파헤친다는 점에 주목한다. 사무직 노동자라는 최무경의 조건은 역사와 사회에 의문을 던지기에 충분하지 않다. 그러나 그녀는 역사와 사회에 질문을 던지려 하고 있고, 채호석은 이때 그녀가 사회적 조건으로부터 빠져나와 완전히 개인으로 설 수밖에 없다는, 그래서 한 바퀴 다시 돌아 근대 초기의 주체 형성의 순간으로 돌아왔다는 점에 주목한다. 위의 글, 146~149쪽. 채호석의 논의는 최무경을 단순히 미래에의 희망으로 보는 것을 넘어서서 식민지 근대성의 후반기에 그 시기의 다른 주체들과는 수준을 달리하는 새로운 주체로 재발견했다는 의의를 가진다.

43 공임순, 「자기의 서벌턴화와 코스모폴리탄이라는 이념형-'전향'과 김남천의 소설」, 『상허학보』 14, 상허학회, 2005, 71~102쪽.

들은 모두 남편 혹은 애인과 이별한 후부터 그 자신을 위한 독자적인 생활을 기획해 나간다. 이 여성들은 모두 애인들이 업무에 집중할 수 있도록 물질적 혹은 정신적인 도움을 제공해 주었고, 그녀들과 이별한 남성들은 모두 서구 근대의 가치를 신뢰하며 살아온 인물이다. 즉, 남성들뿐만 아니라 여성들도 식민지 조선에서 서구 근대의 사상이 번성할 수 있는 물질적 토대에 기여했다. 그러나 이 여성들은 남성들과 이별한 후부터 독자적인 노선을 기획한다. 여기에서는 여성 인물들의 이러한 특성을 그녀들의 생활을 중심으로 분석해보고자 한다.

「낭비」에서 난주의 남편은 토월회 시절부터 연극운동을 했고, 도쿄에서 활동하다가 조선으로 돌아와 다시 신극 재건 운동에 참여하면서 많은 극을 창작한 인물로 등장한다. 이 이력은 동시대의 극작가 홍해성을 연상시킨다. 하지만 연극사를 썼고 이른 나이에 요절했다는 이력은 김재철과 더 유사해 보인다. 그의 이력은 식민지 조선의 연극 분야에서 우파적인 서구 근대론자와 마르크스주의적인 서구 근대론자라는, 양극단의 정치적 지향을 가진 사람을 동시에 연상시킨다.[44] 난주는 남편이 사망한 후 그가 여러 여성과 외도했다는 사실을 알고 좌절한다. 난주가 실망하는 과정은 우파적인 서구 근대에 대한 지향과 마르크스주의적인 서구 근대에 대한 지향에 대한 믿음을 상실하는 1930년대 후반기와

---

[44] 와다 도모미는 김남천의 소설 「낭비」가 연재되었을 당시의 독자들을 상상하면서, 이 소설에 등장하는 관형을 최재서의 비유로 파악한다. 그 외에 1938년과 1940년 사이에 『조선일보』에 연재된 「사랑의 수족관」에 대해서도 역시 당시 실존하는 기업이나 인물들을 모델로 삼았을 가능성을 타진한다.(와다 도모미, 「김남천의 취재원取材源에 관한 일고찰」, 『관악어문연구』 23-1, 서울대 국어국문학과, 1998, 213~240쪽) 김남천의 연재소설을 당시 시대적 변화에 민감하게 반응하며 독자들에게 당대성을 전제로 가까이 다가가려고 노력한 산물로 본 와다의 논의를 바탕으로 하면, 난주의 남편도 실존 인물을 바탕으로 삼았을 가능성을 타진해볼 수 있다.

1940년대 초반의 상황을 비유하는 듯하다. 이 소설은 서구 우파와 좌파를 상징하는 난주의 남편이 사망하고, 난주도 그에게 배신감을 느끼는 서사를 통해 근대 사상의 유효성이 점차 상실되어가는 당시의 시대적 상황을 그린다. 「낭비」의 난주는 「맥」의 관형에 의해 "퇴폐적이고 불건강한 것이 대표자"[45]로 언급되지만, 실상 난주는 관형의 수사와는 다르게 새로운 가족관계와 생활방식을 영위한다.

난주는 남편과 사별한 다른 여성들과 달리, 아들 및 남편 가족들과 별거하고, 한 달에 두세 번 아들을 만난다. 물론, 난주의 아들을 양육할 권한은 사별한 남편의 부모가 쥐고 있으므로 그녀가 속한 가족관계는 여전히 부계 중심이다. 하지만 난주의 생활과 아들과의 관계를 고려해보면, 그녀가 전력적으로 아이를 양육할 의향이 없다는 것을 알 수 있다. 달진은 난주가 일터가 아닌 가정에서만 양육과 가사를 전담하는 어머니로 남아있기를 바라지만, 난주는 자신의 사업도 중요하고 외모 치장에도 관심이 많으며 자신의 도회적인 생활양식은 물론 연애도 포기하지 않는다. 난주의 생활은 사별한 여성에 대한 통념을 깨뜨리면서 새로운 사별한 여성상을 제시한다. 이것은 가부장적 가족관계를 넘어선 또 다른 가족관계에 대한 실험으로 읽을 수 있다.

「바다로 간다」에 등장하는 영자는 '마리'라는 바bar에서 고객들의 술시중을 들어주는 여급이다. 영자는 그녀가 일하는 바에 고객으로 방문한 토목기사 김준호와 짧은 연애를 한다. 김준호는 건축업에 종사하면서 다양한 건축물을 짓는다고 했지만, 그가 참여한 공사는 대부분 철도

---

45 김남천, 「맥」, 『문장』, 1941.1, 345쪽.

공사이고, 그가 일한 지역들은 모두 1930년대 후반에 철도가 완공된 지역, 특히 한반도 북부 지역이었다.

> 무어 몇 군데 되는가요. 만포진선 때문에 강계江界 가서 한 일 년 있었구, 무산茂山두 좀 가 있었구, 평원선 공사에 장림長林 좀 있어 봤구, 얼마 전에 경춘철도 때문에 가평加平에서 청평천淸平川에서…… 그저 그러 그러 하죠.[46]

김준호가 부설과정에서 참여한 만포진선, 평원선은 모두 조선의 북부에서 만주를 연결하는 철도이며, 경춘철도는 일본 민간자본이 부설한 서울과 춘천 지역을 잇는 철도이다. 김준호가 소속된 건설회사 역시 다양한 대규모 건축물 부설에 관여하는 회사로, 김준호와 그의 동료인 박광일은 주로 철도부설 공사에 참여한다. 특히 박광일은 이 소설에서 철도부설 사업을 위해 만주[47]로 떠난다.[48] 김준호가 그동안 공사에 관여해온 철도들은 기점지가 조선이지만, 이 철도들의 궁극적인 목표는 조선이 아니었다. 이 철도들은 모두 일본제국의 팽창과 성장을 목적으로 한 '12년 계획선線'의 일환으로서 1927년부터 1938년 사이에 부설이 시

---

46 김남천, 「6. 부회의 우울(2)」・「바다로 간다(29)」, 『조선일보』, 1939.6.8, 4면.
47 일본의 중국침략과정에서 철도는 인력과 전쟁물자 운송을 위해 매우 중요한 수단이었다. 중일전쟁기 만주에서 진행된 일본의 철도사업에 관해서는 임채성, 「전시하 만철의 수송전(1937~1945)―수송통제와 그 실태」, 『동방학지』170, 연세대 국학자료원, 2015, 147~187쪽; 임채성, 『중일전쟁과 화북교통―중국 화북에서 전개된 일본제국의 수송전과 그 역사적 의의』, 일조각, 2012가 있다.
48 「바다로 간다」는 김준호와 박광일을 당시의 철도사업에 종사하는 인물로 그리면서 철도사업이 활성화되고 있는 중일전쟁기의 시대 상황을 소설 속에 녹여낸다. 이것은 김남천의 연재소설이 당대성을 강하게 띠고 있다는 와다 도모미의 진술과 맞물리는 부분이다. 와다 도모미, 앞의 글.

작되었다. 일본에 의해 사용된 이 철도들은 1931년 만주사변 이후에는 중국을 침략하기 위해, 그리고 중일전쟁 이후에는 군사적 침략과 경제적 안정을 꾀하기 위한 목적에서 사용되었다.[49]

일본은 중일전쟁을 시작한 후 조선을 병참기지로 조성할 목적으로 낙후된 철도시설의 효율성을 높이는 공사를 시작했다.[50] 일본은 1930년대 중반부터 조선국철을 부설하고 개량하기 위한 예산을 확대해왔으나, 전쟁으로 인한 물자 부족으로 자재와 공사인력을 원활하게 수급하지 못했다.[51] 이 공사에서 필요한 인력에는 현장 노동자만이 아니라 공사를 계획하고 지휘하는 기술자도 포함되어 있었다. 이로 인해 1930년대 후반부터 기술자라는 직업이 각광받기 시작했으며, 그 직업의 사회적 지위도 상당히 높아졌다.[52] 김준호의 직업과 그의 이력은 이러한 시대적 상황 속에서 대륙을 상징하는 표상이 될 수 있다.

김준호가 종사하는 철도부설 작업은 전쟁을 위해 기술이 이용된 하나의 전형이다. 기술에 대한 수요 증가와 더불어, 지식장의 영역에서도 기술을 하나의 철학적 대상, 혹은 담론 대상으로 삼기 시작했다. 이 당시 식민지 조선의 많은 지식인들은 근대 서구 사상과는 다른 사상이 근대 기술을 전유한다면, 기술의 폐해나 인간소외를 극복할 수 있으리라고 보았다.[53] 그러나 근대적 기술을 이용한 일본 제국주의 전쟁은 동양

---

49 정재정, 『일제침략과 한국철도(1892~1945)』, 서울대 출판부, 1999, 147~166・373~386쪽.

50 林采成, 「戰時下朝鮮國鐵の組織的對應―「植民地」から「分斷」への歷史的經路を探って」, 東京大 博士論文, 2002, 33~42쪽.

51 위의 글, 35~36쪽.

52 차승기, 「명랑한 과학과 총체적 포섭의 꿈―전시 체제기 기술적 이성 비판」, 『비상시의 문/법』, 그린비, 2016, 190~191쪽.

53 위의 책, 206~208쪽.

론을 사상적 기반으로 삼았음에도 불구하고, 개인을 제국주의의 지배에 종속시키는 결과를 낳았다. 기술은 여전히 지배관계 안에서 지배자가 피지배자를 억압 혹은 관리하는 도구로 사용될 뿐, 인간해방과 같은 급진적 의미는 내포하지 못했다.

「바다로 간다」가 김준호를 그려내는 방식은 양가적이다. 이 소설에서 김준호는 당시 도시에서 쉽게 목격할 수 있는 인간 군상과는 다른 면모를 가진다. 영자는 그의 술집 고객인 강 주사를 우연히 만나 함께 "시국적인 간판을 내걸은"[54] 찻집 '대륙'에서 대화를 나눈다. 이 찻집을 방문하는 사람들은 실직자나 비정규직, 혹은 기회주의자나 브로커들이 대부분이다. 영자의 주변에도 브로커인 강 주사와 그의 지인인 광산업자 천사익 같은 기생적이고 기회주의적인 삶을 사는 사람들이 대부분이다. 이들과 달리 기술자는 당대적인 맥락에서 "하나님 맞잡는 기술자"[55]로 불릴 만큼 높은 사회적 지위를 누렸고, 시대적 변화와 관계없이 지속적으로 성장의 궤도를 달리는 주체로 보였으므로, 이 소설에서 김준호는 새로운 시대의 가치를 담지하는 인물처럼 보이기도 한다. 그러나 다른 한편으로 김준호가 약혼자의 존재를 감추고 영자와 연정을 나누었다는 사실이 밝혀지면서 소설은 그도 새로운 사회를 이끌어나갈 이상적인 사람이 아니라는 결론에 도달한다.

두 여성과 동시에 연애감정을 나눈 김준호는 영자의 친구 성정숙을 연상시킨다. 그녀는 서류상으로는 기혼자인 남자와 결혼했다. 성정숙은 이 같은 결혼 형태에 대해 "내용이 문제가 아니라 형식만이 문제니

---

54 김남천, 「3. 종로의 오후 세 시(2)」·「바다로 간다(11)」, 『조선일보』, 1939.5.16, 4면.
55 김남천, 「6. 도회의 우울(1)」·「바다로 간다(28)」, 『조선일보』, 1939.6.7, 4면.

까"[56]라는 말로 합리화한다. 성정숙의 말에 따르면, 사회적 저명인사 중 그녀의 남편과 같은 사람이 많고, 이들은 모두 사회적 비난을 받지 않으므로 성정숙의 결혼도 사회적으로 문제가 없다. 성정숙의 결혼 형태는 이 시대가 내용이 아닌 형식만을 중시하며, 당시에 각광받는 것들이 모두 형식적 측면에서만 이상적일 뿐 내용적 측면은 이와 불일치한다는 것을 드러낸다.[57] 이 부분은 김남천이 그의 평론 「소설의 운명」에서 서인식의 논의를 인용하며 논의를 전개했던 "'짓테[Sitte]'와 '게뮤트[Ge-mut]'가 분리상극하는"[58] 상황을 연상시킨다. 짓테와 게뮤트는 각각 윤리와 심정을 지칭하는 독일어이다. 김남천이 인용한 문구는 사람들의 생각이 사회의 윤리와 일치하지 못하는 상황을 의미한다. 그리고 이러

---

56 김남천, 「4. "2호"의 문답(4)」·「바다로 간다(18)」, 『조선일보』, 1939.5.26, 4면.
57 부회의원 선거에 도전하는 성정숙의 남편도 내용과 형식이 불일치하는 하나의 예라고 할 수 있다. 1930년 2월, 사이토 마코토 총독이 조선인들에게 한정적인 범위의 참정권을 주기 위해 「조선지방자치권」을 발효한 후, 총독부는 도·부·읍·면에 의회를 설치하였다. 도를 제외하고 나머지 지역 단위 의회의 위원은 선거로 선출하였는데, 선거권은 민족을 불문하고 거주기간이 1년 이상이고 5원 이상의 세금을 납부하는 25세 이상의 남성이라면 누구나 가지고 있었다.(김동명, 「일본제국주의와 식민지 조선의 지방 '자치'-충청남도 도(평의)회의 정치적 분석」, 『한국정치외교사논총』 22-1, 한국정치외교사학회, 2000, 52~54쪽) 전국적으로 대부분의 지역에서 부회의원 유권자는 조선인보다 일본인이 더 많았는데, 이는 납세액으로 참정권을 제한했기 때문이다.(김동명, 「식민지 시대의 지방 '자치'-부(협의)회의 정치적 전개」, 『한일관계사연구』 17, 한일관계사학회, 2002, 168~169쪽) 이 지방자치제도는 문화정책의 일환으로서 조선인들에게 형식적으로 선거권을 부여한 것에 불과하였다. 부의회의 자율성은 지나치게 제한적이었으며, 지역사회의 운영을 결정하는 주요 기구라고 보기는 어려웠다.(김동명, 위의 글; 김동명, 「1934년 부산부회 조선인 의원 총사직사건 연구」, 『한일관계사연구』 48, 한일관계사학회, 2014, 351~381쪽) 「바다로 간다」는 성정숙의 남편을 통해 당시 부회에 조선인이 진입하기 어려웠고, 부회의원 선거에 출마하는 조선인들조차도 부회의원이라는 사회적 지위에 관심이 있을 뿐 이 지위에 오른 사람들이 가지는 의무와 권리는 잘 모른다는 것을 드러낸다. 다시 말하자면, 이 소설은 식민지 조선에서 민족차별은 식민지 조선인들의 정치참여를 제한하기는 했으나, 실상 식민지 조선인들 스스로도 정치참여에 그다지 관심으로 보이지 않은 당시 세태를 제시한다.
58 김남천, 「소설의 운명」, 『인문평론』, 1940.11, 14쪽.

한 상황은 김준호도 마찬가지이다. 결국 김준호도 전환기의 상황에서 조화를 이루지 못하는 수많은 사람들 중의 한 명으로 살고 있는 것이다.

영자는 소설 초반부에서 서른이 넘은 나이를 걱정하고, 변호사와 결혼한 친구 성정숙을 질투하면서 자신의 미래를 불안해한다. 또한 영자는 성정숙의 결혼을 건강하지 못하다고 보면서도, 결과적으로는 자신도 약혼자가 있는 김준호와 '건강하지 못한' 관계를 맺었다. '내용이 아니라 형식만이 문제인' 삶을 영위하던 영자는, 소설 후반부에서 직장을 옮기고, 김준호와 이별하고, 성정숙을 질투하는 마음을 버린 후 새로운 삶을 시작한다. 이 소설에서 영자는 새 출발을 결심하면서 '바다'를 찾는다. '바다'는 이 소설에서 시국적인 상황을 상징하는 공간인 '대륙'과 상반되는 의미를 가진다.

중일전쟁 이후 식민지 조선이 본격적으로 일본의 병참기지가 되면서, 조선의 지정학적 위치를 재인식하려는 시도들이 나타났다. 스즈키 다케오는 '대륙루트론'을 통해 조선을 대륙을 잇는 통로로 인식했다.[59] 조선을 중심으로 보면, 중일전쟁 시기에 대륙은 제국주의 전장에 해당하고, 제국주의적 팽창이 이루어지는 공간이었다. 그러나 대륙의 반대쪽인 바다는 제국주의와는 다른 의미를 가진다. 영자는 바다에 도착해서 "나는 그동안 얼마나 바다를 잊고 살아왔던가"[60]라고 상기한다. 이 구절에서 김준호는 대륙으로, 그리고 김준호와의 이별은 바다로 상징된다는 것을 알 수 있다. 그리고 전자는 식민지 조선을 병참기지화하려는 일본의 지

---

59 김인수, 「총력전기 식민지 조선의 인류人流와 물류物流의 표상정치」, 『서강인문논총』 47, 서강대 인문과학연구소, 2016, 111~115쪽.

60 김남천, 「7. 오오 바다-(2)」, 「바다로 간다(35)」, 『조선일보』, 1939.6.15, 4면.

향을 드러내는 공간으로, 후자는 새로운 의미부여를 기다리는 공간으로 나타난다. 김준호는 조선의 북쪽에서 대륙으로 뻗어 나가는 철도를 부설하던 인물로, 대륙의 특성을 가진다. 영자가 김준호를 사랑하던 시기에 그녀는 바다보다 대륙을 더 가까이했다. 영자의 바다 행은 그녀가 제국주의적인 대륙으로부터 멀어져서 바다라는 미지의 공간에서부터 자신의 새로운 생활을 시작한다는 의미를 가진다. 그리고 이 새로운 생활은 바의 여급이라는 영자의 직업과, 비혼 여성이라는 영자의 가족관계로부터 시작한다.

주변인들의 우려와는 달리, 영자는 김준호와 이별한 후 어렵지 않게 새로운 직장을 구한다. 영자의 나이는 영자의 사회적 지위와 성적 매력을 위협하는 요인으로 재현된다. 강 주사는 "이제 [서른-인용자] 다섯만 넘어서면, 누가 당신을 여자루 취급하겠냐 말야"[61]라고 말하고, 영자도 그녀가 다섯 살 아래인 김준호보다 연로해 보일 것을 걱정한다. 그러나 나이와는 상관없이, 영자는 "전부터 오라고 끌던 데다 조건도 나쁘지 않고 요즘 손님도 깨끗한 축들이 많이 모이는"[62] 가게로 이직할 수 있을 만큼 업무 능력을 인정받는다. 영자의 경제적 자립 능력은 그녀가 가부장적 질서에 편입되지 않고서도 얼마든지 행복해질 수 있다는 것을 의미한다.

독신 여성 노동자인 영자는 식민지 조선의 공적 영역에서는 낯선 인물로, 기존과는 다른 새로움을 표상한다.[63] 그리고 영자의 가치관은 "몸

---

61 김남천, 「6. 향연의 만첩(1)」, 「바다로 간다(21)」, 『조선일보』, 1939.5.30, 4면.
62 김남천, 「7. 오오 바다-(1)」, 「바다로 간다(34)」, 『조선일보』, 1939.6.14, 4면.
63 호적 제도는 일본이 조선을 식민지배한 후, 조선을 통치하기 위해 제정한 대표적인 새로운 법률이다. 호적제도는 이전의 방대한 혈연가족 중심이던 조선의 가계를 남성 호주 중

성한 턱까지는 내 몸으로 생활을 이어나가는 것이 떳떳하고 일생이라고 몇 살까지나 살아갈지는 몰라도 아무렇게나 후뚜루 마뚜루 살아가다가 죽으면 네나 내가 매한가지 한 줌의 흙이 아니냐!"[64]와 같이 미래보다 현재의 생활에 더 집중한다. 이 소설은 어느 것 하나 확실하게 믿을 만한 가치관이 없던 시기에 창작되었다. 영자의 가치관은 전환기의 상황에서도 미래를 두려워하지 않고 현재 자신의 삶에 충실하겠다는 의지를 드러낸다. 영자는 전환기에 발생하는 '짓테와 게뮤트의 부조화'를 해결할 방법을 담지하고 있지는 않다. 그러나 적어도 영자는 시대의 변화와 사회의 통념에 휩쓸리지 않고, 자신을 신뢰하면서 시대의 주류와 다른 생활을 지향한다. 그녀의 태도에서 전쟁에 협력하지 않으면서 미래를 전망할 가능성을 찾아볼 수 있다.

이상의 네 소설에서, 여성 노동자들은 자신들의 생활을 기초로 시대적 흐름에 동요하지 않고 자신들의 독자성을 유지해나간다. 난주의 남편, 시형, 이관형은 모두 자신들의 근대 사상을 이론적이고 추상적인 수준에서만 받아들였다. 이들은 이론과 다르게 생활하거나, 이론과 생활의 괴리를 견디지 못하고 자신이 지지하는 이론을 버리고 시대적으로 유행하던 사조를 좇는다. 그러나 여성 노동자들은 자신이 지지하는 가치관이나 사상을 자신의 생활에서부터 구축해나간다. 이들의 사상은 물질적 토대를 갖춘 것으로서, 이론으로 습득한 것과는 성격이 다르다. 이

심의 소가족단위로 분리하고, 호주 간의 평등을 통해 남성 간의 평등을 달성했다. 이 평등은 여성들을 남성 호주에 종속된 대상으로 간주하여 성차별을 제도화한 반대급부이기도 하다. 호주제도는 식민지 조선의 남성중심적 공적 제도의 편성을 보여주는 대표적인 예이다. 홍양희, 「식민지 시기 호적제도와 가족제도의 변용」, 『사학연구』 79, 한국사학회, 2005, 167~205쪽.

[64] 김남천, 「7. 오오 바다-(1)」, 「바다로 간다(34)」, 『조선일보』, 1939.6.14, 4면.

들은 사상과 생활의 통일이 무엇인지 소설 속에서 몸소 보여주면서, 불안한 시기를 새로운 사상과 사회를 만들어나가는 기회로 삼는다. 기존에 한 번도 미래를 이끌어나가는 행위자로 그려진 적 없던 이들이 이 소설들에서 아직 한 번도 도래하지 않은 사상과 사회를 상상하는 원천이 된 것이다.

2) 전체주의 사상과의 대결과 새로운 사상의 예고

김남천의 「경영」, 「낭비」, 「맥」 연작에는 남성 지식인들과 여성 노동자의 대비가 나타난다. 이 소설들은 이 둘을 대비하여, 각 인물이 자신의 사상적 배경과 생활에 따라 전체주의 사상이 확산되어가는 시대적 분위기에 각각 어떻게 반응하는지 드러낸다. 시형과 이관형은 모두 지식인으로서 원대한 포부를 가지고 있었으나 시대적 분위기로 인해 전향 혹은 좌절했다는 공통점을 가진다. 시대의 압박은 두 사람에게 절대적인 것으로 그려지며, 이것은 그들의 전향 혹은 좌절을 합리화한다.

「낭비」와 「맥」의 관형은 대학 강사로 임용되기 위해 논문을 제출하지만, 결과적으로 심사를 통과하지 못한다. 두 소설은 관형의 논문의 심사과정과 심사를 통과하지 못한 이유를 자세하게 제시하지 않았지만, 소설의 내용을 통해 어느 정도 그 이유를 유추할 수 있다. 관형은 헨리 제임스의 소설을 연구한 논문을 심사위원들에게 제출하지만, 심사위원 중 한 명인 사까자끼 교수는 헨리 제임스가 아일랜드 태생이라는 점을 지적하며 그의 논문이 일본의 제국주의를 비판하려는 의도가 있지는 않은지 의심한다.[65] 이를 고려해보면, 심사위원들이 그의 논문을 정치적으로 해석했기 때문에 탈락시켰다고 추측할 수 있다.

하지만 관형은 무경에게 자신의 논문이 "교내의 파벌과 학벌 다툼에 희생"[66]되었다고 밝힌다. 정황상 설득력이 약한 관형의 변명은 그가 자신의 논문이 심사에서 탈락한 진짜 이유를 다른 사람들에게 숨기고 싶어 한다는 것을 보여준다. 대신 그는 무경에게 자신의 가족을 근대와 전근대가 완전히 조화를 이루지 못한 현재 상황을 보여주는 하나의 전형으로 소개한다. 관형은 그가 거주하는 식민지 조선, 그리고 그를 포함한 그의 가족들이 사회와 조화하지 못하고 불화하는 현상에만 불만을 표시할 뿐 그러한 모순의 궁극적인 원인을 탐구하거나 해결하려고 노력하지 않는다. 다만, 그 모순으로부터 도피하여 외부의 핍박으로부터 자신의 몸을 숨기고자 한다. "빵가루가 되기 보담 어느 흙 속에 묻혀 있기를 본능적으로 희망하는 인물인지도 모르지요"[67]라는 구절은 그의 도피적인 성향을 잘 드러낸다.

그러나 관형은 근대와 전근대의 모순이 착종된 상황과, 서구의 근대 및 이를 패러디한 동양론의 논리에 모두 의문을 품을 정도로 현재의 사상 지형에 관심을 가진다. 그가 헨리 제임스의 문학에서 연구하려고 했던 부재의식은 서구적 근대에도, 일본 중심의 동양론에도 소속되지 못하고 방황하는 자신과 또 자신을 포함한 식민지 조선의 지식인 및 부르주아들이 처해있는 사상적 위치를 규명하려는 시도로 해석할 수 있다. 관

65 김남천, 「낭비(11)」, 『인문평론』, 1941.2, 205쪽.
66 김남천, 「맥」, 『춘추』, 1940.10, 246쪽.
67 위의 글, 346쪽.

형의 연구는 문학 연구에 심리학적인 시각뿐만 아니라 사회학적 시각도 도입하여 시대적 문제의식을 내포하지만, 그는 자신의 연구가 가진 문제 의식을 부인하고, 논문이 탈락한 원인을 파벌과 학벌이라는 전형적인 학 내갈등으로 포장하여 그가 대결해야 할 시대적 문제로부터 달아난다.

한편, 대학교육과 거리가 멀고 아파트 사무원으로 일하는 무경은 관 형이나 시형과는 달리 자신의 실패를 순순히 수긍하고, 그 실패의 유산 으로부터 새로운 삶의 원동력을 찾고자 한다. 사회주의자였던 시형은 동양론자로 전향하면서 연인이자 그의 조력자였던 무경을 떠난다. 그러 나 무경은 시형의 영향력으로부터 벗어나는 대신, 시형이 남기고 간 서 적들을 자신의 독법으로 해석하고자 시도한다. 그중에서 무경이 처음 손에 쥔 서적은 철학 입문서인 이와나미 문고의 『철학강좌』이다. 『철학 강좌』는 2000년대까지도 판본을 달리하여 간행될 만큼 저명한 저서로, 백 년이 가까운 기간 동안 일본의 대표적인 철학 개론서의 자리를 차지 했다.[68] 무경은 이 책조차 쉽게 독해하지 못할 정도로 지적 수준이 높지 않지만, 이 책을 읽을수록 "제가 점점 어른처럼 되어가는 것 같은 느 낌"[69]을 받는다. '어른'이라는 수사는 그녀가 독서를 통해 성장한다는 것을 보여준다. 시형과 이별한 무경은 시형이 남긴 책을 그녀 나름의 방 식으로 수용하면서 지식의 폭을 넓혀나간다. 무경은 아직 지식 생산자 는 아니지만, 그녀는 점차 지적 수준을 높여 나가며 앞으로 지식 생산자 로 성장할 가능성을 보여준다.

무경이 철학을 학습 대상으로 선택했다는 점은 두 가지 측면에서 의

---

68 이 책의 공식명칭은 『岩波講座－哲学』이다.
69 김남천, 앞의 글, 314쪽.

미심장하다. 하나는 철학이라는 학문이 가진 성격 때문이다. 철학은 인간이 세상을 인식하는 능력의 한계를 시험하는 학문이다. 철학의 방법론은 경험의 세계를 인지적인 수준에서 논하기 때문에 고도의 추상력을 요구하고, 이를 위해서는 높은 지적 능력이 필요하다. 1930년대 후반의 식민지 조선에서 일반적인 여성들의 학력 수준을 고려해보면,[70] 아파트 사무원으로 일하는 무경의 학력 수준은 평균 이상이지만, 철학을 연구할 만한 지적 능력을 갖추었다고 보기는 어렵다. 그러면 이 소설은 왜 무경이라는 서비스업 노동자의 손에 철학 서적을 쥐여 주었는가?

　여성 서비스업 노동자는 근대적 도시화와 더불어 새롭게 나타났고, 여성의 성역할을 수행하는 동시에 여성의 성역할을 배반하고 있었다. 서비스업은 그 직종에 종사하는 여성 노동자들에게 가정에서 해온 것과 같은 감정노동을 요구하는 동시에, 가족 구성원이 아닌 불특정 다수의 고객에게 그 서비스를 제공하라고 요구한다. 여성 서비스업 노동자의 등장은 이성 간의 접촉을 금기시한 관습과 남성들이 독점했던 공적 공간의 규범에 도전하면서 새로운 젠더 관념과 젠더 관계의 필요성을 제시했다. 물론 미디어들은 이러한 여성 서비스업 노동자들을 도시의 흥밋거리로 대상화하면서 이들이 표상하는 도전적 의미를 무시해왔다. 무경은 미디어에서 재현하는 전형적인 여성 서비스업 노동자상과는 다른

---

[70]　식민지 조선에서 조선인 여성의 초등학교 취학률은 매우 낮은 수준에서 조금씩 증가하다가 1937년을 기점으로 3% 이상 상승하기 시작한다. 그러나 그 수준도 1937년에는 13.4%, 1940년에는 22.2%로 매우 저조한 수준이었다. 물론 지역을 도시로만 한정한다면 여성의 취학률은 30%대를 웃돌 정도로 비약적으로 상승하지만, 여전히 절반에 미치지 못한다. 대부분의 여성들이 초등 교육을 받을 기회조차 얻지 못하는 상황에서, 중등학교를 졸업한 무경의 학력은 여성들 가운데 매우 높은 수준이었다. 오성철, 『식민지 초등 교육의 형성』, 교육과학사, 2000, 131~150쪽.

여성상을 제시한다. 무경은 타인에 의해 재현되는 대신, 스스로 실천하면서 자신의 생활을 사상의 토대로 삼고자 한다. 그리고 스스로를 미래의 주역으로 의미화해 나간다.

무경의 사상은 지금까지 존재하던 사상들과는 완전히 다른 출발점을 가정한다. 그녀의 철학은 무경의 생활, 즉 여성 서비스업 노동자의 생활을 인식의 대상으로 삼는다. 이 철학의 출발점은 무경에게 "너를 따르고 너를 넘는다!"[71]라는 자극을 부여해준 시형의 사상이다. 동시에 이 사상은 무경이 자신을 위해 생활하기 위해 우선적으로 넘어야 할 과제이기도 하다. 무경이 뛰어넘을 시형의 철학 사상은 그가 마르크스주의를 버리고 돌아선 동양론이고, 이 사상을 지양한 후에 탄생할 사상은 철학화된 무경의 생활이다. 즉, 동양론이 여성 서비스업 노동자의 생활에 의해 지양되는 것이다. 무경의 생활은 어느새 동양론 이후에 올 새로운 사상을 추동하는 힘을 내포한 것이 된다. 지금까지 제대로 인식되지 못했고 대상화되고 주변화되었던 여성 서비스직 노동자의 생활이 근대의 끝에서 근대도 반근대도 아닌 새로운 사상을 낳을 가능성으로서 태동하고 있는 것이다.

무경과 같이 근대 교육의 수혜를 받은 여성들은 식민지 조선에서 지식 생산자로 상상되지 않았다. 하지만 역설적으로, 서구의 사상은 위기에 봉착했고 동양학에서 새로운 미래를 찾기 어려운 당시의 상황에서, 무경은 한 번도 지식 생산자로 호명된 적이 없는 부류의 사람으로서 기존과는 다른 지식을 생산할 가능성을 내포한다. 이 소설에서 다양한 사

---

71 김남천, 앞의 글.

상적 조류에 익숙한 사람은 오히려 개혁의 가능성을 회의한다. 가령, 동서양을 막론하고 당시 학술 경향을 폭넓게 섭렵하고 있는 관형은 유럽의 근대를 공부한 그의 가족은 물론 유럽의 지식에 근거를 둔 '동양학'도 유럽 정신의 몰락을 구출하지 못하리라고 비관한다. 그러나 두 사조에 무지한 무경은 사상적 패배를 경험하지 못했고, 이제 막 새롭게 사상을 세워 보려고 시도하기 때문에 미래를 낙관적으로 전망할 수 있다. 이러한 무경의 태도는 시형이 던진 반 고흐의 말을 "갈려서 빵가루가 되는 바엔 일찍이 갈려서 가루가 되기보담 흙에 묻히어 꽃을 피워보자"[72]라고 해석하는 배경이 된다.[73] 즉, 무경은 아직 한 번도 특정 사상을 지지하거나 생산해보지 않은 사람으로서, 어떤 식으로든 자신의 개성을 세상에 드러내려는 의지를 가지고 있다.

무경의 긍정적인 태도는 그녀가 경험한 근대와 관련이 있다. '근대'를 사상으로 경험한 관형과는 달리, 무경은 노동현장에서 근대를 구체적으로 체감했다. 예를 들면, 무경의 노동 공간은 식민지 조선에서 1930년대에 처음 등장한 주거형태[74]인 아파트이다. 또, 무경은 여성으로서 근대적인 생활양식 및 문화 향유 방식과 더불어 나타난 서비스업

72　위의 글, 343쪽.

73　『맥』에 언급된 반 고흐가 인간의 역사를 보리에 비유한 구절과 이에 대한 무경과 관형의 반응은 이미 여러 연구에서 분석된 바 있다. 이 책의 논지와 유사한 맥락에서 이 구절을 해석한 연구로는 배상미, 「김남천 소설의 여성인물 연구─여성인물과 "생활"의 관계를 중심으로」, 고려대 석사논문, 2011을 참고하라.

74　식민지 조선에서 지어진 아파트에 관한 최초의 기사는 식민지 조선에서 간행된 유일한 건축 전문지이자 일본어 잡지인『조선과 건축朝鮮と建築』이 1930년에 경성 미쿠니 상회 아파트의 사진 및 평면도를 공사 개요와 함께 소개한 것이다.(강상훈, 「일제강점기 근대 시설의 모더니즘 수용─박람회·보통학교·아파트 건축을 중심으로」, 서울대 박사논문, 2004, 162쪽 참고) 이를 고려해보았을 때 조선에서 아파트는 1930년을 전후한 시점에 처음 건축되었다는 것을 알 수 있다.

에 종사한다.[75] 이 서비스업에 종사하는 여성들은 식민지 조선의 근대화, 그리고 도시화와 더불어 새롭게 공적 영역에 등장하였다. 지식인인 관형이 살아가는 현재는 사상의 수준에서 '위기'일지 몰라도, 무경이 살아가는 현재는 생활의 수준에서 역동적인 '변화'의 현장이다. 두 사람의 사회적 지위는 '근대'를 서로 다르게 경험하고, 미래를 다르게 전망하는 원인이다. 무경은 아직 그녀가 생각하는 이상적인 미래와 이것을 뒷받침할만한 이론과 실천을 보여주고 있지 못하지만, 생성의 에너지로 가득 차 있는 그녀의 '생각'은 언젠가는 도래할 미래의 영역에서 떠오를 순간을 기다리고 있다.

김남천이 1939년과 1941년 사이에 발표한 네 소설 「바다로 간다」, 「경영」, 「낭비」, 「맥」은 여성 노동자를 등장시키기는 하지만, 여성 노동자와 고용주간의 계급투쟁을 그리고 있지는 않다. 오히려 이 소설들의 여성 노동자들이 대결하고 갈등하는 대상은 근대 전환기의 사회 분위기와 사상체계이다. 김남천은 1930년대 초반기에 「공장신문」(1931), 「공우회」(1932) 등과 같은 소설을 통해 노동자들과 사용자들의 갈등을 그린 바 있다. 그가 1930년대 말기에 접어들면서 노동자, 그것도 여성 노동자들을 통해 계급갈등이 아니라 사회 및 사상과의 갈등을 그려낸 이유는 무엇인가? 김남천은 문학 활동을 시작한 이래로 꾸준히 일본과 소련, 그리고 그 밖의 서구의 여러 나라에서 전개되는 문학적 조류들에 관심을 기울이고 이것들을 식민지 조선의 상황에 맞도록 수용하고자 애썼다. 그리고 그 결과는 그의 소설을 통해 드러났다.[76] 마르크스주의자로

---

75 김백영, 『지배와 공간—식민지도시 경성과 제국 일본』, 문학과지성사, 2009, 65~69쪽.
76 채호석, 「김남천 문학 연구」, 서울대 박사논문, 1999, 9~10쪽.

처음 문단 활동을 시작한 이래, 김남천은 동시대의 변화를 따라가면서 장기적인 시각에서 식민지 조선의 문학이 나아갈 방향을 타진하였다. 앞서 다룬 네 작품도 김남천이 비평에서 당대의 문학이 나아갈 방향을 제시한 것과 관련이 있다.[77]

1939년과 1941년은 2차 세계대전의 발발과 함께 서구의 근대 사상이 유효성을 상실하였다는 논의가 일본과 조선에서 활발히 이루어지던 시점이었다. 앞서 김남천의 평론 「소설의 운명」에도 인용되었던 서인식의 글은 이 시기를 작가의 심정과 사회의 관습이 일치하기 어려운 시기라고 논했다.[78] 김남천도 서인식과 유사한 맥락에서 당대의 소설이 형상화해야 할 인물과 사상의 문제에 천착하였다. 이때 그는 왕당파로서 왕당파의 몰락과 부르주아의 발흥을 소설 속에 그려낸 발자크의 문학을 탐구하면서, 변화하는 시대 상황을 소설 안에 형상화할 방법을 모색하였다. 이 시기에 그가 주목한 창작 방법은 특정 사상에 입각한 문학의 창작이 아니라 "생활적 현실에서부터 출발하는 리얼리즘"[79]이었다. 동시기에 창작된 그의 소설들도 인물들의 생활을 통해 당시 시대적 상황과 미래의 주역이 될 만한 자질을 형상화한다.

김남천은 「바다로 간다」, 「경영」, 「낭비」, 「맥」의 네 소설에서 여성 노동자들이 사회 및 사상과 갈등하는 양상을 그려낸다. 그리고 이 여성

---

77 김남천은 카프 해산 이후부터 식민지 조선의 소설이 나아갈 방향과 소설의 창작 방법을 제시하고, 이를 바탕으로 스스로 소설을 창작하여 그것의 유효성을 증명하였다. 이것은 김남천 자신(「양도류(兩刀流)의 도장(道場)」, 『朝光』, 1939.7, 281~284쪽)만이 아니라, 선행연구들도 일반적으로 인정하는 바이다. 김남천의 소설에 나타난 인물들의 성격이 가지는 시대적 의미와 이것이 김남천 문학에서 갖는 위상은 그의 비평에 나타난 소설이 나아갈 방향과 겹쳐 보면 보다 잘 이해할 수 있다.
78 서인식, 「문학과 윤리」, 『인문평론』, 1940.10, 6~22쪽.
79 김남천, 「토픽 중심으로 본 기묘년의 산문문학(중)」, 『동아일보』, 1939.12.21, 3면.

노동자들은 종종 남성 노동자와 대비되어 나타난다. 김남천의 소설에서 여성인물이 남성인물들로 상징되는 동시대의 적폐들을 비판하는 모습은 자주 나타난다. 이때 여성과 남성은 이성애 관계나 부부관계로 등장한다. 「남편 그의 동지」(1933)에서 여성인물은 전향한 동지를 아직도 동지로서 신뢰하는 남성 사회주의자를 비판했고, 「처를 때리고」(1937)에서는 아내를 착취하며 생활하는 남성 전향자의 비겁함을 비판했고, 「녹성당」(1939)에서는 사회주의 문예활동가로 자임하는 방탕한 친구와 그를 후원하는 전향한 남성 사회주의자를 비판했다. 김남천의 소설에서 여성들은 1930년대 중반까지는 남성 사회주의자들을 비판적으로 재현하여 그들의 모순을 가시화는 역할을 주로 담당하다가, 점차 사회주의자들과 전향자들을 대신하여 새로운 사회적 전망을 제시하는 주체로 등장한다. 김남천의 작품세계가 변화하는 궤적은 여성들의 주체적 의식이 성장하는 과정이기도 한 것이다. 「맥」의 무경이 보여주는 미래에 대한 긍정적인 전망과 실천적인 태도는 바로 식민지 시기의 김남천 문학에 나타난 희망적 사회변혁의 최종 목적지라고 할 수 있다.

마치며

한국에서 근대화로 인해 산업구조가 조금씩 바뀌기 시작하면서, 여성들은 가정만이 아니라 다양한 공간에서 노동하기 시작하였다. 이 과정에서 여성들의 노동은 사회 곳곳을 움직이는 중요한 역할을 했다. 그럼에도 오랫동안 근대 초기의 여성들의 노동은 공장 노동만이 '노동'으로 인식되어왔을 뿐 서비스업에 종사하는 여성들은 근대적 공간에서 노동하면 '신여성'으로, 사적 공간에서 노동하면 아무 이름도 부여받지 못했던 것이 일반적이었다. 특히 후자의 여성들의 경우 사료 등에서 분명하게 가시화되지 않은 경우도 많기 때문에 그동안 적극적으로 연구되지 못한 원인이 되었다. 그러나 이 시기에 창작된 프롤레타리아 문학은 다양한 영역에서 노동하는 여성들의 모습을 재현하고 있기 때문에 근대 초기, 특히 식민지시기에 여성들의 노동과 여성 노동자라는 존재가 당대 사회에서 인식되었던 방식을 포괄적으로 살피기에 유용하다.

근대 초기에 프롤레타리아 문학이 제일 활발하게 창작된 시기는 1930년대였다. 이 시기의 프롤레타리아 문학이 재현한 여성 노동자들은 노동 공간을 중심으로 재생산 노동이 주로 이뤄지는 사적영역, 대인 업무가 주로 이뤄지는 공적영역, 그리고 공장으로 나누어 볼 수 있다. 이 책은 세 영역에서 각각 나타나는 여성들의 특성과 이들의 노동 성격을 밝힐 수 있었다. 재생산 노동이 주로 이뤄지는 사적영역에서 일하는 가내 노동자들은 자신들의 노동으로부터 소외 받지 않으려면 계급격차와 젠더 차별에 근거한 젠더 분업이 철폐되어야 한다는 메시지를 전달한다. 성노동자들은 자신들의 노동에 부여된 낙인에 저항하고 이를 전유하면서 사회변혁은 성차별적인 섹슈얼리티 억압의 철폐와 함께 도래한다는 것을 드러낸다. 재생산 노동자들은 자신들과 유사한 노동을 하는 여성들을 동지로 인식하면서 소외된 노동만이 아니라 성차별로부터도 해방되어야 그녀와 같은 노동자들도 '노동해방'을 달성할 수 있다는 것을 자각한다. 도시의 근대화된 노동공간에서 여성 노동자들은 대인업무를 수행하는 판매직이나 접대직, 그리고 사무직에 종사하면서 이전에 남성들이 주도했던 사회 변혁 방향과는 다른 방향을 제시한다. 이 과정에서 그녀들은 고학력 등 높은 사회적 지위에도 불구하고 노동 현장에서 성차별을 당하고 성적 자기결정권을 행사할 수 없는 자신들의 모순적인 상황을 사회변혁을 상상하는 기반으로 삼는다. 나아가, 개인을 둘러싼 교차적인 상황은 연대의 범위를 넓혀줄 수 있는 고리가 된다는 것을 자각하고 여기서부터 사회 변혁의 단초를 찾는다.

공장에서 일하는 여성 노동자들은 공장 내의 직급 위계관계에 젠더 위계관계도 겹쳐져서 성폭력의 위협에 취약한 인물들로 그려진다. 그러나 성폭력 피해를 입은 여성 노동자들도 감독과의 친분관계에 따라 때로는 급진적인 운동가로, 때로는 자본가와 결탁한 배신자로 서로 다르게 재현되기도 한다. 이러한 재현은 공장이라는 공간의 특성과 관련이 있을 것이다. 재생산 노동이 임금화된 영역에 종사하는 여성 노동자들은 이전에는 혁명적 힘을 생산하는 공간으로 재현되지 않던 곳에서 노동한다는 특성을 가진다. 이들이 계급의식을 자각하는 과정과 변혁적 전망을 꿈꾸는 방식은 이전에 다른 사회주의 이론으로 설명되지 않았던 상당히 새로운 것이다. 그러나 공장은 이미 다른 이론들에 의해 노동자들을 혁명의 주체로 성장시키는 공간으로 의미화된 바 있고, 이때의 혁명 주체는 주로 남성 노동자들로 상상되었다. 여성 노동자들이 남성 노동자들을 중심으로 의미화된 공간에서 자신들의 성격을 바탕으로 새로운 변혁의 과정과 전망을 만들어내는 과정은 기존에 존재했던 혁명의 규율과 충돌하고, 갈등하고, 경합하면서 여성 공장 노동자들이 놓여있는 교차적인 층위들을 드러낸다.

식민지 조선의 프롤레타리아 소설을 여성 노동자를 중심으로 독해하는 기획은 그동안 다른 연구들에 의해 본격적으로 시도되지 않았다. 1980년대 초반부터 1990년대 초반까지의 10여 년 간 활발하게 진행된 식민지 조선의 프롤레타리아 문학 연구는 주로 민족주의적이고 마르크스주의적인 방법론으로 수행되었다. 이 과정에서 프롤레타리아 문학의 젠더는 크게 주목의 대상이 아니었고, 2000년대 중반 이후부터 조금씩 연구자들의 관심의 대상이 되어왔다. 프롤레타리아 문학 혹은 빈곤하고 소외된 이들을 재현한 문학의 젠더, 그리고 여성인물은 앞서 언급한대로 한국문학에서만이 아니라 유럽과 북아메리카 등 다양한 지역의 문학 연구에서도 관심의 대상이 되고 있다. 동시다발적으로 유사한 연구경향이 집중적으로 나타나는 이유는 프롤레타리아 문학의 여성 서사, 그리고 여성들의 노동 재현은 기존의 문학 장르와, '노동'과 '비노동'을 가르는 기준에 질문하고, 오늘날에도 사회적으로 소외된 집단들이 문학 속에서는 어떻게 존재하는지 드러내는 시각을 제공해주기 때문이다. 이들 연구들은 공통적으로 소설 속의 여성 인물들 혹은 소외된 자들이 주로 남성으로 표상되는 지배계급으로부터 박해 및 젠더폭력을 당한다는 것을 강조하기보다, 이들이 남성들과 어떻게 다르고, 이 다름이 어떤 측면에서 프롤레타리아 문학을 새롭게 해석할 수 있는 시각을 제공하는지 주목한다.

지금까지 식민지 조선의 신여성 연구는 물론이고 소설들에 재현된 여성들을 분석한 연구들은 신여성들이 그리고 문학 속의 여성 인물들이 여성혐오적으로 재현된 양상을 규명하는 것에 주로 초점을 맞춰왔다. 이러한 연구들은 식민지 조선의 문화 및 문학의 젠더와 여성들이 주로 성차별적인 시선에 의해 재현되어왔음을 밝혔다는 점에서 의의가 있다. 그러나 이러한 연구방식으로는 당시의 여성 재현이 함축하는 교차적인 지점들을 충분히 분석하기 어렵다. 이 시기의 여성 재현은 여성혐오적인 측면이 분명히 존재하지만, 동시에 여성혐오만으로 설명하기 어려운 여성들의 특성을 포함하고, 이것은 남성중심적인 당대 사회를 독해하는 방법이나 문학을 독해하는 방법에 도전할 만한 가능성을 내포하고 있기도 하다.

이 책은 그동안 한국사회에서 남성중심적인 노동자 이미지로 인하여 여느 소설들보다 남성들의 서사로 생각되기 쉬운 프롤레타리아 소설을 여성들의 서사로 독해하고, 이를 통해 공장과 사적영역 및 도시의 근대화된 영역에서 서비스업에 종사하는 여성들을 통합적으로 연구하는 방법론을 계발해내었다. 특히 여성들의 재생산 노동이 '노동'으로 재현되었던 장면들을 포착해내어, 다양한 여성 노동의 계보를 발굴해내기도 했다. 이러한 연구방법은 식민지 시기 프롤레타리아 문학 연구만이 아니라 지금까지 남성 인물들을 중심으로 분석되어 온 한국문학사 전체를 여성 인물들을 중심으로 재구성할 만한 것이다.

프롤레타리아 소설에 나타난 여성들의 교차성은 오늘날 전 세계의 다양한 여성들이 연대하는 방식과도 유사한 측면이 존재한다. 2017년 10월 이후 지금까지 SNS를 중심으로 전 세계적으로 지속되고 있는 미투(#MeToo)운동은 오늘날 여성들의 교차적인 위치를 보여주는 하나의 예이다. 이 운동은 성폭력 피해를 입은 여성이 자신의 피해를 SNS에서 불특정 다수에게 공개하고, 역시 다른 성폭력 피해자들이 '나도MeToo'라며 연쇄적으로 성폭력 피해 경험을 공유하며 활성화되었다.

미투 운동의 참여자들은 주로 이성애자 남성들에게 성폭력 피해를 입은 여성들이었기 때문에, 이를 두고 여성들은 과거부터 지금까지 여전히 성폭력에 취약하다고 결론내릴 수도 있다. 하지만, 이 여성들이 피해자로 남아있기를 거부하고 자신들의 피해 경험을 공개하고, 가해자를 비롯하여 여성에 대한 폭력 일반을 비판하고, 유사한 피해를 입은 여성들에게 공감하고, 나아가 이성애 남성 중심적인 사회질서를 바꾸려고 노력하는 움직임들은 이 운동에 참여한 이들이 단순히 '피해자'만이 아니라, 저항자이자 새로운 사회 질서들을 생성할만한 역량을 갖추어나간다는 것을 알 수 있다. 즉, 이들은 하나의 정체성만으로 환원되지 않는 다층적인 결들을 가지며, 이들의 운동은 사회에서 억압을 생산하는 다른 이슈들, 예를 들면 인종, 종교, 지역 등의 사회 문제들과 함께 만날 가능성을 열어둔다. 이런 교차적인 정체성들은 젠더 이분법을 비롯하여 사회를 구획하는 이분법적 질서들이 누구를 위한 것인지, 얼마나 안정적인지 질문하면서 이것에 맞선다.

현재의 미투 운동의 흐름 속에서, 혁명적 여성들이 소설에 재현된 양상을 독해하는 것은 이미 있었지만 드러나지 않았던 주변화된 서사들과 인물들을 재발견하는 것이기도 하다. 남성 인물들을 중심에 두고 보았을 때, 여성 인물들은 남성 인물들에 의해 대상화되고 자신의 욕망을 발현할 기회를 박탈당한 자들일지도 모르지만, 여성들을 중심으로 보면 이들이 일방적인 피해자이거나 취약한 자들이지만은 않다는 것이 드러난다. 혁명적 여성들의 존재와 역사는 바로 여성들의 교차적인 위치에 주목할 때 비로소 나타날 수 있다. 그리고 이 교차적 성격은 '정설'을 '가설'로 만들면서 기존의 강력한 해석들에 도전할 가능성을 열어둔다. 이 책이 시도한 소설 속 혁명적 여성들을 가시화하는 방법은 한국문학사가 재구성되어야한다는 것만이 아니라 역사 속에서 비가시화된 여성들을 비롯한 주변적 존재들의 다양한 활동들을 재의미화하려는 기획과 맞닿아있다. 이러한 흐름은 앞서 언급한대로 한국문학만이 아니라 다양한 지역의 여러 텍스트들에서 나타나고 있고, 앞으로 더욱 활성화될 것이다. 이 책이 앞으로 여러 지역의, 여러 분야에서 나타날 '혁명적 여성들'에 관한 이야기들과 함께 논의되기를 희망한다.

참고문헌

1. 기본자료

작품

강경애, 「소금」, 『신가정』, 1934.5~10.

_____, 「인간문제」, 『동아일보』, 1934.8.1~12.22.

_____, 이상경 편, 『강경애 전집』(수정증보), 소명출판, 2002.

_____, 최원식 편, 『안간문제』, 문학과지성사, 2006.

김남천, 「바다로 간다」, 『조선일보』, 1939.5.2~6.15.

_____, 「낭비」, 『인문평론』, 1940.2~1941.2.

_____, 「경영」, 『문장』, 1940.10.

_____, 「맥」, 『춘추』, 1941.2.

_____, 채호석 편, 『맥-김남천 단편선』, 문학과지성사, 2006.

김보옥, 「망명녀」, 『중앙일보』, 1932.1.1~10.

박화성, 「북국의 여명」, 『조선중앙일보』, 1935.4.1~12.4.

_____, 『박화성 문학 전집』1~20, 푸른사상사, 2004.

송계월, 「여직공편-공장소식」, 『신여성』, 1931.12.

_____, 진선영 편, 『송계월 전집』1~2, 역락, 2013.

송 영, 「오수향」, 『조선일보』, 1931.1.1~26.

_____, 「복순이」, 『조선일보』, 1935.8.30~9.18.

엄흥섭, 「질소비료공장」, 『조선일보』, 1932.5.29~31.

유진오, 「여직공」, 『조선일보』, 1931.1.2~22.

_____, 「밤중에 거니는 자」, 『동광』, 1931.3.

이기영, 「시대의 진보」, 『조선지광』, 1931.1.

_____, 「고향」, 『조선일보』, 1933.11.15~1934.9.21.

이북명, 「암모니아 탕크」, 『비판』, 1932.9.

_____, 「출근정지」, 『문학건설』, 1932.12.

_____, 「인테리―중편 「전초전」의 일부」, 『비판』, 1932.12.

_____, 「여공」, 『신계단』, 1933. 3.

_____, 「공장가」, 『중앙』, 1935.4.

이효석, 『이효석 전집』 1~6, 창미사, 2003.

장덕조, 「저회」, 『제일선』, 1932.8.

채만식, 「인형의 집을 나온 연유」, 『조선일보』, 1933.5.27~11.14.

_____, 「탁류」, 『조선일보』, 1937.10.12~1938.5.15.

_____, 『채만식 전집』 1~10, 창작사, 1987.

_____, 방민호 편, 『인형의 집을 나온 연유―저자 교정본 채만식 장편소설』, 예옥, 2009.

최정희, 「특집문예 : 직업여성 주제의 문예단편집―여점원 편 : 니나의 세토막 기록」, 『신여성』, 1931.12.

_____, 「다난보」, 『매일신보』, 1933.10.10~11.25.

한설야, 「교차선」, 『조선일보』, 1933.4.27~5.2.

_____, 「황혼」, 『조선일보』, 1936.2.5~10.28.

안승현, 『(일제 강점기) 한국 노동소설 전집 1920~1929』 1, 보고사, 1995.

_____, 『(일제 강점기) 한국 노동소설 전집 1930~1932』 2, 보고사, 1995.

_____, 『(일제 강점기) 한국 노동소설 전집 1933~1938』 3, 보고사, 1995.

권영민 외편, 『한국장편소설대계』 1~30, 태학사, 1988.

_____ 외편, 『한국단편소설대계』 1~35, 태학사, 1988.

평론

김기진, 「문예시평」, 『동아일보』, 1934.1.27~2.6.

김남천, 「양도류(兩刀流)의 도장(道場)」, 『조광』, 1939.7.

_____, 「토픽 중심으로 본 기묘년의 산문문학(중)」, 『동아일보』, 1939.12.21.

_____, 「소설의 운명」, 『인문평론』, 1940.11.

김태준, 「신문예운동 후 40년간의 소설관」, 박희병 교주, 『증보조선소설사』, 한길사, 1990,

박영희, 「『캅푸』작가와 수반자의 문학적 활동―신추창작평(1)」, 『중외일보』, 1930.9.18.

박영희, 「최근문예이론의 신전개와 그 경향－사회사적 및 문학사적 고찰」, 『동아일
　　　보』, 1934.1.2～11.
백철, 『조선 신문학사조사』, 백양당, 1948.
서인식, 「문하과 윤리」, 『인문평론』, 1940.10.
염상섭, 「4월의 창작단(2)」, 『조선일보』, 1930.4.15.
이효석, 「작가로서의 일언(上)－「깨뜨려지는 홍등」의 평을 읽고」, 『중외일보』, 1930.4.23.
임화, 「개설 신문학사」, 『조선일보』, 1939.9.2～10.31.
＿＿, 「신문학사」, 『조선일보』, 1939.12.8～27.
＿＿, 「속 신문학사」, 『조선일보』, 1940.2.2～5.10.
＿＿, 「소설문학의 이십 년」, 『동아일보』, 1940.4.12～20.
＿＿, 「개설 조선신문학사」, 『인문평론』, 1940.11～1941.4.

신문
『동아일보』, 『매일신보』, 『조선일보』, 『조선중앙일보』, 『중앙일보』, 『중외일보』

잡지
『동광』, 『별건곤』, 『문장』, 『문학건설』, 『비판』, 『삼천리』, 『신가정』, 『신계단』, 『신여
성』, 『인문평론』, 『제일선』, 『조광』, 『중앙』, 『춘추』

사이트
국사편찬위원회(http://www.history.go.kr/).
한국역사정보통합시스템(http://www.koreanhistory.or.kr/).
한국구비문학 대계(https://gubi.aks.ac.kr).

2. 국내논저

연구논문
가게모토 츠요시, 「식민지 조선의 또 하나의 프롤레타리아 문학－룸펜 프롤레타리아,
　　　농업노동자, 유곽의 여성들」, 『현대문학의 연구』 61, 한국문학연구학회, 2017.
강상훈, 「일제강점기 근대시설의 모더니즘 수용－박람회 · 보통학교 · 아파트 건축을
　　　중심으로」, 서울대 박사논문, 2004.

강이수, 「1930년대 면방대기업 여성노동자의 상태에 관한 연구―노동과정과 노동통제를 중심으로」, 이화여대 박사논문, 1991.

_____, 「식민지하 여성문제와 강경애의 『인간문제』」, 『역사비평』 22, 역사문제연구소, 1993.

_____, 「근대 여성의 일과 직업관―일제하 신문 기사를 중심으로」, 『사회와 역사』 65, 사회사학회, 2004.

강정인, 「소크라테스, 악법도 법인가?」, 『한국정치학회보』 27-2, 한국정치학회, 1994.

강헌국, 「채만식 소설의 서사구조」, 고려대 석사논문, 1986.

공임순, 「자기의 서벌턴화와 코스모폴리탄이라는 이념형―'전향'과 김남천의 소설」, 『상허학보』 14, 상허학회, 2005.

공종구, 「채만식 소설의 기원―『인형의 집을 나와서』를 중심으로」, 『현대문학이론연구』 42, 현대문학이론학회, 2010.

구재진, 「이산문학으로서의 강경애 소설과 서발턴 여성」, 『민족문학사연구』 34, 민족문학사학회, 2007.

권보드래, 「1930년대 후반의 프롤레타리아작가 소설 연구」, 서울대 석사논문, 1994.

김경일, 「일제하 여성의 일과 직업」, 『사회와 역사』 61, 한국사회사학회, 2002.

김낙년·박기주, 「식민지기 조선의 임금수준과 임금격차―공장임금을 중심으로」, 『대동문화연구』 74, 성균관대 대동문화연구원, 2011.

김동명, 「일본제국주의와 식민지 조선의 지방 '자치'―충청남도 도(평의)회의 정치적 분석」, 『한국정치외교사논총』 22-1, 한국정치외교사학회, 2000.

_____, 「식민지 시대의 지방 '자치'―부(협의)회의 정치적 전개」, 『한일관계사연구』 17, 한일관계사학회, 2002.

_____, 「1934년 부산부회 조선인 의원 총사직사건 연구」, 『한일관계사연구』 48, 한일관계사학회, 2014.

김복순, 「강경애의 '프로-여성적 플롯'의 특징」, 『한국현대문학연구』 25, 한국현대문학회, 2008.

_____, 「'범주 우선성'의 문제와 최정희의 식민지 시기 소설」, 『상허학보』 23, 상허학회, 2008.

_____, 「산업화의 최종심급과 재현의 젠더―1960~70년대 소설을 중심으로」, 『한국현대문학연구』 27, 한국현대문학회, 2009.

김양선, 「강경애 후기 소설과 체험의 윤리학―이산과 모성 체험을 중심으로」, 『여성문학연구』 11, 한국여성문학학회, 2004.

_____, 「사회주의 여성해방론의 소설화와 그 한계-채만식의 『인형의 집을 나와서』를 중심으로」, 『우리말글』 36, 우리말글학회, 2006.

_____, 「근대 여성문학의 형성 원리 연구-정전의 형성과 '여성성'의 제도화 과정을 중심으로」, 『어문연구』 35-4, 어문연구학회, 2007.

_____, 「근대 여성작가의 지식/지성 생산에 대한 계보학적 탐색」, 『여성문학연구』 24, 한국여성문학학회, 2010.

김영미, 「1930년대 여성작가의 문단인식과 글쓰기 양상」, 서울대 석사논문, 2009.

김인수, 「총력전기 식민지 조선의 인류(人流)와 물류(物流)의 표상정치」, 『서강인문논총』 47, 서강대 인문과학연구소, 2016.

김진석, 「프롤레타리아 문학의 여성지식인 연구-한설야의 『황혼』의 려순을 중심으로」, 『한국언어문학』 78, 한국언어문학회, 2011.

김　철, 「'근대의 초극', 『낭비』 그리고 베네치아(Venetia)-김남천과 근대초극론」, 『민족문학사연구』 18, 민족문학사연구소, 2001.

김혜수, 「일제하 식민지 공업화정책과 조선인 자본」, 『이대사원』 26, 이화여대 사학회, 1992.

루스 배라클러프, 「소녀들의 사랑과 자살-신경숙의 『외딴방』」, 『Comparative Korean Studies』 19-3, 국제비교한국학회, 2011.

박상준, 「재현과 전망의 역설-한설야의 『황혼』 재론」, 『겨레어문학』 54, 겨레어문학회, 2015.

박유희, 「신자유주의시대 한국영화에 나타난 여성노동자 재현의 지형」, 『여성문학연구』 38, 한국여성문학학회, 2016.

박정애, 「일제의 공창제 시행과 사창 관리 연구」, 숙명여대 박사논문, 2009.

박정의, 「일본식민지시대의 재일한국인 여공-방적·제사여공」, 『논문집』 17-1, 원광대, 1983.

박찬승, 「1920·30년대 강진의 민족운동과 사회운동」, 『지방사와 지방문화』 14-1, 역사문화학회, 2011.

배상미, 「김남천 소설의 여성인물 연구-여성인물과 "생활"의 관계를 중심으로」, 고려대 석사논문, 2011.

_____, 「식민지 조선에서의 콜론타이 논의의 수용과 그 의미」, 『여성문학연구』 33, 한국여성문학학회, 2014.

_____, 「식민지 시기 무산계급 여성들의 사적 영역과 사회 변혁-강경애 소설을 중심으로」, 『상허학보』 44, 상허학회, 2015.

_____, 「아일랜드 문학을 경유한 제국주의 넘어서기―이효석과 사토 기요시의 영향 관계를 중심으로」, 『민족문화연구』, 민족문학사학회, 2015.

_____, 「제국과 식민지의 백화점과 여성 노동자―미야모토 유리코의 「다루마야 백화점」과 장덕조의 「저회」를 중심으로」, 『비교문학』 68, 한국비교문학회, 2016.

_____, 「여성의 시각으로 재현한 식민지 조선 사회의 시공간성―채만식의 『인형의 집을 나와서』, 『탁류』를 중심으로」, 『여성문학연구』 37, 한국여성문학학회, 2016.

_____, 「1930년대 전반기 프롤레타리아 문학의 젠더와 한국문학사―이기영의 『고향』과 강경애의 『인간문제』를 중심으로」, 『현대소설연구』 68, 현대소설학회, 2017.

배석만, 「일제강점기 공업사연구의 쟁점과 과제」, 『역사와 세계』 48, 효원사학회, 2015.

배성준, 「1930년대 경성지역 공업의 식민지적 '이중구조'」, 『역사연구』 6, 역사학연구소, 1998.

서영인, 「프로문학의 자기반성과 여성의 타자화」, 『민족문학사연구』 45, 민족문학사학회, 2011.

서형실, 「식민지시대 여성노동운동에 관한 연구」, 이화여대 석사논문, 1989.

소영현, 「1920~1930년대 "하녀"의 "노동"과 "감정"―감정의 위계와 여성 하위주체의 감정규율」, 『민족문학사연구』 50, 민족문학사학회, 2012.

소현숙, 「식민지 시기 근대적 이혼제도와 여성의 대응」, 한양대 박사논문, 2013.

손유경, 「삐라와 연애편지―일제 하 노동자소설에 나타난 노동조합의 의미」, 『현대문학의 연구』 43, 한국문학학회, 2011.

_____, 「일하는 사람의 '아플' 권리」, 『상허학보』 50, 상허학회, 2017.

송연옥, 「대한 제국기의 「기생단속령」, 「창기단속령」―일제 식민화와 공창제 도입의 준비 과정」, 『한국사론』 40, 서울대 국사학과, 1998.

송효정, 「식민지 후반기 문학의 근대 기획 양상」, 고려대 박사논문, 2010.

서지영, 「식민지 시대 기생 연구 1―기생집단의 근대적 재편 양상을 중심으로」, 『정신문화연구』 28-2, 한국학중앙연구원, 2005.

신지영 「한국 근대의 연설·좌담회 연구―신체적 담론공간의 형성과 변화」, 연세대 박사논문, 2010.

심진경, 「1930년대 후반 장편소설의 여성 섹슈얼리티 연구」, 서강대 박사논문, 2002.

_____, 「채만식 문학과 여성―『인형의 집을 나와서』와 『여인전기』를 중심으로」, 『한

국근대문학연구』3-2, 한국근대문학회, 2002.

_____, 「문단의 '여류'와 '여류문단' - 식민지 시대 여성작가의 형성과정」, 『상허학보』13, 상허학회, 2004.

안연선, 「한국 식민지 자본주의화 과정에서 여성노동의 성격에 관한 연구 - 1930년대 방직공업을 중심으로」, 이화여대 석사논문, 1988.

야마시타 영애, 「한국 근대 공창제도 실시에 관한 연구」, 이화여대 석사논문, 1991.

와다 도모미, 「김남천의 취재원(取材源)에 관한 일고찰」, 『관악어문연구』23(1), 서울대 국어국문학과, 1998.

유승환, 「"후래자(後來者)"가 발견한 프로문학, 그 논쟁의 지점들 - 손유경, 『프로문학의 감성 구조』(소명출판, 2012)」, 『민족문학사연구』51, 민족문학사학회, 2013.

유필규, 「1930~40년대 연변지역 한인 '集團部落'의 성격」, 『백산학보』81, 백산학회, 2008.

윤은순, 「일제 강점기 기독교계의 공창폐지운동」, 『한국기독교와 역사』26, 한국기독교와역사학회, 2007.

윤정란, 「식민지시대 제사공장 여공들의 근대적인 자아의식 성장과 노동쟁의의 변화과정 - 1920년대~1930년대 전반기를 중심으로」, 『담론 201』9-2, 한국사회역사학회, 2006.

윤지현, 「1920~30년대 서비스업 여성의 노동실태와 사회적 위상」, 『여성과 역사』10, 한국여성사학회, 2009.

이아리, 「일제하 주변적 노동으로서 '가사사용인'의 등장과 그 존재양상」, 서울대 석사논문, 2013.

이영아, 「신소설에 나타난 육체 인식과 형상화 방식 연구」, 서울대 박사논문, 2005.

이정희, 「노동문학 속의 여성상 - 정화진과 방현석을 중심으로」, 『여성문학연구』9, 한국여성문학학회, 2003.

이경재, 「한설야 소설에 나타난 여성 표상 연구」, 『현대소설연구』38, 한국현대소설학회, 2008.

이상경, 「임순득의 소설 「대모(代母)」와 일제 말기의 여성 문학」, 『여성문학연구』8, 한국여성문학학회, 2002.

_____, 「1930년대의 신여성과 여성작가의 계보 연구」, 『여성문학연구』12, 한국여성문학학회, 2004.

이선옥, 「이기영 소설의 여성의식 연구」, 숙명여대 박사논문, 1995.

이정옥, 「일제하 공업노동에서의 민족과 성」, 서울대 박사논문, 1990.

이혜령, 「한국 근대소설의 섹슈얼리티 연구―1920~1930년대를 중심으로」, 성균관대 박사논문, 2001.

_____, 「식민지 섹슈얼리티와 검열―"도색(桃色)"과 "적색", 두 가지 레드 문화의 식민지적 정체성」, 『동방학지』 164, 연세대 국학자료원, 2013.

_____, 「검열의 미메시스―염상섭의 『광분』을 통해서 본 식민지 예술장의 초(超)규칙과 섹슈얼리티」, 『민족문학사연구』 51, 민족문학사학회, 2013.

_____, 「빛나는 성좌들―1980년대, 여성해방문학의 탄생」, 『상허학보』 47, 상허학회, 2016.

이효재, 「일제하의 한국여성노동문제연구」, 『한국학보』 2-3, 일지사, 1976.

임채성, 「전시하 만철의 수송전(1937~1945)―수송통제와 그 실태」, 『동방학지』 170, 연세대 국학자료원, 2015.

임　혁, 「송영 문학에 나타난 '체험'과 현실인식의 관련 양상 연구」, 서울대 박사논문, 2016.

장영은, 「아지트 키퍼와 하우스 키퍼―여성 사회주의자의 연애와 입지」, 『대동문화연구』 64, 성균관대 대동문화연구원, 2008.

전희진, 「식민지 초기 신여성의 공적영역으로의 초대와 그 실재―문학의 장에서의 일세대 여성작가의 배제를 중심으로」, 『사회와 역사』 88, 한국사회사학회, 2010.

정충량・이효재, 「일제하 여성근로자 취업실태와 노동운동에 관한 연구」, 『한국문화연구원논총』 22, 이화여대 한국문화연구원, 1973.

차승기, 「임화와 김남천, 또는 "세태"와 "풍속"의 거리―1930년대 후반 "전환기"의 문학적 대응들」, 『현대문학의 연구』 25, 한국문학연구학회, 2005.

채호석, 「김남천 문학 연구」, 서울대 박사논문, 1999.

최유찬, 「채만식 장편소설의 신문・잡지 연재본과 단행본 비교」, 『한국학연구』 47, 고려대 한국학연구소, 2013.

최학송, 「강경애 소설의 주제와 변모양상 연구」, 인하대 박사논문, 2009.

하승우, 「식민지 시대의 아나키즘과 농민공동체」, 『OUGHTOPIA』 25-3, 경희대 인류사회재건연구원, 2010.

한만수, 「강경애 「소금」의 복자 복원과 검열우회로서의 '나눠쓰기'」, 『한국문학연구』 31, 동국대 한국문학연구소, 2006.

한봉석, 「정조(貞操) 담론의 근대적 형성과 법제화―1945년 이전 조일(朝日) 양국의 비교를 중심으로」, 『인문과학』 55, 성균관대 인문학연구소, 2014.

허　민, 「1920~30년대 '사회주의 연애' 담론과 프로소설의 재현 양상 연구」, 성균관
대 석사논문, 2010.

황종연, 「한국문학의 근대와 반근대―1930년대 후반기 문학의 전통주의 연구」, 동국
대 박사논문, 1992.

황지영, 「식민지 말기 소설의 권력담론 연구―이기영·한설야·김남천 소설을 중심으
로」, 이화여대 박사논문, 2014.

홍양희, 「식민지 시기 호적제도와 가족제도의 변용」, 『사학연구』 79, 한국사학사학회,
2005.

단행본

강이수, 『한국 근현대 여성노동―변화와 정체성』, 문화과학사, 2011.

권보드래, 『연애의 시대―1920년대 초반의 문화와 유행』, 현실문화연구, 2003.

권영민, 『한국 계급문학 운동사』, 문예, 1998.

김경일, 『여성의 근대, 근대의 여성―20세기 전반기 신여성과 근대성』, 푸른역사,
2004.

김경일, 『일제하 노동운동사』, 창작과비평사, 1992.

＿＿＿, 『한국노동운동사―일제하의 노동운동 1920~1945』 2, 지식마당, 2004.

김낙년, 『일제하 한국경제』, 해남, 2003.

김민정, 『한국 근대문학의 유인과 미적 주체의 좌표』, 소명출판, 2004.

김부자, 조경희·김우자 역, 『학교 밖의 조선여성들―젠더사로 고쳐 쓴 식민지교육』,
일조각, 2009.

김백영, 『지배와 공간―식민지도시 경성과 제국 일본』, 문학과지성사, 2009.

김수진, 『신여성, 근대의 과잉―식민지 조선의 신여성 담론과 젠더정치, 1920~1934』,
소명출판, 2009.

김예림, 『1930년대 후반 근대인식의 틀과 미의식』, 소명출판, 2004.

김윤식, 『한국근대문학사상사』, 한길사, 1984.

김윤식·정호웅, 『한국소설사』, 예하, 1993.

김재용, 『민족문학운동의 역사와 이론』 2, 한길사, 1990.

＿＿＿, 『협력과 저항―일제 말 사회와 문학』, 소명출판, 2004.

노지승, 『유혹자와 희생양―한국 근대소설의 여성 표상』, 예옥, 2009.

민족문학사연구소 프로문학반, 『혁명을 쓰다―사회주의 문화정치의 기록과 그 유산

들』, 소명출판, 2018.

박상준, 『한국 근대문학의 형성과 신경향파』, 소명출판, 2000.

박현채, 『민족경제론－박현채 평론선』, 한길사, 1978.

서울대 여성연구소 편, 『경계의 여성들－한국 근대 여성사』, 한울, 2013.

서지영, 『경성의 모던걸－소비・노동・젠더로 본 식민지 근대』, 여이연, 2013.

손유경, 『고통과 동정－한국 근대소설과 감정의 발견』, 역사비평사, 2008.

_____, 『프로문학의 감성 구조』, 소명출판, 2012.

손정목, 『일제강점기 도시화과정연구』, 일지사, 1996.

엄미옥, 『여학생, 근대를 만나다－한국 근대소설의 형성과 여학생』, 역락, 2011.

역사문제연구소 문학사연구모임, 『카프문학운동연구』, 역사비평사, 1989.

연구공간 수유＋너머 근대매체연구팀 편, 『新女性－매체로 본 근대 여성 풍속사』, 한겨
레신문사, 2005.

오성철, 『식민지 초등 교육의 형성』, 교육과학사, 2000.

와타나베 나오키, 『임화문학 비평－프롤레타리아 문학과 식민지적 주체』, 소명출판,
2018.

윤대석, 『식민지 국민문학론』, 역락, 2006.

이경재, 『한국 프로문학 연구』, 지식과교양, 2012.

이경훈, 『어떤 백년, 즐거운 신생－이경훈 평론집』, 하늘연못, 1999.

이계형・전병무 편저, 『숫자로 본 식민지 조선』, 역사공간, 2014.

이상경, 『강경애－문학에서의 성과 계급』, 건국대 출판부, 1997.

이옥지, (사)한국여성노동자회협의회 기획, 『한국여성노동자운동사』 1, 한울, 2001.

이효재, 『한국의 여성운동－어제와 오늘』(증보판), 정우사, 1996.

임종국, 『친일문학론』, 평화출판사, 1966.

임채성, 『중일전쟁과 화북교통－중국 화북에서 전개된 일본제국의 수송전과 그 역사
적 의의』, 일조각, 2012.

장성규, 『문(文)과 노벨(novel)의 장르사회학－1930년대 후반기 소설의 장르론적 연
구』, 소명출판, 2015.

정재정, 『일제침략과 한국철도(1892~1945)』, 서울대 출판부, 1999.

차승기, 『반근대적 상상력의 임계들－식민지 조선 담론장에서의 전통・세계・주체』,
푸른역사, 2009.

_____, 『비상시의 문/법』, 그린비, 2016.

태혜숙 외, 『한국의 식민지 근대와 여성공간』, 여이연, 2004.

한국사회사연구회 편, 『일제하의 사회운동』, 문학과지성사, 1987.
허수열, 『개발 없는 개발―일제하, 조선경제 개발의 현상과 본질』, 은행나무, 2005.

3. 국외논저

가와무라 구니미쓰, 손지연 역, 『섹슈얼리티의 근대―일본 근대 성가족의 탄생』, 논형,
　　2013.
쓰루미 슌스케, 최영호 역, 『전향―쓰루미 슌스케의 전시기 일본정신사 강의, 1931~
　　1945』, 논형, 2005.
후지타 쇼조, 최종길 역, 『전향의 사상사적 연구』, 논형, 2007.
히로마쓰 와타루, 김항 역, 『근대초극론』, 민음사, 2003.
가야트리 스피박, 태혜숙·박미선 역, 『포스트식민 이성 비판―사라져가는 현재의 역
　　사를 위하여』, 갈무리, 2005.
가야트리 차크라보르티 스피박 외, 로절린드 C. 모리스 편, 태혜숙 역, 『서발턴은 말할
　　수 있는가?―서발턴 개념의 역사에 관한 성찰들』, 그린비, 2013.
게오르그 루카치, 박정호·조만영 역, 『역사와 계급의식―마르크스주의 변증법 연
　　구』(4판), 거름, 1999.
게일 루빈, 신혜수·임옥희·조혜영·허윤 역, 『일탈―게일 루빈 선집』, 현실문화,
　　2015.
데이비드 하비, 초의수 역, 『도시의 정치경제학』, 한울, 1996.
라지나트 구하, 김택현 역, 『서발턴과 봉기―식민 인도에서의 농민 봉기의 기초적 측면
　　들』, 박종철출판사, 2008.
레오뽈디나 포르뚜나띠, 윤수종 역, 『재생산의 비밀』, 박종철출판사, 1997.
루이스 A. 틸리·조앤 W. 스콧, 김영·박기남·장경선 역, 『여성, 노동, 가족』, 후마니
　　타스, 2008.
린다 맥도웰, 여성과 공간 연구회 역, 『젠더, 정치성, 장소―페미니스트 지리학의 이
　　해』, 한울, 2010.
마리아 달라 코스타, 김현지·이영주 역, 『집안의 노동자―뉴딜이 기획한 가족과 여
　　성』, 갈무리, 2017.
멜리사 지라 그랜트, 박이은실 역, 『Sex work―성노동의 정치경제학』, 여문책, 2017.
벨 훅스, 윤은진 역, 『페미니즘―주변에서 중심으로』, 모티브북, 2010.

보니 벌로 · 번 벌로, 서석연 · 박종만 역, 『매춘의 역사』, 까치, 1992.

실비아 페데리치, 황성원 역, 『혁명의 영점－가사노동, 재생산, 여성주의 투쟁』, 갈무리, 2013.

아우구스트 베벨, 이순예 역, 『여성론』, 까치, 1990.

알렉산드라 콜론타이, 김제헌 역, 『붉은 사랑』, 공동체, 1988.

안토니오 네그리 · 마이클 하트, 조정환 · 정남현 · 서창현 역, 『다중－'제국'이 지배하는 시대의 전쟁과 민주주의』, 세종서적, 2008.

알렉산드라 콜론타이, 이현애 · 정호영 역, 『콜론타이의 위대한 사랑』, 노사과연, 2013.

앤소니 기든스, 배은경 · 황정미 역, 『현대 사회의 성 · 사랑 · 에로티시즘－친밀성의 구조변동』, 새물결, 2001.

에릭 올린 라이트, 문혜림 · 곽태진 역, 『계급 이해하기』, 산지니, 2017.

E. P. 톰슨, 나종일 외역, 『영국 노동계급의 형성』 상 · 하, 창작과비평사, 2000.

조르조 아감벤, 조효원 역, 『유아기와 역사－경험의 파괴와 역사의 근원』, 새물결, 2010.

주디스 버틀러, 조현준 역, 『젠더 트러블』, 문학동네, 2009.

조르쥬 비가렐로, 이상해 역, 『강간의 역사』, 당대, 2001.

카를 마르크스 · 프리드리히 엥겔스, 이진우 역, 『공산당 선언』, 책세상, 2002.

칼 맑스 · 프리드리히 엥겔스, 최인호 외역, 김세균 감수, 『칼 맑스/프리드리히 엥겔스 저작 선집』 1, 박종철출판사, 1991.

캐롤 페이트만, 이충훈 · 유영근 역, 『남과 여, 은폐된 성적 계약』, 이후, 2001.

林采成, 「戰時下朝鮮國鐵の組織的對應－「植民地」から「分斷」への歷史的經路を探って」, 東京大學 博士學位論文, 2002.

山家悠兵, 『遊廓のストライキー女性たちの二十世紀 · 序說』, 共和国, 2015.

細井和喜藏, 『女工哀史』(改版), 岩波書店, 1980.

アウグスト · ベール, 加藤一夫 譯, 「諸言」, 『婦人論』 世界大思想全集 33, 春秋社, 1927.

Barbara Foley, *Radical Representations : Politics and Form in U.S. Proletarian Fiction, 1929~1941*, Duke University Press, 1993.

Etienne Balibar and Immanuel Wallerstein, *Race, Nation, Class : Ambiguous Identities*, Translation of Etienne Balibar by Chris Turner, Verso, 1991.

Joan Wallach Scott, *Gender and the Politics of History*, Columbia University Press, 1999.

John Street, *Music and Politics*, Polity Press, 2012.

Paula Rabinowitz, *Labor & Desire : Women's Revolutionary Fiction in Depression America*, University of North Carolina Press, 1991.

Partha Chatterjee, *The Nation and Its Fragments : Colonial and Postcolonial Histories*, Princeton University Press, 1993.

Ruth Barraclough, *Factory Girl Literature : Sexuality, Violence, and Representation in Industrializing Korea*, University of California Press, 2012.

Samuel Perry, *Recasting Red Culture in Proletarian Japan : Childhood, Korea, and the Historical Avant-Garde*, University of Hawaii Press, 2014.

Sharon Marcus, "Fighting Bodies, Fighting Words : A Theory and Politics of Rape Prevention", Judith Butler & Joan W. Scott ed., *Feminists Theorize the Political*, Routledge, 1992.

Sunyoung Park, *The Proletarian Wave : Literature and Leftist Culture in Colonial Korea, 1910 ~ 1945*, Harvard University Press, 2015.

Travis Workman, *Imperial Genus : The Formation and Limits of the Human in Modern Korea and Japan*, University of California Press, 2016.

  새 천 년이 시작된 지도 벌써 몇 해가 지났다. 식민지와 분단국가로 지낸 20세기 한국 역사의 와중에서 근대 민족국가 수립과 민족 문화 정립에 애써온 우리 한국학계는 세계사 속의 근대 한국을 학술적으로 미처 정리하지 못한 채 세계화와 지방화라는 또 다른 과제를 안게 되었다. 국가보다 개인, 지방, 동아시아가 새로운 한국학의 주요 대상이 된 작금의 현실에서 우리가 겪어온 근대성을 다시 한번 정리하고 21세기에 맞는 새로운 모습으로 탈바꿈시키는 것은 어느 과제보다 앞서 우리 학계가 정리해야 할 숙제이다. 20세기 초 전근대 한국학을 재구성하지 못한 채 맞은 지난 세기 조선학·한국학이 겪은 어려움을 상기해 보면, 새로운 세기를 맞아 한국 역사의 근대성을 정리하는 일의 시급성은 아무리 강조해도 지나치지 않다.

  우리 근대한국학연구소는 오랜 전통이 있는 연세대학교 조선학·한국학 연구 전통을 원주에서 창조적으로 계승하고자 하는 목표에서 설립되었다. 1928년 위당·동암·용재가 조선 유학과 마르크스주의, 그리고 서학이라는 상이한 학문적 기반에도 불구하고 조선학·한국학 정립을 목표로 힘을 합친 전통은 매우 중요한 경험이었다. 이에 외솔과 한결이 힘을 더함으로써 그 내포가 풍부해졌음은 두말할 나위가 없다. 연세대학교 원주캠퍼스에서 20년의 역사를 지닌 매지학술연구소를 모체로 삼아, 여러 학자들이 힘을 합쳐 근대한국학연구소를 탄생시킨 것은 이러한 선배학자들의 노력을 교훈으로 삼은 것이다.

이에 우리 연구소는 한국의 근대성을 밝히는 것을 주 과제로 삼고자 한다. 문학 부문에서는 개항을 전후로 한 근대 계몽기 문학의 특성을 밝히는 데 주력할 것이다. 역사 부문에서는 새로운 사회경제사를 재확립하고 지역학 활성화를 위한 원주학 연구에 경진할 것이다. 철학 부문에서는 근대 학문의 체계화를 이끌고 사회과학 분야에서는 학제 간 연구를 활성화시키며 근대성 연구에 역량을 축적해 온 국내외 학자들과 학술 교류를 추진할 것이다. 이러한 연구들은 일방성보다는 상호 이해와 소통을 중시하는 통합적인 결과물의 산출로 이어질 것이다.

근대한국학총서는 이런 연구 결과물을 집약적으로 정리하기 위해 마련한 총서이다. 여러 한국학 연구 분야 가운데 우리 연구소가 맡아야 할 특성화된 분야의 기초자료를 수집·출판하고 연구성과를 기획·발간할 수 있다면, 우리 시대 연구자들뿐만 아니라 학문 후속세대들에게도 편리함과 유용함을 줄 수 있을 것이다. 새롭게 시작한 근대한국학총서가 맡은 바 역할을 충분히 할 수 있도록 주변의 관심과 협조를 기대하는 바이다.

2003년 12월 3일
연세대학교 원주캠퍼스 근대한국학연구소